Benito Pérez Galdós

Episodios nacionales III
Bodas reales

Barcelona **2024**
Linkgua-ediciones.com

Créditos

Título original: Episodios nacionales III. Bodas reales

© 2024, Red ediciones S.L.

e-mail: info@Linkgua-ediciones.com

Diseño de cubierta: Michel Mallard

ISBN tapa dura: 978-84-1126-437-2.
ISBN rústica: 978-84-9007-295-0.
ISBN ebook: 978-84-9007-211-0.

Sumario

Brevísima presentación

La obra

Bodas reales es la décima y última novela de la tercera serie de los *Episodios Nacionales* de Benito Pérez Galdós.

Bodas Reales nos sitúa a finales del año 1845 y ocupa prácticamente todo el año 1846 (hasta el 10 de octubre, decimosexto cumpleaños de la reina Isabel II) y nos narra la gran cantidad de intrigas, pronunciamientos y cuchicheos tanto nacionales como internacionales para llegar a concertar el matrimonio de Isabel y el de su hermana Luisa.

Tras la caída de Espartero como regente, y para evitar una nueva regencia, la reina Isabel fue declarada mayor de edad a los trece años y casada a los dieciséis con su primo hermano Francisco de Asís de Borbón.

Todo ello nos es contado desde la óptica de una familia de origen manchego, los Carrasco, establecida en Madrid debido a la carrera política del padre, Bruno. La historia nos describe la enfermedad de la madre, Leandra; desde una depresión severa que la llevará a una parálisis, entrará en un proceso cada vez más irreversible que acabará con su muerte. Porque la señora Leandra morirá en Madrid sin haber podido nunca volver a su tierra. Éste es el triste mensaje final de la obra y el cierre de la tercera serie de los *Episodios Nacionales*.

Tampoco se olvida Galdós, antes de acabar, de nuestro protagonista, Fernando Calpena, que sigue vivo, con su mujer, en un dorado exilio en el sur de Francia.

I

Si la Historia, menos desmemoriada que el Tiempo, no se cuidase de retener y fijar toda humana ocurrencia, ya sea de las públicas y resonantes, ya de las domésticas y silenciosas, hoy no sabría nadie que los Carrascos, en su tercer cambio de domicilio, fueron a parar a un holgado principal de la Cava Baja de San Francisco, donde disfrutaban del discorde bullicio de las galeras y carromatos, y del grande acopio de vituallas, huevos, caza, reses menores, garbanzos, chorizos, etc., que aquellos descargaban en los paradores. Escogió don Bruno este barrio mirando a la baratura de las viviendas; fijose en él por exigencia de su peculio (que con las dispendiosas vanidades de la vida en Madrid iba enflaqueciendo), y por dar gusto a su esposa, la señora Doña Leandra, cuyo espíritu con invencible querencia tiraba hacia el Sur de Madrid, que entonces era, y hoy quizás lo es todavía, lo más septentrional de La Mancha. En mal hora trasplantada del *cortijo a la corte*, aliviaba la infeliz mujer su inmenso fastidio poniéndose en contacto con arrieros y trajinantes, con zagalones y mozos de mulas, respirando entre ellos el aire de campo que pegado al paño burdo de sus ropas traían.

Pronto se asimiló Doña Leandra el vivir de aquellos barrios: la que en el centro de Madrid no supo nunca dar un paso sin perderse, ni pudo aprender la entrada y salida de calles, plazuelas y costanillas, en la Cava y sus adyacentes dominó sin brújula la topografía, y navegaba con fácil rumbo en el confuso espacio comprendido entre Cuchilleros y la Fuentecilla, entre la Nunciatura y San Millán. Era su más grato esparcimiento salir muy temprano a la compra, con la muchacha o sin ella, y de paso hacer la visita de mesones, viendo y examinando la carga y personas que venían de los pueblos. En estas idas y venidas de mosca prisionera que busca la luz y el aire, Doña Leandra corría con preferencia cariñosa tras de los ordinarios manchegos, que traían a Madrid, con el vino y la cebada, el calor y las alegrías de la tierra. Casi con lágrimas en los ojos entraba la señora en el mesón de la *Acemilería*, calle de Toledo, donde paraban los mozos de Consuegra, Daimiel, Herencia, Horcajo y Calatrava, o en el del *Dragón* (Cava Baja), donde rendían viaje los de Almagro, Valdepeñas, Argamasilla y Corral de Almaguer. Amistades y conocimientos encontró en aquellos y otros paradores, y su mayor dicha era entablar coloquios con los trajinantes, refrescando su alma en aquel espiritual comercio con la España real, con la raza despojada de todo artificio y de las vanas retóricas cortesanas. «¿A qué precio dejasteis las *cebás*?... ¿No *trujisteis* hogaño más queso que en los meses pasados?... Soñé que llovían aguas del cielo a cantarazos por todo el campo de Calatrava. ¿Es verdad o soñación mía?... Mal debe de andar de corderos la tierra, pues casi todo lo que hoy he visto es de Extremadura. Vendiéronse los míos para Córdoba, y solo quedaron tres machos de la última cría, y dos hembras que pedí para casa... Decidme vos: ¿ha parido ya la María Grijalva, de Peralvillo, que casó con el hijo de Santiago el Zurdo, mi compadre?... ¿Supisteis vos si al fin se tomó los dichos Tomasa, la de Caracuel, con el hijo de don Roque Sendalamula, el escribano de Almodóvar? *Hubieron* puñaladas en la Venta de la tía Inés por mor de Francisquillo Mestanza, el de Puerto Lápice, y a poco no lo cuenta el novio, que es mi ahijado, y sobrino segundo de la tía de Bruno por parte de madre... ¡Ay qué arrope traéis acá, y con qué poco se contenta este Madrid tan cortesano! El que yo hacía para mis criados era mejor... *Idvos, idvos* pronto, que yo haría lo mesmo para no volver, si pudiera; este pueblo no es más que miseria con mucha palabrería salpimentada: engaño para todo, engaño en lo que se come, en lo que se habla, y hasta en los vestidos y afeites, pues hombres y mujeres se pegotean cosas postizas y enmiendan las naturales. ¿Qué hay en Madrid?, mucha pierna larga, mucha sábana corta, presumir y charlar, farsa, ministros, papeles públicos, que uno dice *fu* y otro *fa*; aguadores de punto, soldados y milicianos, que no saben arar; sombreros de copa, algunos tan altos que en ellos debieran hacer las cigüeñas sus nidos; carteros que se pasan el día llevando cartas... ¿pero qué tendrá que decir la gente en tanta carta y tanto papel?... Carros de basuras, ciegos y esportilleros, para que una trompique a cada paso; muertos que pasan a todas horas, para que una se aflija, y árboles, Señor, árboles sin fruto, plantados hasta en las plazuelas, hasta en las calles, para que una no pueda gozar la bendita luz del Sol...»

Estos desahogos de un alma prisionera, asomándose a la reja para platicar con los transeúntes libres, que libres y dichosos eran a su parecer todos los seres que venían de la Mancha, calmaban la tristeza de la pobre señora. Por gusto de respirar vida campesina, extendía su visiteo a paradores donde más que manchegos encontraba extremeños, castellanos de

Ávila o de Toro, andaluces y hasta maragatos. El mesón de los *Huevos*, en la Concepción Jerónima; los del *Soldado* y la *Herradura*, los de la *Torrecilla* y de *Ursola*, en la calle de Toledo; el de la *Maragatería*, en la calle de Segovia, y el de *Cádiz*, Plaza de la Cebada, junto a la Concepción Francisca, veían a menudo la escuálida y rugosa cara de Doña Leandra, que a preguntar iba por jamones que no compraba, o por garbanzos que no le parecían buenos. *Los suyos* —decía— *eran más redondos y tenían el pico más corvo, señal de mayor sustancia.*

Al regresar a su casa, hecha la compra, en la que regateaba con prolija insistencia, despreciando el género y declarándolo inferior al de la Mancha, entraba en las cacharrerías, compraba teas, estropajos y cominos, especia de que tenía en su casa provisión cumplida para muchos meses, así como de orégano, laurel y otras hierbas. Gustosa del paseo, se internaba con su criada por las calles que menos conocía, como las del Grafal, San Bruno y Cava Alta, recreándose en los míseros comercios y tenduchos a estilo de pueblo que por allí veía, harto diferentes de lo que ostentan las calles centrales. Las pajerías le encantaban por su olor a granero, y las cererías y despachos de miel por el aroma de iglesia y de colmena reunidos; en la Cava Baja, como en la calle de Toledo, parábase a contemplar los atalajes de carretería y los ornamentados frontiles, colleras, cabezadas, albardas y cinchas para caballos y burros; las redomas de sanguijuelas en alguna herbolería fijaban su atención; los escaparates de guitarrero y los de navajas y cuchillos eran su mayor deleite. Rara vez sonaba en aquellos barrios el importuno voceo de papeles públicos por ciegos roncos o chillonas mujeres; las patadas y el relinchar de caballerías alegraban los espacios; todo era distinto del Madrid céntrico, donde el clásico rostro de España se desconoce a sí mismo por obra de los afeites que se pone, y de las muecas que hace para imitar la fisonomía de poblaciones extranjeras. Veíanse por allí contados sombreros de copa, que, según Doña Leandra, no debían usarse más que en los funerales; escasas levitas y poca ropa negra, como no fuese la de los señores curas; abundaban en cambio los sombreros bajos y redondos, los calañeses, las monteras de variada forma y los colorines en fajas, medias y refajos; y en vez del castellano relamido y desazonado que en el centro hablaban los señores, oíanse los tonos vigorosos de la lengua madre, caliente, vibrante y fiera, con las inflexiones más robustas, el silbar de las eses, el rodar de las erres, la dureza de las jotas, todo con cebolla y ajo abundantes, bien cargado de guindilla. Por lo que allí veía y oía Doña Leandra, érale Madrid menos antipático en las parroquias del Sur que en las del centro, y tan confortado sintió su espíritu algunas mañanas y tan aliviado de la nostalgia, que al pasar por algunas calles de las menos ruidosas, le parecieron tan bonitas como las de Ciudad Real, aunque no llegaban, eso no, a la suntuosidad, hermosura y *despejo* de las de Daimiel.

El contento relativo de Doña Leandra en su matutina excursión amargábase al llegar a casa cargadita de orégano y hojas de laurel, porque si era muy del gusto de ella la mudanza a la Cava Baja, sus hijas Eufrasia y Lea renegaban de la instalación en barrio tan feo y distante de la Puerta del Sol; a cada momento se oían refunfuños y malas palabras, y no pasaba día sin que estallara en la familia un vivo altercado, sosteniendo de una parte los padres el acierto de la mudanza, y las hijas maldiciendo la hora en que unos y otros juzgaron posible la vida en aquel destierro. Los chiquillos, que ya iban aprendiendo a soltar su voz con desembarazo ante las personas mayores, seguían la bandera cismática de sus hermanas, y las apoyaban en sus furibundas protestas. Vivir en tal sitio era no solo incómodo, sino desairado, no teniendo coche. Amigas maleantes las compadecían repitiendo con sorna que *se habían ido a provincias*; veíanse condenadas a perder poco a poco sus amistades y relaciones, que no podían sustituir con otras en un barrio de gente ordinaria; lo que ganaban con la baratura del alquiler, perdíanlo con el mayor gasto de zapatos; los chicos, con el pretexto de la distancia, volvían de clase a horas insólitas; hasta en el orden religioso se perjudicaba la familia, porque las iglesias de San Millán, San Andrés y San Pedro hervían de pulgas, cuyas picadas feroces no permitían oír la misa con devoción.

Debe advertirse, para que cada cual cargue con su responsabilidad, que las dos hermanas no sostenían su rebeldía con igual vehemencia. A los tonos revolucionarios no llegaba nunca Lea, que combatía la nueva situación dentro del respeto debido a los padres y doblegándose a su indiscutible autoridad; pero Eufrasia se iba del seguro, extremando los clamores de su desdicha por el alejamiento de las amistades, presentándose como la única inteligencia de la familia, y rebatiendo con palabra enfática y un tanto desdeñosa las opiniones de *los viejos*. Respondía esta diversidad de conducta a la diferencia que se iba marcando en los caracteres de las dos señoritas, pues en la menor, Eufrasia, había desarrollado la vida de Madrid aficiones y aptitudes sociales, con la consiguiente querencia del lujo y el ansia de ser notoria por su elegancia, mientras que Lea, la mayor, no insensible a los estímulos propios de la juventud, contenía su presunción dentro de límites modestos, y no hacía depender su felicidad de un baile, de un vestidillo o de una función de teatro. Hablar a Eufrasia de volver a la Mancha era ponerla en el disparadero; Lea gustaba de la vida de Madrid, y difícilmente a la de pueblo se acomodaría; mas no le faltaba virtud para resignarse a la repatriación si sus padres la dispusieran o si desdichadas circunstancias la hicieran precisa.

En los tres años que llevaban de Villa y Corte, transformáronse las chicas rápidamente, así en modales como en todo el plasticismo personal, cuerpo y rostro, así en el hablar como en el vestir: lo que la Naturaleza no había negado, púsolo de relieve y lo sacó a luz el arte, ofreciendo a la admiración de las gentes bellezas perdidas u olvidadas en el profundo abismo del abandono, rusticidad y porquería de la existencia aldeana. De novios no hablemos: les salían como enjambre de mosquitos, y las picaban con importuno aguijón y discorde trompetilla, los más movidos de fines honestos o de pasatiempo elegante, algunos arrancándose con lirismos que no excluían el *buen fin*, o con románticos aspavientos, en que no faltaban rayos de Luna, sauces, adelfas y figurados chorros de lágrimas. Pero las mancheguitas eran muy clásicas, y un si es no es positivistas, por atavismo *Sanchesco*, y en vez de embobarse con las demostraciones apasionadas de los pretendientes, les examinaban a ver si traían *ínsula*, o dígase planes de matrimonio.

En el alza y baja de sus amistades, las hijas de don Bruno mantuvieron siempre vivo su cariño a Rafaela Milagro, guardando a ésta la fidelidad de discípulas en arte social. Obligadas se vieron al desvío de tal relación en días de prueba y deshonor para la *Perita en dulce*; pero el casamiento de esta con *Don Frenético* levantó el entredicho, y las manchegas pudieron renovar, estrechándolo más, el lazo de su antiguo afecto. Rafaela se hizo mujer de bien, o aparentó con supremo arte que nunca había dejado de serlo; allá volvieron gozosas Eufrasia y Lea, y ya no hubo para ellas mejor consejero ni asesor más autorizado que la hija de Milagro, en todo lo tocante a sociedad, vestidos, teatros y novios. Y véase aquí cómo la fatalidad, tomando la extraña forma de un desacertado cambio de domicilio, se ponía de puntas con las de Carrasco: cada vez que visitaban a su entrañable amiga, tenían que despernarse y despernar a don Bruno, pues Rafaela había hecho la gracia de remontar el vuelo desde la calle del Desengaño a los últimos confines de Madrid en su zona septentrional, calle del Batán, después Divino Pastor, lindando con los Pozos de Nieve y el Jardín de Bringas, y dándose la mano con el Polo Norte, por otro nombre *la Era del Mico*.

II

Aunque todo lo dicho puede referirse a cualquier mes de aquel año 43, tan turbulento como los demás del siglo en nuestro venturoso país, hágase constar que corría el mes de las flores, famoso en tales tiempos porque en él nació y murió, con solos diez días de existencia, el Ministerio López, fugaz rosa de la política. Y también es preciso consignar que don Bruno Carrasco y Armas se daba a todos los demonios por el sesgo infeliz que iban tomando sus negocios en Madrid, cementerio vastísimo, insaciable, de toda ilusión cortesana. No solo se le había torcido el asunto de Pósitos, después de haber gozado esperanzas de pronta solución, sino que no hallaba medio de salir diputado ni por la provincia manchega ni por otra alguna de la Península, a pesar de los enjuagues con que Milagro había manchado su reputación de probo funcionario liberal. Ni la benevolencia de Cortina, ni los cariños y palmaditas de hombro del ministro de la Gobernación, señor Torres Salanot, le valían más que para aumentarle el mal sabor de boca. Por añadidura, su plaza en una Comisión de Hacienda era honorífica, y don Bruno no cataba sueldo ni emolumento, siéndole ya muy difícil sostener la falsa opinión de hombre adinerado; y para colmo de infortunios, cuando ya estaba extendido su nombramiento de jefe político de Badajoz y solo faltaba la firma del Regente, he aquí que viene al suelo y se hace mil pedazos el Ministerio Rodil, en medio de un desorden y confusión formidables. Le sustituyó López, despertando en unos y otros progresistas esperanzas de mejores tiempos, y ya tenemos a don Bruno consolándose de sus desdichas y viéndose salvado de la crisis que le amenazaba. Quería personalmente a López y le admiraba por su elocuencia. Verdad que no sacaba gran sustancia de ella, achaque común a todos los admiradores del que entonces pasaba por eminente tribuno. Si ininteligibles son los oradores que padecen plétora de ideísmo, en el mismo caso están los anémicos de pensamiento, que al propio tiempo disfrutan de una fácil y florida palabra. De los más intensamente fascinados por la vana oratoria de López era don Bruno, el cual en terrible perplejidad se veía cuando en el café le preguntaban sus amigos: «¿Pero qué ha dicho, en suma?»

En su casa, donde nadie le contradecía, manifestaba el manchego libremente su nueva cosecha de ilusiones, y la risueña esperanza de que entrábamos en una era de ventura. «Ya ven —decía—, si estamos de enhorabuena los españoles. Ha dicho don Joaquín que se constituirá una administración paternal. Es precisamente lo que venimos pidiendo... Que se moralizará la administración en todos los ramos, y que se presentarán a las Cortes todos aquellos proyectos que promuevan la felicidad pública... Esto, esto es lo que España necesita... ¡Por fin tenemos un hombre! Y para que estemos completamente de acuerdo, también asegura que el nuevo Gabinete *trabajará por la reconciliación de todos los ciudadanos que con su saber y virtudes pueden contribuir a la felicidad y lustre de la patria*. ¡La reconciliación! Ese es mi tema. Y López lo hará, ayudado por los demás ministros, Fermín Caballero, el general Serrano, Ayllón, Frías y Aguilar, ¡vaya si lo hará!... ¡Todos unidos, todos mirando por la moralidad, respetando la libertad de imprenta y cuantas libertades nos den...! Ved lo que dice el *Eco del Comercio*: que López es uno de los *primeros hombres de Europa*, y yo añado que las naciones extranjeras nos le envidian. Una palabra que no entiendo trae el periódico: dice que López es el *Palladium* de las libertades públicas. ¿Qué querrá significar con esto el articulista? Eufrasia, tú que eres la más leída de casa, ¿sabes lo que es *Palladium*?» Replicó la niña con plausible sinceridad que había oído más de una vez la palabreja; pero que no recordaba su sentido, porque tal número de voces nuevas se usaban en Madrid, traídas de Francia, que era difícil guardarlas todas en la memoria... únicamente asegurar podía que *Palladium* era cosa del *Procomún*. No se cuidó más don Bruno de poner en claro el exótico término, y se fue en busca de noticias. Todavía no había podido el Gobierno desenvolverse de las primeras obligaciones ministeriales, y ya le habían prometido a don Bruno los íntimos de Caballero una jefatura política más cómoda que la frustrada de Badajoz, provincia revuelta en aquellos días, a causa de los desafueros cometidos para sacar diputados, *por los cabellos*, nada menos que a tres lumbreras del progresismo: don Antonio González, Don Ramón María Calatrava y don Francisco Luján. Mejor ínsula sería para don Bruno la provincia de Alicante, tan celebrada por su turrón como por su ardiente liberalismo.

En estas ilusiones transcurrieron diez días, no siendo preciso más para que se marchitaran las rosas primaverales del Ministerio López. Este continuaba llamando a la reconciliación, abriendo sus brazos a todos los españoles virtuosos, y los españoles virtuosos no acudían al llamamiento; quería Su Excelencia fascinarles con períodos que lisonjeaban el oído y despertaban ideas placenteras, efecto semejante al de los brillantes colores y al de los orientales perfumes. El diablo, que no duerme, levantó grave discordia entre la voluntad del Regente y la de los ministros. Querían estos cambiar el comedero de Linaje (secretario de confianza y amigo fiel de Espartero), quitándole de la Inspección de Infantería para llevarle a una Capitanía general. Negose a firmar el decreto Su Alteza, y ya tenemos al Ministerio López boca abajo, casi sin estrenarse, guardando para mejor ocasión los proyectados abrazos, las flores y toda la perfumería política.

Creyó don Bruno que se le caía el cielo encima con todas sus estrellas, y sintió vivísimas ganas de saber lo que era el *palladium*, para dar golpe en el café, usando esta palabra en una protesta viril y al propio tiempo erudita. Pero como estaba de Dios que en el desmoche continuo de patrióticas esperanzas nunca se ajase el ramillete de las de Carrasco, a la muerta ilusión sucedió bien pronto la de ser atendido y considerado por el nuevo Gabinete, que presidía don Álvaro Gómez Becerra, y en el cual figuró asimismo un amigo de los mejores que el manchego tenía: don Juan Álvarez Mendizábal. Faltaba que la política entrase en vías pacíficas y normales, y así habría pasado si Dios atendiese el ruego del honrado don Bruno; mas los designios del Altísimo eran otros, y queriendo trastornar a esta insensata nación más de lo que estaba, permitió la sesión del 20 de mayo en el Congreso, una de las más embarulladas y batallonas que en españolas asambleas se han visto. El paso de un Gobierno a otro fue grande escándalo; dijéronse allí entrantes y salientes lindezas mil; rompió el presidente la campanilla; las tribunas vociferaban; hasta se habló de asesinos pagados que acechaban en las puertas para quitar de en medio a los ex-ministros impopulares, y por fin Olózaga, con ardiente y cruel palabra, marcó el divorcio entre el Regente y las más notables figuras de su partido. Ya nadie se entendía; la coalición de la prensa conseguía su objeto de prender fuego al país, y los moderados, atizadores de la hoguera, bailaban gozosos en torno a las rojas llamaradas.

Entró aquella noche en su casa de la Cava Baja el buen don Bruno en tal grado de consternación, que Doña Leandra, creyendo llegada la coyuntura de retirarse a la patria de Don Quijote, como término de aventuras fracasadas, no pudo disimular su contento; las chicas, temerosas de que, desvanecida la última ilusión paterna, se impusiese la vuelta al país nativo, perdieron el color, el apetito y hasta la respiración. Y viendo tan ceñudo al jefe de la familia y que ni con tenazas podían sacarle una palabra del cuerpo, echáronse a llorar, hasta que tantas demostraciones de pena obligaron a Carrasco a explicar la causa de su duelo.

«Esta tarde —les dijo, rechazando con austera desgana el plato de judías con que empezaba la cena—, la sesión del Congreso ha sido de gran tumulto, y con tanto coraje se tiraron de los pelos, como quien dice, una y otra familia de la Libertad, que ya no veo enmienda para la situación, y Dios tiene que hacer un milagro para que no se lo lleve todo la trampa. ¿Sabéis lo que ha dicho Olózaga esta tarde en un discurso que hizo retemblar el edificio, y que ha llenado de ansiedad y de temor a los diputados y al gentío de las tribunas? Pues ha dicho: *¡Dios salve a la reina, Dios salve al País!* Y a cada párrafo, después de soltar cosas muy buenas, con una elocuencia que tiraba para atrás, concluía con lo mismo, que a todos nos suena en la oreja y nos sonará por mucho tiempo, como la campana de un funeral: *¡Dios salve a la reina, Dios salve al País!* Quiere decir que ya todos, Nación y reina, partidos y pueblo, somos cosa perdida, y que estamos dejados de la mano de Dios. No sé las veces que repitió ese responso tan fúnebre; lo que sé es que cuantos le oíamos estábamos con el alma en un hilo, deseando que acabase para poder tomar resuello. Salimos de la sesión pensando que este Gobierno no durará más que duró el otro, que a nuestro pobre duque le ponen en el disparadero con tanta intriga y tantas *salves* y *padrenuestros*. Locos de alegría andan los retrógrados porque todo se les viene a la mano, y ya no hay un liberal que esté en sus cabales. Veo a mi don Baldomero liándose la manta, y una de dos: o el hombre sale por manchegas, haciendo una hombrada y metiendo a *tiros* y *trajanos* en un puño, como sabe hacerlo cuando se le hinchan las narices, o tendrá que tomar el camino de Logroño y dejar a otro los bártulos de regentar. Ya está claro que aquí no habrá más reconciliación que la del valle de Josafat. Los hombres de juicio no tenemos pito que tocar en tales trapisondas, y bueno es que os vayáis preparando para irnos a escardar cebollinos en Torralba, de donde nunca debimos salir, ¡ajo!, porque no se ha hecho este trajín de ambiciones para los hombres de campo, y *al* *que no está hecho a bragas, las costuras le hacen llagas.* Habréis oído en nuestra tierra que *por su mal le nacieron alas a la hormiga.* Por mi mal tuve ambición, y ya veis... ya veis lo que hemos sacado desde que vivimos aquí: bambolla, mayor gasto, esperanzas fallidas, los pies fríos y la cabeza caliente. No más, no más Corte, no más política, porque así regeneraré yo a España como mi abuela, y mi entendimiento, pobre de sabidurías, es rico en todo lo tocante a paja y cebada, al gobierno de mulas y a la crianza de guarros, que valen y pesan más que el mejor discurso.»

Poco más dijo, sin abandonar el tono lúgubre y las negras apreciaciones pesimistas. No cenó más que un huevo y medio vaso de vino, y se fue en busca del sueño, que calmaría sus anhelos de ciudadano y sus inquietudes de padre y esposo. Triste noche fue aquella para la familia Carrasquil, por la turbación hondísima de todos los ánimos, excepto el de Doña Leandra, que ya veía lucir la estrella que a los manchegos horizontes la guiaba. En vela pasó toda la noche pidiendo al Señor que afianzara con buenos remaches, en la voluntad de Bruno, la determinación de volver al territorio, mientras Lea y Eufrasia, en su febril desvelo, muertas de ansiedad y sobresalto, pedían a la Virgen de Calatrava, su patrona, y a la de la Paloma de acá, y a todas las españolas Vírgenes, que arreglasen con Dios por buena manera todos los piques entre *cangrejos* y liberales, y entre estos y el Regente, y que procurase la reconciliación de los *hombres de septiembre* con los *hombres de octubre*, y de los de mayo y agosto con los de los demás meses del año, para que don Bruno viera sus negocios felizmente encaminados y no persistiese en el absurdo de sepultar otra vez a la familia en las tristezas de Torralba. Imaginaban una y otra que, llegado *el instante fiero*, oían pronunciar a Don Bruno el terrible «vámonos.» Lea se resignaba con harto dolor de su corazón; Eufrasia, no: su amor filial, con ser grande, no alcanzaba ciertamente a tan tremendo sacrificio. Anticipando ambas en su pensamiento el trance fatal, la primera lloraba despidiéndose de Madrid, la segunda sufría el desconsuelo de dar un eterno adiós a sus padres y hermanos: su problema, su grave conflicto era discernir y escoger resueltamente el resorte más eficaz para no seguir a la familia.

III

Algún alivio tuvo en los siguientes días el pesimismo angustioso del manchego, y alguna dedada de miel atenuó su amargura. Mendizábal le había saludado con mucho afecto, y un amigo de entrambos le llevó las albricias de que no sería olvidado el expediente de Pósitos. De jefatura política no le dijeron una palabra; pero en el café corrió la especie de que se harían numerosas vacantes para que las ocupasen *hombres nuevos, elementos sanos*, de probada honradez y consecuencia. Un redactor de *El Heraldo*, periódico de batalla dirigido a la sazón por Sartorius, no cesaba de halagar a Carrasco, obstinándose en presentarle a Bravo Murillo, a Pacheco y a Pastor Díez, lo más granadito de la juventud moderada; pero el manchego repugnaba estas aproximaciones, temeroso de que tras ellas viniese algún compromiso que suavemente le apartara del dogma. A las virtudes y méritos más eminentes anteponía en su alma la consecuencia, mirándola como una preciosa virginidad que a todo trance y con las gazmoñerías más extremadas debía ser defendida, no permitiendo que el contacto más ligero la menoscabase, ni que frívolas sospechas empañaran el concepto y la opinión de su integridad. Prefería don Bruno su ruina, la persecución y el martirio a que se le tuviera por tránsfuga de su iglesia política o por dañado de la herejía retrógrada.

Entrado junio, ya vio más claro el buen señor que su ídolo, Espartero, ponía los pies en la pendiente resbaladiza de la sima, en las propias tragaderas del abismo. A bandadas venían del extranjero los paladines de Cristina, con ínfulas y motes de caballeros de una nueva cruzada, pues habían creado una *Orden militar española* que a todos les solidarizaba en su empeño de restauración, y era un reclamo irresistible para los militares que del lado acá del Pirineo aguardaban los acontecimientos para decidirse por la bandera que al principiar el juego llevara mayor ventaja. Los emigrados, a quienes el poeta político don Joaquín M. López, echando por la boca flores de trapo, y enarbolando en la mano derecha su proyecto de amnistía, quería traer a la reconciliación nacional, atacaban a España por los cuatro costados. Tan fieros venían, que causaba pavura el estridor de armas y dientes que hacían entrando aquí por mar o por tierra, ávidos de volver a los comederos y de no dejar rastro de la llamada usurpación. Narváez, como el más *crúo* de los invasores, embestiría por Andalucía, desembarcando en Gibraltar, que siempre fue playa de todo contrabando; los dos Conchas, que en Florencia lloraban las desdichas de la Patria, caerían sobre las costas valencianas; O'Donnell saltaría por encima del Pirineo para caer sobre Navarra o sobre Cataluña; Orive, Piquero, Pezuela, Jáuregui y otros del orden militar y del civil que suspiraban por que volviese a gobernarnos la hermosa Majestad de María Cristina, y que creían en ella como en una Minerva cristiana y católica, se agregaban a los caudillos para prestar su cooperación en la obra de reconquista.

No pasaron muchos días sin que a la emergencia de tantos paladines salvadores respondieran dentro de la plaza los pronunciamientos de esta y la otra provincia, tronando contra el Regente y pidiendo con desaforado clamor que nos trajesen pronto a la gobernadora de marras, pues sin ella no podíamos vivir. Más de un general y más de dos, hechura de Espartero, después de hacerse los remilgados y de ponerse la mano en el corazón, toleraron los pronunciamientos o no quisieron oponerse a ellos. Solo quedaban cuatro que, como el pobre don Bruno, estimando su virginidad sobre todas las virtudes, no abrieron sus orejas a ninguna voz de seducción: eran Zurbano, Ena, Carondelet y Seoane.

En tanto, ansiosos de poner mano en la salvación de España, corrían a Cataluña Ametller y Bassols, y allí se encontraban con don Juan Prim, de sangre muy caliente y entendimiento harto vivo, el cual, con su amigo Milans, sublevó a Reus, tratando de extender el incendio a todo el Principado. Don Javier Quinto, Don Jaime Ortega, que años adelante, en plena guerra de África, discurrió salvar a España con la traída de Montemolín, marcharon a Zaragoza, sin acordarse de que esta ciudad es y será siempre la primera de España en no admitir ciertas bromas y en su aversión a dejarse regenerar por el primero que llega. Los tales y otros caballeros que les seguían, ávidos de mangonear obteniendo puestos en las Juntas, fueron recibidos a puntapiés por los milicianos, que adoraban a Espartero casi tanto como a la Virgen del Pilar. Viendo que allí venían mal dadas, llevaron sus enredos a otra parte de Aragón.

Innumerables jefes del ejército y personajes políticos de la coalición se derramaban por el Reino, *pronunciando* todo lo que encontraban por delante y estableciendo Juntas en todo lugar donde caían. Málaga fue la primera ciudad de importancia en que se vio la insurrección formal y práctica: no pedía por el pronto la vuelta de Cristina, sino que cayera Gómez Becerra y volviese López con su lindo programa y su rosada elocuencia; sonaban las músicas, y en medio del general delirio, entregándose los malagueños al goce de dictar leyes a la autoridad central, quedaban vacíos los depósitos de tabaco y tejidos de Gibraltar, y abastecidos para largo tiempo los almacenes del comercio grande y chico. Granada y Almería se pronunciaban sin comprometerse, no renegando del Regente mientras no viesen que era segura su perdición; otras provincias adoptaban el mismo sistema, de una cuquería y eficacia admirables; en Valencia la coalición y los moderados amotinaron al pueblo y ganaron parte de la tropa, dejando casi inerme al valiente general Zabala. Asesinados el gobernador Camacho y un agente de policía, quedó la ciudad en poder de los revoltosos. De Cartagena dieron cuenta, no sin dificultad, el brigadier Requena y el coronel Ros de Olano; en Cuenca triunfó el arcediano de Huete; Valladolid quedó pronunciada por el general Aspiroz; Galicia por Zambrano, y así fue propagándose la quema, hasta que no quedó parte alguna de la nación que no ardiese en cólera y no pitara muy alto pidiendo renovación de personas, cambio de política, de instituciones, como el sucio que pide mudar de ropa.

Si algunos de los pueblos pronunciados no pedían la caída del Regente, sino la vuelta del florido López, otros proclamaban la *inmediata mayoría de la reina*, resultando un barullo tal, que no lo harían semejante todos los locos del mundo metidos en una sola jaula. Solo dieciséis meses faltaban para que Espartero cumpliera el plazo de su Regencia. Aun admitiendo que su gobierno no fuera el más acertado, y sus errores muchos y garrafales, ¿no valían menos dieciséis meses de mal gobierno que todo aquel delirio, que aquel ejemplo, escuela y norma de otros mil desórdenes, de la desmoralización y podredumbre de la política por más de medio siglo?

Fue muy chusco ver a Serrano y a González Bravo marchar juntos a Barcelona por la vuelta grande del Pirineo, y entrar en la ciudad de los condes a brazo partido, en carretela descubierta, entre las aclamaciones de un pueblo a quien hay que suponer enteramente ciego para tener la explicación de su entusiasmo. Animados por el éxito, y con el apoyo moral que Prim les daba desde Reus, determinaron los dos audaces jóvenes, el uno militar intrépido, paisano sin ningún escrúpulo el otro, constituir o resucitar el Ministerio de la coalición, y como Serrano había sido ministro con López, no vaciló en darse título y atribuciones de hombre-gabinete o *Ministro universal*. Ya tenía el confuso movimiento una figura que lo sintetizase, una voluntad que unificara las varias manifestaciones de los pueblos. Lo primero que pensó el afortunado caudillo fue dirigir su galana voz a la Nación, y entre él y González Bravo enjaretaron un Manifiesto, que leído a estas distancias y a estas luces que ahora nos alumbran, nos maravilla por la desatinada flaqueza de sus razones, mezcla infantil de audacias e inocencias. Todo ello parece cosa imaginada en juegos de chicos. La imparcialidad ordena decir que los argumentos del Regente, en la proclama que enderezó a los pueblos poco antes de empollar la suya *Ministro universal*, adolecen también de inconsistencia y puerilidad; pero el defecto no salta tan vivamente a la vista como en las torpes letras de Serrano y González Bravo. Se ve que estos soldados de fortuna a quienes la guerra llevó rápidamente a las cabeceras de la jerarquía militar, y estos políticos criados en los clubs, recriados con presuroso ejercicio literario en las tareas del periodismo; lanzados unos y otros a la lucha política en los torneos parlamentarios y en el trajín de las revoluciones, sin preparación, sin estudio, sin tiempo para nutrir sus inteligencias con buenos hartazgos de Historia, sin más auxilio que la chispa natural y la media docena de ideas cogidas al vuelo en las disputas; se ve, digo, que al llegar a los puestos culminantes y a las situaciones de prueba, no saben salir de los razonamientos huecos, ni adoptar resoluciones que no parezcan obra del amor propio y de la presunción. Por esto da pena leer las reseñas históricas del sin fin de revoluciones, motines, alzamientos que componen los fastos españoles del presente siglo: ellas son como un tejido de vanidades ordinarias que carecerían de todo interés si en ciertos instantes no surgiese la situación patética, o sea el relato de las crueldades, martirios y represalias con que vencedores y vencidos se baten en el páramo de los hechos, después de haber jugado tontamente como chicos en el jardín de las ideas. Causarían risa y desdén estos anales si no se oyera en medio de sus páginas el triste gotear de sangre y lágrimas. Pero existe además en la historia deslavazada de nuestras discordias un interés que iguala, si no supera, al interés patético, y es el de las causas, el estudio de la psicología social que ha sido móvil determinante de la continua brega de tantas nulidades, o lo más medianías, en las justas de la política y de la guerra.

Bueno, bueno, bueno. Ni corto ni perezoso, Prim no quería ser menos en Reus que sus amigos Serrano y González Bravo en Barcelona, y largaba también su Manifiesto, negando a Espartero los dieciséis meses que le faltaban de Regencia, y proclamando la mayoría inmediata de Isabel II. Sin sospechar entonces sus futuros destinos, ni los engrandecimientos de su figura en el porvenir; hallándose, como quien dice, *en la edad del pavo*, cual niño aplicado y muy inteligente que aún no conoce la discreción, llamó a Espartero *soldado de fortuna, aventurero egoísta*, y a Mendizábal *intrigante, embaucador y dilapidador de los intereses públicos*. Andando el tiempo fue de los que creyeron que la memoria de uno y otro debía perpetuarse con estatuas.

IV

Al mismo tiempo que Serrano y González Bravo entraban en Barcelona como chiquillos con zapatos nuevos, desembarcaban en Valencia Narváez, Concha (don Manuel) y Pezuela, asistidos de varios jefes y oficiales, entre los cuales descollaban Fulgosio, Arizcun y Contreras, y al instante se entendieron con la Junta llamada *de Salvación*, consagrándose todos con celo entusiasta a llevar adelante la grande aventura del alzamiento. Partió Concha sin perder tiempo hacia las Andalucías, para ponerse al frente de las tropas pronunciadas en Sevilla y Granada, y Narváez recibió de la Junta el mando de las de Valencia. No necesitaba más el *guapo de Loja* para tener a España por suya: diéranle soldados, una bandera que despertara simpatías circunstanciales en cualquiera región del alborotado país, y ya era el hombre que a todos se les llevaba de calle. No había otro que le igualara en aptitudes para establecer un predominio efectivo, por la sola razón de ser más audaz, más tozudo y más insolente que los demás. Dése a cada cual lo suyo, y resplandezca en la distribución de censuras y elogios la estricta justicia. Narváez supo ser el primer mandón de su época, porque tuvo prendas de carácter de que los otros carecían, porque su tiempo, falto de extraordinarias inteligencias y de firmes voluntades, reclamaba para contener la disolución un hombre de mal genio y de peores pulgas. El cascarrabias que necesitaba el país en momentos de turbación era Narváez, porque no había quien le igualase en las condiciones para cabo de vara o capataz de presidio. El barullo grande. A que nos había traído la coalición; la ceguera de los liberales confabulándose con los moderados para derribar al Regente; la confusión y escándalo inauditos de aquellas Juntas que legislaban en nombre de la Nación y repartían grados, honores y mercedes a paisanos y militares; los actos de imbecilidad o de locura que señalaban el estado epiléptico del país, requerían un *baratero* que con su cara dura, su genio de mil demonios, sus palabras soeces y su gesto insolente se hiciera dueño de todo el cotarro. El *general bonito*, como llamaban a Serrano entonces, hombre afectuoso, presumido, de arranques gallardísimos en los campos de batalla, blando en las resoluciones, cuidándose principalmente de ser grato a todo el mundo, mujeres inclusive, no servía para el caso; Prim, nacido del pueblo, tenía gustos y costumbres de aristócrata; aunque adelantado en su carrera militar, no había subido a las más altas jerarquías; si en él descollaba la inteligencia, como en Serrano el don de simpatía, no se encontraba en disposición de levantar el gallo. Concha, con extraordinario talento militar y más sagaces ideas que sus colegas, se reservaba sin duda para mejores días, y en la propia situación expectante se hallaba O'Donnell, cuya mente sajona entreveía sin duda empresas grandes que acometer en días normales. Podían ser estos los hombres del mañana; pero el hombre de aquellos días era Narváez, no embrión, sino personalidad formada, porque el *baratero* nace, y a poco de nacer, con solo un par de arranques y el fácil reparto de cuatro bofetadas a tiempo y de otros tantos navajazos oportunos, ya se ha revelado a sí mismo y a los demás, ya es el poeroso ante quien todos tiemblan.

Empezaba don Ramón revelando su poer con el desapacible y fosco mohín de su cara, de estas caras que no brindan amistad, sino rigor; de estas que sin tener chirlos parece que deben su torcida expresión a un cruce de cicatrices; de estas caras, en fin, que no han sonreído jamás, que fundan su orgullo en ser antipáticas y en hacer temblar a quien las mira. El efecto inicial causado por el rostro lo completaban los hechos, que siempre eran rápidos, ejecutivos, producidos a la menor distancia posible de la voluntad que los determinaba. No daba tiempo al enemigo, o más bien a la víctima, para parar el golpe, y sabía cogerla en el instante peligroso de la sorpresa. Ideas altas de gobierno no las necesitaba en aquella ocasión, porque el mal nacional era tal vez empacho de ideas, manjar y licores exóticos comidos y bebidos antes de tiempo en voraz gula, por lo que no habían sido digeridos. Aunque esto sea violentar el orden histórico, conviene decir ahora que cuando la Nación, gobernada una y otra vez por Narváez, y sintiéndose repuesta de sus indigestiones, le pidió ideas que la llevasen a fines gloriosos y a una existencia fecunda, Narváez no supo dárselas, sencillamente porque no las tenía. Sin poseer nunca la elevación mental que su puesto reclamaba, se murió entrado en años aquel hombre duro, que fue la mitad de un gran dictador, poseyendo en altísimo grado las cualidades del gesto bravucón y de la rapidez del mando, y desconociendo en absoluto la psicología indispensable para guiar a un pueblo. Pero esto no quita que, en ocasiones críticas del desbarajuste hispano, fuera Narváez un brazo eficaz, que supo dar a la sociedad desmandada lo que necesitaba y merecía, por lo cual le corresponde un primer puesto en el panteón de ilustraciones chicas, o de eminencias enanas, como quien dice.

Pues señor, con tantos paladines de empuje, bien armados y ostentando los falsos lemas que al pueblo fascinaban, no tuvo más remedio el Regente que echarse al campo, y así lo hizo después de las indispensables arengas a la Milicia Nacional, en que le cantaba los antiguos y ya sobados himnos militares y liberalescos. Salió el hombre, tomando la vuelta de Albacete, donde se paró en firme, con aquella pachorra fatalista que en otros tiempos había sido la pausa precursora de sus grandes éxitos y ya era como la calma lúgubre que antecede a las tempestades. Poco gratos son para el que los escribe, como para el que los lee, los pormenores de los hechos de armas que precipitaron la caída del Regente, porque ellos ofrecen una triste serie de encuentros deslucidos y de defecciones y actos inspirados por el egoísmo. La militar emulación y las virtudes cívicas estaban dormidas; no velaba más que la conveniencia personal. La oficialidad y jefes de todos los cuerpos llamados leales, a las órdenes de Seoane, Van-Halen, Carratalá y Ena, pesaban en certera balanza las probabilidades de triunfo, y viendo perdida la causa de Espartero, abandonaban las filas. Muchos a quienes repugnara la defección o el pase a las fuerzas pronunciadas, pedían la licencia absoluta, alegando que no combatirían por Espartero ni contra él. Van-Halen, que venía de Cataluña con todas las fuerzas que pudo reunir, se aterró de la merma gradual de su ejército en cada marcha. La opinión se volvía contra el Regente. Se hizo creer al pueblo que venía una época de congratulaciones y de abrazos, de alegría general y de *olvido de lo pasado*; que daría principio el imperio de la probidad, y que se unirían todos los hombres de corazón recto para *labrar* la felicidad de España. La prensa coaligada, retrógrados y progresistas, acordes en anunciar la próxima lluvia del maná, el advenimiento de los ángeles y la total regeneración del Reino bajo los auspicios de la inocente Isabel, habían ayudado a la formación de aquel delirio, obra de astutos fariseos ayudados de unos cuantos poetas hueros y de oradores vacíos.

En su parada fatalista de Albacete, Espartero padeció la mayor equivocación de su vida. En vez de empeñarse en una resistencia imposible, debió llamar a los cabezas del pronunciamiento militar y civil, y decirles: «Caballeros, aquí tienen ustedes la Regencia, el Poder y todas las investiduras que, según la opinión flamante, no merezco ya. Dejo el campo libre para que los honrados o los que lo parecen se abracen a su gusto, y para que se efectúe la reconciliación general anunciada por las musas políticas. Nombren nueva Regencia, si así les acomoda, para tirar hasta el 10 de octubre del año próximo, fecha en que nuestra adorada reina cumple los catorce años, y si esto no les parece bien y prefieren que la niña gobierne desde ahora, allá se las haya. Cesen ya tanto alboroto y tanta necedad; reciban de mi mano la autoridad suprema y hagan de ella lo que más les agrade, que yo a mi casa me voy, o al extranjero si en mi casa no me dejasen en paz.» Esto debió decir, y habría evitado que sus enemigos se dieran luego el falso lustre de ganar batallas que, como la de Torrejón de Ardoz, casi enteramente imaginaria, solo sirvió para que los prosélitos de Narváez colgaran a este glorias no menos resonantes que las de Aníbal, y para que llovieran las recompensas hasta encharcar todo el suelo de la Patria.

No le faltaron a Su Alteza en Albacete demostraciones de fidelidad desinteresada, y una de las más gratas fue la que hizo el jefe político de Ciudad Real, don José del Milagro, presentando con sus respetos el homenaje de sus servicios como gobernador y como ciudadano liberal. Con el dicho sujeto venían calificados personajes de la ínsula, de limpia estirpe patriótica, y los jefes de la Milicia de Miguelturra, Daimiel, Tirteafuera y de la propia Granátula, patria del conde-Duque, a ofrecer incondicionalmente, en defensa del pacificador de España, cuanto poseían, vidas y haciendas. Cariñoso y agradecido acogió don Baldomero este noble mensaje, y con todos desplegó las galas de su cortesía y miramiento, extremándose en el agasajo del jefe político, a quien, por su consecuencia, colmó de alabanzas. De puro soplado no cabía en su pellejo el bueno de don José, y se propuso seguir a la Regencia hasta la victoria o la ruina total, que de este modo la rectitud del funcionario había de tener más tarde o más temprano lucida recompensa.

Llegado el día en que Espartero dio por terminado el plantón de Albacete, Milagro le siguió, agarradito a sus faldones y remedando fielmente las diversas caras de alegría o desaliento que iba poniendo el ídolo, según las circunstancias. Tristísima fue la marcha desde Albacete a Sevilla, donde encontraron a Van-Halen asediando la plaza y tratando de obtener la rendición por la buena antes de disparar morteros y obuses. Los sevillanos, viendo ya ganada la partida por la revolución, no querían llegar al fin sin engalanarse con un poquito de heroísmo, ambicionando para su bella ciudad laureles semejantes a los de Zaragoza y Gerona. En dimes y diretes andaban sitiados y sitiadores, cuando llegó al Regente y a su *ayacucho* general la noticia de la furibunda batalla ganada por Narváez a los ejércitos combinados de Seoane y Zurbano en los campos de Torrejón de Ardoz, victoria que determinaron fácilmente y sin efusión de sangre los resortes estratégicos más elementales y sencillos. Las tropas de Seoane y Zurbano se pasaron al campo de Narváez, dejando a los dos caudillos espantados de su soledad... Empezaban los abrazos.

V

El dedo de Dios, como algún diario de la época escribió con poético énfasis, señalaba al *ídolo revolucionario*, al *rebelde y traidor* Espartero, el único camino que debía seguir, para *sumergir su ignominia en el ancho foso de los mares.* A toda prisa tomó el Regente, con los restos de la dominación *aya-cucha*, el camino de Cádiz, única plaza importante que aún no se había pro-nunciado; alentaba la esperanza de hacerse fuerte dentro de aquellos glo-riosos muros, que habiendo sido cuna de la libertad recién nacida, debía ser su refugio cuando, ya persona mayor, volvía vencida y descalabrada. ¡Vana ilusión! Mal podría pensar don Baldomero en que los baluartes gaditanos le dieran apoyo para la restauración de su poder, cuando no tenía ya fuerza, ni partido, ni partidarios. Al salir de Sevilla empezaron las deserciones: huían los oficiales, tras ellos los soldados; en Lebrija y Morón, Cuerpos enteros, volviendo descaradamente la espalda al viejo ídolo, corrían a campo-traviesa en busca del ídolo nuevo, que en aquel caso era don Manuel de la Concha, el cual de la parte de Málaga venía con hueste numerosa y brava en persecución del fugitivo. La relajada moral que entonces reinaba, fruto de tantas sublevaciones y del derroche de recompensas con que las estimulaba una política vil, obró con infalible poder corruptor en las almas de los últimos *ayacuchos*. ¿No era un dolor que cuando en toda España derramaban ascensos a manos llenas las Juntas de Salvación, se expusieran a ser postergados o quizás perseguidos los pobrecitos jefes y oficiales que acompañaban el cadáver de la Regencia por la única razón de una etiqueta vana y de una lealtad inútil?... Espartero llegó al Puerto de Santa María sin más ejército que su escolta, sus ayudantes y un grupo de fieles amigos, entre los cuales se contaban Nogueras, Van-Halen, Infante, Linaje, Montesinos, Gurrea, Milagro y otros cuyos nombres resultan desvanecidos en el oleaje del tiempo. Refugiado en el vapor *Betis*, firmó el Regente su pro-testa, último resuello de un poder expirante, y luego se trasladó a bordo del navío *Malabar*, de la marina Real inglesa, el cual, guardándole miramientos exquisitos y no escatimándole los honores oficiales, le llevó a Lisboa. De Lisboa partió a Londres en otro buque inglés.

Ved aquí extinguido un poder de la manera más pedestre y oscura, sin la brillantez ni el interés trágico que suelen acompañar a las catástrofes de imperios y a la caída de dictadores o favoritos. Todo ello es de la más estulta prosa histórica, y fuera de la postura digna que adopta el caído, no se ve ni en sus partidarios ni en sus enemigos más que amaneramiento, bajeza de ideas, finalidades egoístas. Ni resplandecen grandes virtudes ni los furores desordenados, que suelen ser signos de vitalidad en los pueblos y de grandeza de caracteres. Todo es pequeño, vulgar, con una mezcla repugnante de candor bobo y de malicia solapada. Los ataques y las defensas de palabra y por escrito revelan afectación y mentira; se hacen y sostienen con hinchado lenguaje afirmaciones en que nadie cree. La única fe que se trasluce entre tanta garrulería es la de los adelantamientos personales; el móvil supremo que late aquí y allí no es más que la necesidad de alimentarse medianamente, la persecución de un cocido y de unas sopas de ajo, ambiciones tras de las cuales despuntan otras más altas, anhelos de comodidades y distinciones honoríficas. Bien lo dice la profana Clío cuando, interrogada acerca de estas cosas tan poco hidalgas, nos muestra la imagen de la Nación desmedrada por los hábitos de ascetismo a que la han traído los que durante siglos le predicaron la pobreza y el ayuno, enseñándola a recrearse en su escualidez cadavérica y a tomarla por tipo de verdadera hermosura. Dícenos también la diosa que no puede hacer nada contra los siglos, que han amaestrado a nuestra raza en la holgazanería, imbuyéndole la confianza en que los hombres serán alimentados con semillitas que lleva y trae el viento de la Providencia. Añade que las necesidades humanas, eterna ley, despertaban al fin en el pobre español los naturales apetitos, sacándole del sueño de austeridad ascética, y al llegar esta situación, encontraba más fácil pedir a la intriga que al trabajo la mísera sopa y el trajecito pardo con que remediarse del hambre y del frío.

Y sin pedir nuevos dictámenes a la Musa, puede asegurarse que no escaseaban, en medio de tanto prosaísmo, accidentes cómicos de cierto valor estético. El *general bonito* declaraba a Espartero traidor a la *Patria*, privado de todos sus honores, y le entregaba por sí y ante sí a la *execración de los españoles*... A la protesta que formuló el Regente a bordo del Betis contestaron el mismo Serrano, López y Caballero con otra soflama, repitiendo lo de la execración universal, acusándole de haber saqueado las arcas públicas, y quitándole, por fin, todos sus empleos, títulos, grados y cruces. No sería justo acusar a los que tales desatinos e insulsas candideces escribían, y esta es otra de las gravísimas corrupciones de la política, que hace a los hombres desvariar ridículamente y decir mil necedades sin creer en ellas. Por esto la historia de todo grande hombre político en aquel tiempo y en el reinado de Isabel no es más que una serie de enmiendas de sí mismos, y un sistemático arrepentirse hoy de cuanto ayer dijeron. Se pasan la vida entre acusaciones frenéticas y actos de contrición, flaqueza natural en donde las obras son nulas y las palabras excesivas, en donde se disimula la esterilidad de los hechos con el escribir sin tasa y el hablar a chorros.

Lecciones de consecuencia podía dar a todos el buen Milagro, que al volver de la tierna despedida del Regente, dejándole en la lancha, era tan fanático esparterista como en los días gloriosos del 40 y del 41, y en la fidelidad de esta religión pensaba morir, legando a sus hijos, a falta de caudales que no poseía, el ejemplo de su adoración idolátrica del dogma liberal. Si en el gobierno de la ínsula que su don Quijote le confiara había cometido mil tropelías electorales para sacar diputado a Don Bruno; si fue un gobernador muy parcial y más devoto de sus amigos que del procomún, en el terreno de los intereses conservó inmaculada pureza, y su conciencia salió de allí tan limpia como sus bolsillos. De su integridad era testimonio el hecho de que tuvo que pedir dinero a sus amigos para costearse el viaje de Cádiz a Madrid, y resignado con su suerte, por el camino iba soltando aforismos de manchega filosofía: «Todo el mal nos viene junto, como al perro los palos... A donde se piensa que hay tocinos, no hay estacas.» Volvía el hombre a su casa sin otro caudal que las esperanzas en la próxima vuelta del duque.

Cogido el mango de la sartén por los *hombres de octubre*, ayudados de los *hombres de julio*, reducido habían a la mayor miseria y aniquilamiento a los *hombres de septiembre*. Entraron proclamando que se hundía todo, Patria, Religión, Gobierno, Monarquía, y hasta el firmamento, si no se arrancaban de las manos de Espartero aquellos dieciséis meses que de regencia le restaban, y para que no se creyese que ellos, los *señores de octubre y de julio*, ambicionaban los puestos de Regente o Tutores, declararon la mayor edad de la niña, haciéndola de golpe y porrazo mujer capacitada para pastorear el español ganado, tan pacífico y obediente. Cierto que el duque había cometido errores políticos, algunos muy graves; pero ¿qué planes, qué ideas, qué sistema traían los nuevos curanderos para aplicar a los males antiguos un remedio eficaz? Atropellaron un poder para crear otro con los mismos y aun peores vicios; tiraron un ídolo para poner en su peana otros, que más bien debieran llamarse monigotes, cuya incapacidad se vio muy clara en el correr del tiempo. Repitieron los defectos de la Administración esparteril, agravándolos escandalosamente; si el duque convirtió en razón de Estado la protección a los que le eran fieles; si a veces pospuso el bien general al de una media docena de compinches y paniaguados, los *libertadores de octubre y de julio* nos traían el imperio sistemático de las camarillas, del caciquismo, del pandillaje, de las asoladoras tribus de amigos, con el desprecio de toda ley y la burla del interés patrio. En el tránsito de la turbulenta infancia de Isabel a su mayor edad, vemos aparecer la pléyade funesta: hombres de talento en gran número, de brillante exterior y fecundos en palabrería, enteramente vacíos de voluntad y de rectitud, en el sentido general. Entre unos y otros, civiles y militares, no hicieron más que levantar esta Babel que tanto cuesta destruir: los Olózagas y López, por el lado liberal; los Narváez, Serranos y Conchas, por el opuesto; el mismo O'Donnell, que supo hallar un pasajero equilibrio, con un pie en cada lado, y otros que no es necesario nombrar, más que laureles merecen maldiciones, porque nada grande fundaron, ningún antiguo mal destruyeron. Entre todos hicieron de la vida política una ocupación profesional y socorrida, entorpeciendo y aprisionando el vivir elemental de la Nación, trabajo, libertad, inteligencia, tendidas de un confín a otro las mallas del favoritismo, para que ningún latido de actividad se les escapase. Captaron en su tela de araña la generación propia y las venideras, y corrompieron todo un reinado, desconceptuando personas y desacreditando principios; y las aguas donde todos debíamos beber las revolvieron y enturbiaron, dejándolas tan sucias que ya tienen para un rato las generaciones que se esfuerzan en aclararlas.

VI

Observó en Madrid el buen Milagro mudanzas y novedades: derribos de casas, edificaciones hermosas, modas y costumbres de importación reciente, y a María Luisa la encontró muy flaca y desmedrada, a Rafaela repuesta de sus destemplanzas con la dichosa viudez y el más dichoso casamiento, a los chicos muy despiertos, adornados de relumbrones de ciencia y de pedantesca verbosidad ostentosa que en el trato escolar iban adquiriendo. Mayor sorpresa que él con estas hechuras del infalible progreso, tuvieron sus hijas viéndole venir de la ínsula sin una mota ni nada que se le pareciese; tampoco traía regalos, que con la visita al Regente tuvo que dejarse allá las ollas de arrope y dos cajitas de bizcochos de Almagro. Creían las chicas que su padre no volvería del Gobierno sin una carga de dinero, producto de su honesto ahorro y de las obvenciones propias del cargo, y les supo mal verle venir a lo náufrago que a duras penas salva la vida y lo *puesto*. Ciertamente se condolió más de esta desventura María Luisa, por ser pobre, que su hermana Rafaela, la cual, enriquecida por un buen matrimonio, no necesitaba para nada del socorro paterno, y así, mientras la señora de Cavallieri, al notar la vaciedad de bolsa de su señor padre, dejó traslucir su enojo, trocando su afectuoso júbilo en frialdad cercana al menosprecio, la otra, por el contrario, sintió redoblada su piedad (pues era, según dicen, aunque disoluta, mujer de buen corazón), y quiso darle la mejor prueba de su filial cariño, brindándole hospedaje y asistencia por todo el tiempo que quisiera, esto es, hasta que volviese el duque con la contra-regeneración. Muy buena cara puso *Don Frenético* al oír las ofertas de su esposa, y accediendo a todo, como marido enamorado que en los ojos de ella se miraba, repitió y extremó la cariñosa protección, con lo que don José, vencido del agradecimiento y de la ternura, bendijo a la Providencia, después a sus hijos, y se limpió las lágrimas que en tan patética escena brotaron de sus ojos.

Visitado de sus numerosos amigos, frecuentando desde el día de su llegada cafés, círculos y tertulias, entró de lleno en el mar de las conversaciones políticas, sin que ni por casualidad saliese de sus labios palabra sobre otro asunto; que así son los que adquieren ese vicio nefando. Los atacados de él, que eran casi todos los habitantes de las ciudades populosas, no se entretenían tan solo en discutir y comentar los problemas graves de la cosa pública, sino que principalmente cebaban su apetito en la baja cuestión de personal, caídas y elevaciones de funcionarios, y en otros mil enredos, chismes y menudencias. Componían el Gobierno llamado *Provisional* las mismas figuras, con corta diferencia, del *Gabinete de mayo*, en las postrimerías de la Regencia. Lo presidía el mismo don Joaquín María López, que con su oratoria musical fue uno de los que más contribuyeron al desastre pasado; a Guerra y a Gobernación habían vuelto Serrano y Caballero, y gobernaba el Tesoro público el señor Ayllón. Aunque todos procedían de la vieja cepa progresista, el alma del Gabinete era Narváez, a quien nombraron Capitán general de Madrid. Narváez mangoneaba en lo pequeño como en lo grande, y de su secretaría y tertulia salían las notas para el terrorífico desmoche de empleados.

El angustioso lamentar de los cesantes que iban cayendo, y el bramido triunfal de los nuevos funcionarios que al comedero subían, formaban el coro en las vanas tertulias de los cafés. Otros parroquianos puntuales de aquellas mesas, satisfechos de permanecer en sus destinos, declaraban a boca llena que la última revolución, hecha con tanta limpieza de manos, derramando tan solo algunas gotitas de sangre, era la admiración del mundo entero. El Ejército estaba contentísimo por la prodigalidad con que se había premiado su patriótico alzamiento, repartiendo sin tasa empleos, grados, honores y cruces; el pueblo bailaba de gusto, viendo a todos reconciliados sin más mira que el bien común, y confiado en que se rebajarían las contribuciones; la Iglesia también se daba la enhorabuena, porque se reanudarían pronto las buenas relaciones con el Papa y se pondría coto al ateísmo y a la impiedad; y en fin, general era el contento, porque bien a la vista estaba que entrábamos en una era de bienandanza, paz y trabajo...

Todo esto lo rebatía con múltiples razones y ejemplos don José del Milagro, sosteniendo que la *era* en que estábamos *era* una *era erial*, es decir, sin trigo, porque todo el grano de ella *era* para los gorriones moderados. No nos alababa la Europa: lo que hacía era reírse de nosotros y de la suma necedad de los liberales. En cuanto al Ejército, justo sería pedirle que pusiera las cosas en el estado que tenían antes de los escándalos de julio, pues bien iban comprendiendo los mismos militares que habían sido instrumento de la *más odiosa de las traiciones y de la más vil de las sorpresas*, expulsando al libertador de España, para traernos a media docena de generales bonitos y feos, que no eran más que servidores de Cristina y de los Muñoces. La conducta de los progresistas que habían concertado la coalición cayendo como bobos en la trampa moderada, juzgábala el exgobernador de la ínsula manchega en los términos más crueles y despreciativos. Con un símil ingenioso representaba el proceder de López, Olózaga, Serrano y Caballero: habían sujetado por brazos y piernas a la Libertad para que los Narváez y Conchas se hartaran de darle de puñaladas... ¡Y luego seguían tan frescos, gobernando al país y hablándonos de voluntad nacional y de reconciliación!

En su propia casa, o sea la de Rafaela, no cesaba el cotorreo de Milagro, porque allá concurrían diferentes personas, como él entregadas al feo vicio de la embriaguez política. Moderados eran algunos y moderado el dueño de la casa, antaño conocido por *Don Frenético*, hombre fino tolerante, que siempre ponía la cortesía y la amistad sobre las ideas; progresistas eran otros, de los poquitos que cultivaban con esmero las formas sociales, y por esto las discusiones que a cada instante se empeñaban no eran desagradables ni groseras. Entre los asiduos descollaba don Mariano Centurión, gentilhombre de Palacio en tiempo de la tutoría de Argüelles. Aún sufría dolores agudos en la parte posterior de su individuo, efecto de la violentísima puntera con que le arrojaron del real servicio a los pocos días de la caída de su protector el Serenísimo Regente, y el hombre se llevaba sin cesar la mano, idealmente, a la parte lastimada, discurriendo a qué faldones se agarraría para enderezar de nuevo su persona y procurarse un medio decoroso de vivir. Grande amistad se trabó entre Centurión y Milagro, llegando a la más feliz armonía por la conformidad de sus juicios acerca del presente y por su incondicional adhesión al caído Espartero. Algo dijo el cortesano cesante al cesante gobernador que le obligó a modificar su esperanza en el liberalismo de la reina. Ciertamente, Isabel era buena, cordial, afabilísima, generosa hasta la disipación, muy amante de su patria, con la cual quería candorosamente identificarse; pero por muchas cualidades nativas que en ella existiesen, imposible parecía que la pobre niña, en tan corta edad y sin adecuada educación seria y verdaderamente Real, se sustrajese a la red con que el moderantismo había cuidado de aprisionar todos y cada uno de los miembros de su juvenil voluntad. «Mire usted, querido Milagro —decía don Mariano platicando a solas con su amigo—, desde el punto y hora en que fuimos arrojados de Palacio ignominiosamente don Agustín Argüelles y yo, Quintana y yo, don Martín de los Heros y yo, la condesa de Mina y yo, y tras de nosotros bajaron de cinco en cinco peldaños las escaleras, con una mano atrás, los poquísimos liberales que allí servían, la mansión de nuestros Reyes quedó convertida en el nidal de la teocracia cangrejil. Ni allí ha quedado persona de ideas *libres*, ni volverá a traspasar aquellos umbrales ningún individuo de nuestra comunión. Sin hacer ningún caso del bendito López, que es un angelical marmolillo sonoro, ni de Olózaga, que mira por sí y sus adelantos antes que por el partido, han pergeñado totalmente la servidumbre de Palacio con los elementos *muñociles*, con los adulones de la Santa Cruz y del duque de Bailén, con los paniaguados de Narváez, con gentezuela oscura de abolengo absolutista, hechura de los Burgos, Garellys, y aun del propio Calomarde. Han metido a la pobrecita reina dentro de una redoma en que no puede respirar más que miasmas de retroceso. Nosotros, mirando por el partido y por nuestras posiciones legítimamente ganadas, quisimos imbuir en la Isabel los buenos principios, enseñándole el sistema que tan excelentes frutos da en Inglaterra; pero no nos dejaban los muy perros: noche y día rodeaban a las niñas pasmarotes del bando cristino, vigilándolas sin cesar, dándoles lecciones de despotismo, enseñándoles el desprecio del Progreso, y pintándonos a todos como gente sin educación, mal vestida y que no sabe ponerse la corbata, ni comer con finura, ni andar entre personas elegantes. Por esto, ¡caracoles!, ni Quintana con su gran saber, ni la Mina con su suavidad y agudeza, ni yo haciéndome el tonto para mejor colarme, pudimos llegar a donde queríamos. No cuente usted, pues, con que Palacio vuelva el rostro a la Libertad, que los moderados lo tienen todo bien guarnecido y amazacotado de su influencia, y hasta los ratoncillos roen allí por cuenta de ese gitano de mi tierra, Narváez.»

VII

Quedose de una pieza don José, tardando algún tiempo en volver de su engaño, al cual quería dar explicación por su alejamiento sistemático de la atmósfera palatina. Jamás pisó las alfombras de *la casa grande*; a la reina y princesa no las había visto más que en la calle, cuando salían en carretela descubierta a recibir las ovaciones del pueblo. Eran las niñas símbolo precioso de la Libertad contra el Despotismo, y sus dulces nombres, decorados con los epítetos más rimbombantes y poéticos, habían conducido a nuestros ejércitos a las heroicas campañas contra el oscurantismo y la barbarie. A pesar de todo lo dicho por Centurión, le costaba trabajo arrancar de su alma la fe en las angélicas criaturas; que nada es tan poderoso como el amaneramiento, nada perdura tanto como las fórmulas de popular entusiasmo unidas al orden de ideas petrificado en una generación. De los pensamientos graves que don Mariano despertó en el ex-gobernador de la ínsula, se distrajo este observando los latidos de la nueva revolución que en otoño se estaba preparando ya contra la que triunfara en estío. Fue que los progresistas de los pueblos iban cayendo en la cuenta de que, burlados con travesura y no sin gracia por los enemigos de la Libertad y de Espartero, habían consumado la criminal tontería de lanzar a este del Reino, quedándose todos a merced de un vencedor insolente y amenazados de triste esclavitud. Al proponerse reparar su engaño, no comprendían los infelices que si susceptible de enmienda es un error, no lo es la necedad. Sostenían en algunos pueblos las Juntas su autoridad bastarda, y Barcelona y otras ciudades grandes pedían que se reuniese una delegación de todas y cada una de las Juntas, con el nombre de Central, para que acordase lo concerniente a Regencia nueva o declaración de mayor edad de Isabel II. Con esto sobrevino una turbación honda en las provincias, y descontento de los milicianos desarmados ya o por desarmar; empezaron también a rezongar algunos cuerpos del ejército, y el Gobierno tuvo que desmentir su programa de reconciliaciones, concordias y abrazos, metiendo en la cárcel a infinidad de españoles que días antes fueron proclamados *buenos*, y ya se habían vuelto *malos* solo por querer armar su revolucioncita correspondiente.

Siguiendo con ardiente interés y atención el rebullicio del Centralismo, creía Milagro que ya estaba armado el desquite, y que no tardaría en volver de Londres, traído en volandas por buenos y malos, el gran soldado y pacificador Baldomero I. Pero aquel amago de revolución, síntoma reciente de la diátesis nacional, pasó pronto, y la fiebrecilla de los pueblos remitió solo con que le administrara algunos chasquidos de su látigo *el guapo de Loja*. También el orador angélico don Joaquín María López iba cayendo de su burro, mejor dicho, había caído ya, y suspiraba por volver a su casa, convencido al fin de que no le llamaba Dios por el camino de dirigir a un partido y de gobernar a la Nación. Era hombre de intachable honradez, caballeroso, amante de su patria, en sus convicciones políticas noble y sincero, ambicioso de una gloria pura y desinteresada, mirando al bien general. Carecía de aptitudes para ese arte supremo del gobierno que requiere reflexión, tacto y el don singular de conocer a los hombres y entender los varios resortes de la malicia humana. Su oratoria de caja de música y el ver todos los casos y cosas del gobierno con ojos sentimentales fueron la causa de que no dejara tras sí ninguna idea fecunda, ninguna labor eficaz y duradera. Trajo a su patria, con funesto candor, el barullo y la destrucción del partido del *Progreso*. Pero si su figura, pasado el tiempo, pierde todo interés en la vida pública, en la vida privada es de las más bellas, dramáticas e interesantes. Mil veces más que la historia de don Joaquín María López vale su novela, no la que escribió titulada *Elisa*, sino la suya propia, la que formaron los desórdenes, las debilidades y sufrimientos de su vida, y que remató una muerte por demás dolorosa. Vivió su alma soñadora en continuos aleteos tras un ideal a que jamás llegaba, y en continuas caídas de las nubes al fango; y si su bondad y abnegación en la vida pública le granjearon amigos, sobre sus flaquezas privadas arroja su manto más tupido la indulgencia humana.

Pues, señor: el lento andar de la rueda histórica trajo lo que iba haciendo ya mucha falta: nuevas Cortes, representación fresca del país, que bien a las claras expresó su voluntad favorable a la juventud moderada. En las filas de esta, risueña esperanza del país, descollaba González Bravo, que ya parecía sentar la cabeza y se abrazaba honradamente a la causa del orden, buscando el olvido de los pasatiempos demagógicos con que se abrió camino, y de las bromas pesadas que solía gastar con la excelsa reina Doña María Cristina. De los demás que al lado de *Ibrahim Clarete* formaban un entusiasta batallón, muchachos de buenas familias, muy leídos y escribidos, se hablará en lugar oportuno... Lo más urgente ahora es decir que la elección de presidente fue reñidísima, por no tener mayoría los moderados y presentarse divididos los progresistas. No habiendo reunido bastante número los dos candidatos Cortina y Cantero, echaron al redondel un tercer candidato, Olózaga, que con los votos de los aliados salió vencedor. Pronto se verá que la elección de Salustiano, la res más brava y voluntariosa del progresismo, obedeció a la idea de dar a este muerte ignominiosa; se verá con qué astuta brutalidad le asestaron la estocada maestra, que en un punto quitó de en medio al hombre y al partido.

No se les cocía el pan a las Cortes hasta no declarar la mayor edad de la reina, y desde las primeras sesiones aplicáronse Senado y Congreso a este negocio, del cual fue primer trámite la proclamación que el *Protector*, Narváez de Loja, hizo en la Cámara de S. M. Ante el Cuerpo diplomático, acto solemne al cual siguió otro en la Plaza mayor, en que el propio don Ramón María y el brigadier Prim, ya conde de Reus, celebraron con militar pompa y arrogancia la *inauguración provisional* del nuevo reinado... Ya de tal modo se le agotaba la mansedumbre al bendito López, y tan cargado le tenía su papel de *salvador del País y del Trono*, que se plantó resueltamente, y no hubo razones que le retuvieran un día más en el Gobierno. Como gato escaldado salió de la Presidencia, y su sucesor fue Olózaga. Todo iba pasando conforme al gusto y a las previsiones de narvaístas y palaciegos, a quienes no faltaba ya más que preparar al nuevo ministro y *cuadrarle* bien para que no marrase la estocada.

Acontecimientos tan fútiles no merecen un lugar en la Historia más que a título de engranaje, y si en estas páginas figuran, no es más que por preparar la relación de otros hechos realmente grandes, famosos y trascendentalísimos, como el que a continuación se lee. Fue que una tarde, allá por el 28 de noviembre, poco después de haber formado don Salustiano su Ministerio, los amigos de Milagro, que tenían su tertulia política en uno de los principales cafés de la Corte, vieron entrar a don Bruno Carrasco con el sombrero echado hacia atrás, pálido el rostro, fulgurante la mirada, señales todas de un grandísimo sobrecogimiento del ánimo. Antes de que el buen manchego satisficiera la curiosidad del noble concurso, comprendieron todos que de algún grave suceso se trataba, quizás cataclismo en las esferas, o revolución que por igual ponía patas arriba a todas las naciones de Europa... Dejáronle tomar aliento, beber algunos buches de agua, y luego se supo, con general estupefacción, que don Bruno traía en el bolsillo el nombramiento de Subdirector de Aduanas. Habíale llamado a su despacho aquella tarde el nuevo ministro de Hacienda, el honradísimo, inteligente y chiquitín don Manuel Cantero, y sin preámbulos le dijo que el Gobierno de Olózaga quería rodearse de todos los consecuentes liberales que desperdigados andaban por España, y reclutar *buenos españoles* donde quiera que se encontrasen. Naturalmente, Cantero, que conocía los méritos de Carrasco y le apreciaba de veras, se acordó de él, y... Nada, nada, que era Subdirector de Aduanas, y ya estaba el hombre medio loco de pensar si aceptaría o no el cargo, pues si de un lado le estimulaban a la renuncia su fidelidad y adhesión a Espartero, de otro pedíanle lo contrario sus ganas de ser útil al país, y de manifestar públicamente en el terreno administrativo su honradez y laboriosidad. El tumulto que armó la noticia no es fácil describirlo: quién felicitaba con terribles voces, golpeando la mesa con los duros vasos, y con botellas y cucharas; quién soltaba pullas, calificando a don Bruno entre los vividores que saben nadar y guardar la ropa. Alguien sostuvo que don Baldomero se pondría furioso cuando lo supusiese, y otros opinaron que debía escribirse a Londres sin pérdida de tiempo, pidiendo consejo al duque sobre lo que se había de hacer. No pudo Milagro disimular su contrariedad, que no llegaba a los tonos de la envidia. Inconsecuente sería Carrasco si aceptaba, a menos que no declarase el Gobierno que la situación era esencialmente progresista y anti-moderada, arrojando sin ningún escrúpulo el lastre cangrejil, y fusilando a Narváez, Serrano, Concha y Prim, por primera providencia... No menos de un cuarto de hora duró la parlamentaria confusión de la tertulia, en la que todos hablaban a un tiempo, mareando y enloqueciendo al pobre don Bruno más de lo que estaba. La suerte suya fue que le obligó a marcharse el natural deseo de comunicar a su familia la feliz nueva. Salió de estampía, y en el cotarro siguieron zumbando los incansables moscardones, cesantes los unos y sin esperanzas, colocados otros y con el alma en un hilo por el temor de ser arrojados de sus comederos, pretendientes los demás, tenacísimos y fastidiosos, cualquiera que fuese la situación saliente y la entrante. Todos tenían hijos que mantener y ningún oficio con que ganar el pan, fuera de aquel remar continuo en las galeras políticas.

A su casa corrió don Bruno como una exhalación, y no encontró a nadie. Las señoritas habían ido de paseo con Rafaela, los chicos correteaban con sus amigos, después de clase, y Leandra, desmintiendo en aquellos días sus hurañas costumbres, buscaba fuera de casa el alivio de su honda nostalgia. Obligado a esperarla, y no teniendo a quién comunicar su alegría, se franqueó el señor con la Maritornes, dándole conocimiento del destino y anticipando la idea de que la familia debía mudarse al centro de Madrid, pues no era cosa de que tuviera él que andar media legua todas las mañanas para ir al Ministerio; ni cómo había de llevarle la criada el almuerzo a tan larga distancia. Era costumbre y tono que los empleados almorzasen en la oficina, y que después pidieran el café al establecimiento más cercano. Luego fumaban un rato, leían el periódico y... En estos risueños pensamientos el hombre se adormecía, renegando de la tardanza de su digna esposa...

La cual entonces había contraído una dulce amistad, que era su pasatiempo más grato. Andando por paradores y tenduchos, tropezó con una paisana, del Tomelloso, propietaria de una colchonería en la calle del Ángel, y hablando de la tierra, iban apareciendo mujeres, hombres y familias que habían tenido el honor de nacer en la felice Mancha. En el término de esta cadena de relaciones y conocimientos halló Doña Leandra a una pobre señora que había visto la luz en Aldea del Rey, lugar del propio Campo de Calatrava, con lo que resultaba un paisanaje más familiar, casi con honores de parentesco. Era la tal Doña María Torrubia, viuda de un tratante en ganado de cerda, y había pasado en poco tiempo de una holgada posición a la más humilde y lastimosa, pues vivía de un humilde tráfico: vender torrados, altramuces y piñones para los chicos; para los grandes, yesca, pedernales y pajuelas. Todo su comercio lo llevaba en dos cestas colgadas de uno y otro brazo, y con él se instalaba en la Fuentecilla o en la Puerta de Toledo, en el puente los días de fiesta. En cuanto las dos mujeres se echaron recíprocamente la vista encima, reconoció cada cual en la otra el aire y habla de la tierra, y por cariñosa atracción instintiva se abrazaron, con lágrimas en los ojos. Rápidamente se dieron las informaciones precisas, nombres, linaje... y resultaron, ¡ay!, parientes, pues si Doña María era Quijada por su madre,

Doña Leandra tenía sangre de Torrubia por el segundo grado de la línea paterna. Enumeró Doña María todas las familias enlazadas con los Carrascos y los Quijadas, y a Doña Leandra no se le olvidó en la cuenta ninguno de los parientes y deudos de la Torrubia ni de su difunto esposo, Mateo Montiel, a quien Bruno había tratado íntimamente. Dos horas emplearon en hacer el censo de población del Campo de Calatrava, no escapándoseles familia rica ni pobre. Daba cuenta Doña María de las casas y posesiones de los Quijadas en Peralvillo, enumerando las granjas, paneras, abrevaderos, palomares, corrales y hasta los pares de mulas. ¡Ay! Doña Leandra veía el cielo abierto, y no habría parado en tres días de platicar de materia tan sabrosa.

Separáronse las improvisadas y ya cariñosas amigas con promesa formal de reunirse todas las tardes en el Campillo de Gilimón, donde la Torrubia tenía su mísero alojamiento, junto a la tienda de un pajarero llamado Juan López, de apodo Sacris, por haber sido en su mocedad lego, y después muy metido entre curas, hasta que adoptó la industria de cazar y vender pájaros. Las horas muertas se pasaban las dos mujeres, sentaditas en los grandes pedruscos que forman poyo junto a las casas, o en el pretil que cae sobre el vertedero. Allí tomaban gozosas el Sol poniente hasta su último rayo, sin dar reposo a las lenguas, trayendo a una recordación entusiasta las cosas buenas de la tierra: las excelentes comidas, superiores a todo lo de Madrid; la hermosura del campo, lleno de luz, y la deliciosa sequedad, la tierra dura sin árboles; los ganados y las personas, indudablemente más honradas y verídicas que las de la Villa y Corte, donde todo era mentira y ladronicio. Jamás se agotaba el tema, y cuando la memoria de Doña Leandra flaqueaba, la de Doña María, por remontarse a tiempos más distantes, era más enérgica y vivaz en el descubrimiento de las manchegas perfecciones.

Una tarde, después de ponderar la *fortaleza* y el rico sabor de las aguas de allá, dijo Doña Leandra: «Y habrá usted observado, como yo, que aquí el jabón no lava... Yo me restriego las manos hasta despellejarme, y nada... Este condenado jabón no limpia, y la ropa nos la traen las lavanderas con viso amarillo y sin la blancura que saca en nuestra tierra. ¡Vamos, que cuando me acuerdo del jabón que fabrica en Daimiel Norberto Casales...!, que es primo mío, por más señas...»

—Y sobrino segundo o tercero de mi difunto... ¡Aquel es jabón... Sí, señora!

—¿Se acuerda? Blanco y rosadito como la nácar, con su veteado azul...
Deja la ropa y las manos como si acabaran de nacer... ¿verdad?

—Verdad. Mas yo creo que aquí no se limpia una por mor de las aguas —
dijo la Torrubia mostrando sus manos, que sin duda necesitaban la corriente
del Jordán para descortezarse—. Sobre que da dolor de tripas, el agua de
Madrid no tiene aquel líquido, ¿verdad?, aquel...

En esto llegó corriendo la Maritornes para decir a Doña Leandra que el
señor había llegado y la esperaba...

«Chica, me has asustado... ¿Qué... Ocurre algo?»

—Lo que hay es cosa de oficina, y de que tengo que llevarle el almuerzo
—replicó la alcarreña—. Venga, señora, pronto, que el amo está contento...
Mus muamos...»

Echose a la cabeza Doña Leandra el pañuelo negro, que en el calor de
las alabanzas del manchego jabón se le había caído, y toda medrosica y
anhelante, barruntando nuevas tristezas, invocando a la Virgen Santísima y a
los santos de su devoción, enderezó los pasos a su casa, donde don Bruno,
con solemne y conmovida palabra, le dio la noticia del feliz nombramiento.

VIII

A la siguiente tarde, o mañana, que la hora no consta en los papeles coetáneos del suceso, fue Doña Leandra al encuentro de su amiga, con los espíritus muy abatidos. Rodeada de sombríos nubarrones, la tenaz idea nostálgica volteaba en su magín, como una rueda silenciosa, doliente... El empleo de Bruno no solo alejaba la ocasión de volver a la Mancha, sino que imponía la necesidad de abandonar aquel barrio, el único de Madrid en que ella con mediano gusto se encontraba. Juntáronse las dos manchegas, y a sus pláticas dieron principio, arrimaditas al muro de las casas, para mejor gozar del Sol; mas no habían pasado de los exordios, cuando el *pajarero*, dejando a un muchacho sirviente el cuidado de la limpieza de jaulas y el suministro de agua y cañamones, acercose a ellas y con pavorosa ronquera les dijo: «Me *paiz* que no acabará el día sin tremolina. ¿No saben lo que pasa? Pues ahí es nada lo del ojo... La cosa más tremendísima que se ha visto en toda Europa y sus islas alicientes...»

—¡Ay, Dios mío! —exclamó la Torrubia—. ¿Otra revolución? Mal año para el comercio.

—Mal año para todo —repitió Doña Leandra elevando los ojos al cielo—. Y díganme a mí que no están todos locos en esta tierra.

—La circunstancia de ahora —dijo *Sacris*, pasando de la ronquera al tono profético— será la más funestísima que habéis visto, y correrá la preciosa sangre por las calles, mismamente como en el matadero... Pues ello es que Olózaga... El que rezó la Salve en las Cortes, ahora le ha cantado el Credo a la reina. *Diz* que en cuanto cogió el bastón de ministro quiso volver a poner en pie de guerra a la Milicia Nacional, traernos otra vez al *ayacucho* y desarmar todo el ejército, lo que a la reina no le hacía gracia... Llevó el decreto disoluto de quitar Cortes, y la reina no quiso firmarlo. Furioso el hombre, *paiz* que cerró las puertas del camerín, y sacó una navaja, otros *diz* que puñal, de este tamaño, con perdón, y amenazó a la reina con dejarla en el sitio si no firmaba; y no contento con tan tremendísima peripecia, echole mano a la ropa, la obligó a sentarse en el trono, y allí, amenazada la niña con el puñal apuntado a su tierno pecho, no tuvo más remedio que suministrar la firma... El hombre, una vez conseguida su incumbencia, tomó el portante; mas la reina y todo el señorío de Palacio salieron dando chillidos tras él, y en la escalera le apresaron los excelentísimos alabarderos... Total, que ya está en capilla, y mañana le ahorcan... Pero andan los del Progreso muy alborotados, y dicen que no hay que colgar a Olózaga, sino a Narváez, que es el causante, pues... Los de tropa van por las calles pidiendo la exterminación de liberales, y se comprometen a estar fusilando desde por la mañana hasta la caída del Sol, si la reina lo quiere... y ved ahí el cataclismo que atravesamos...

—Pues siendo así —dijo Doña Leandra, echándose atrás el pañuelo que la sofocaba—, y si viene tan grande matanza, buen tonto será quien teniendo pueblo tranquilo donde vivir, se quede en este infierno... Voime a mi casa, que Bruno habrá llegado con tan horrendas noticias, y determinará que esta tarde nos pongamos en salvo.

—Sí, hija; *didos* pronto —indicó la Torrubia—, y llevadme a mí, que como en el barrio me tienen por *liberala*, motivado a que di muchos vivas en aquellas tardes del mes de septiembre, cuando tiraron a la Cristina, puede que a mí quieran también colgarme... Aunque para mi sayo digo yo, con perdón del señor *Sacris*, que no será la cosa tan funestísima, ni habrá tantas horcas preparadas, pues desde el amanecer de Dios ando yo en esas calles, y no he oído nada.

Llegaron en esto al grupo dos vecinos, uno de ellos zapatero y miliciano nacional, el otro matarife, muy señalado por su patriotismo, y dieron del suceso versión distinta de la de *Sacris*. Olózaga llevó a la firma de la reina el decreto de disolución, y Su Majestad obsequió al ministro con su cartucho de dulces, después de lo cual firmó sin dificultad. Lo que había era que los déspóticos, viendo que Olózaga venía con las intenciones de un jarameño, le armaron esta fea zancadilla en Palacio, figurando que la reina no firmó de su voluntad, con lo que quitaban de en medio a todo *el elemento libre*.

En formidable disputa empeñáronse el zapatero y Sacris, esgrimiendo este toda su dialéctica retrógrada y eclesiástica, el otro volviendo por los sagrados fueros de la Libertad y la Milicia, y a punto estaban ya de agarrarse, no ya de lenguas, sino de uñas, cuando Doña Leandra abandonó el grupo de contendientes (que a cada instante se engrosaba con vecinos de ambos sexos), y tiró hacia su casa, donde esperaba que Bruno le daría informes de toda exactitud, y que la familia determinaría por unanimidad ponerse en salvo. Llegó, en efecto, al hogar el buen Carrasco, poco después de su esposa, y a esta y a sus hijas, que ya en la vecindad habían oído alguna vaga indicación del suceso, lo refirió y comentó con sentido, sin dar a entender que ofreciera peligro la residencia en Madrid. Doña Leandra afectó un terrible miedo; las chicas, no menos asustadas, agregaron que convenía mudarse pronto, antes hoy que mañana, porque no había más peligrosa vecindad que los barrios bajos en tiempo de revueltas. Calló la madre tragando saliva, y don Bruno siguió diciendo que lo de Olózaga era castigo de Dios, porque tanto él como López y Caballero, las primeras figuras entre los *libres*, se habían mancomunado con la gente tiránica para derribar al Regente, y ya pagaban su culpa, viéndose perseguidos y deshonrados de mala manera por los que se fingieron sus amigos con el único fin de quitarle a la Nación *hasta los últimos ápices* de libertad.

Por el momento, no podía el señor de Carrasco decir más, y al café se largaba, donde fácilmente se enteraría del curso de aquel negocio. Todos los cafés ardían en disputas. Se oían los juicios mas razonables y las aseveraciones más absurdas y locas. La discreción y la demencia chisporroteaban juntas, y el humo de las vacías palabras asfixiaba a las muchedumbres que en lugar cerrado y en la calle, en cuerpos de guardia, en corredores palatinos, en ámbitos del Congreso, y en sacristías, camarines, plazuelas y portales, agitaban sus lenguas y secaban sus gargantas comentando el dramático asunto y desentrañando sus oscuros móviles.

«Señores, señores —decía don José del Milagro en su gallinero del café, esforzando horriblemente la voz, y dando golpes en la mesa para dominar el tumulto y abrir un hueco de silencio en que depositar su opinión—. Señores... óiganme, por favor... En nombre de la patria, de la familia, del individuo, ¡ah!, les ruego que me oigan, porque si no me oyen reviento, como hay Dios... La única solución, la única solución que veo... lo digo con la mano puesta sobre mi conciencia... la única solución es que le traigamos otra vez... Sí: en este horrible desconcierto, todos los ojos se volverán al fin al héroe desterrado, al ciudadano invicto que hemos perdido porque no le merecemos, al triunfador, al regenerador, al pacificador...»

—Silencio, orden —gritaron varias bocas—, que Milagro está diciendo cosas muy buenas... ¡Silencio!

—Sí, amigos míos, compañeros míos, hermanos míos —prosiguió don José imitando el estilo de López—: yo sostengo, yo aseguro, yo declaro que en la gravísima situación de la Patria, en el terrible conflicto de la Libertad, en este deplorable caos a que nos han traído los errores de unos y otros, no veo, no vislumbro, no puedo imaginar otro remedio ni otra salvación que la salvación y el remedio que he tenido el honor de exponer... Y la misma reina, nuestra amadísima Soberana, que alguien quiere convertir en piedra de escándalo y en elemento, señores, en elemento de discordia y enredos... Nuestra excelsa Soberana, hija de cien Reyes, será la primera que alargue sus bracitos amorosos hacia Londres, diciendo: «Espartero, ven a salvarme, que solo en ti y en la Virgen del Pilar veo lealtad y amor verdadero; ven a librarme de esta pillería que me rodea y quiere engañarme, unos para llevarme a la demagogia, otros para vestirme de la piel del despotismo... No, no mil veces, Espartero mío: yo no quiero ser despótica ni parecerlo. Liberal nací, y liberalmente me crié, ¡ah!, entre el estruendo de los himnos populares y del horrísono fuego de cañón con que los campeones del adelanto destruían los odiados alcázares del retroceso, representado por mi señor tío. Yo quiero ser popular y que el pueblo me adore, como yo le adoro a él.» Esto dirá nuestra divina Isabel, y el Pacificador oirá su voz suplicante, como la de los *buenos* que aún quedan aquí, y le veremos venir, tirándole de un brazo los progresistas y de otro los moderados de juicio, y empujándole los decentes de todos los partidos. Creedlo, señores y amigos: si la acusación se formula en las Cortes, si el gran barullo se arma entre olozaguistas y palaciegos, entre milicia y tropa, entre fraques y uniformes, llegará día en que la necesidad de conservar la vida inspire a todos la idea de volver los ojos al *hombre de septiembre* en Madrid, al *hombre de diciembre* en Luchana, al *hombre de junio* en Peñacerrada, al *hombre de mayo* en Guardamino; al *hombre*, en fin, *de todos los meses del año* en la patria historia... Deseemos, pues, que la confusión aumente, que vengan injurias de unos a otros, bofetadas y palos, y tras los palos, tiros, y tras los tiros, el pronunciamiento decisivo del sentido común contra las tonterías y los crímenes... He dicho.»

Aunque no fueron pocos los que tomaron a risa la perorata del sesudo Milagro, escarneciéndola con aplauso burlesco, no dejó de producir su efecto en la mayoría del concurso, y algunos hubo que suspensos y meditabundos la oyeron. ¡Sería chistoso que acertara don José y saliera para Londres una comisión de tirios y troyanos en busca del duque para traerle a poner paz en este charco de ranas locas! Abundó Carrasco en las ideas de su amigo, añadiendo que él iría con mucho gusto a Londres para la traída del *hombre de todo el año*, y por de pronto lanzaría la idea para que fuese cuajando en los cerebros.

El llevar al Congreso la acusación y darle forma parlamentaria fue la más escandalosa pifia de los señores moderados o palatinos: en vez de ahogar el escándalo en su origen, echando tierra sobre el error cometido, fuera obra de quien fuese, empeñáronse en desplegar ante el país toda la malicia y desparpajo de nuestros políticos, entregando la persona de la reina a la voracidad de las disputas y al manoseo de las opiniones. ¡Bonito principio de reinado; bonito estreno de la Majestad, que representada en una candorosa niña, debió ser resguardada de toda impureza y puesta en un fanal, a donde no llegara el hálito de las ambiciones! Por esto ha podido decir Isabel II que desde su tierna edad le enseñaron el código de las equivocaciones. Pudo añadir también que en cuanto le quitaron los andadores, dejándola correr por las asperezas del Gobierno con sus pasos propios, oyó sin cesar palabras rencorosas de unos españoles contra los otros, y sin quererlo aprendió de memoria el estribillo de que estos súbditos eran *buenos*, y *malos* los de más allá. Manos de bandidos la empujaban por estos caminos, dedos negros le señalaban otros no menos oscuros, y con pérfidas lecciones fomentaban en ella todos los defectos de su raza, dejándole el cuidado de conservar por sí misma algunas de sus virtudes. Si algo bueno tuvo no se lo debió a nadie: lo malo no es tan suyo como parece, porque poca defensa contra el mal tiene una pobre niña, gobernante de pueblos, criatura mimada y sin estudios, a quien le ponen de maestros los siete pecados capitales... y no le pusieron más de siete porque no los había.

IX

La gran función parlamentaria, la espantosa lidia de Olózaga, soberbia res de sentido, fue de las más interesantes del régimen: desde que hubo tribuna entre nosotros, no se había visto escandalera semejante; la emoción dramática superó a cuanto dan de sí las más ingeniosas obras del romanticismo. La *intriga* era soberana, el enredo superior, el diálogo vivo, a veces fulminante; las peripecias, variadas y sorprendentes; a cada paso surgían escenas de pasmoso efecto. Una de las que más hondamente afectaron al público, apenas alzado el telón, fue ver entrar en escena, con su cartera debajo del brazo, algo inquieto y sobrecogido, al famoso *Ibrahim Clarete*, el desvergonzado libelista de *El Guirigay* y trompetero de motines, don Luis González Bravo, joven lleno de gracias y de ambición, de simpatía y de cinismo, que desde el 40 acechando venía la coyuntura de un rápido encumbramiento, y al fin la encontraba. Meses antes enronquecía cantando las alabanzas de la Milicia Nacional; en septiembre del 40 ensalzaba en Madrid a Espartero; en julio del 43, a la coalición en Barcelona; su audacia y el arrimo de los moderados le llevaron de los clubs a las Cortes; su natural despejo y su asimilación prodigiosa hiciéronle orador notable, y capitaneó el grupito de la *Joven España*.

Días antes del drama en que apareció desempeñando con tanta frescura el papel de defensor de la inocente Majestad ultrajada, creyó González haber encontrado junto a Olózaga la coyuntura que perseguía. Indicaciones de amigos oficiosos le hicieron creer que aquel le haría ministro; confiaba en ello; mas Olózaga no quiso en su cotarro gente de aluvión, y el ambicioso, con rabia y despecho fuertes, buscó en la turbada situación política otro árbol a que arrimarse, o percha con que trepar a las alturas. Los primates moderados, que querían llevar adelante la fea intriga de la acusación de Olózaga, desviando sus rostros para disimular mejor sus pensamientos, necesitaban un hombre listo y ambicioso, valiente en las disputas, poseedor de una de esas caras que afrontan todas las situaciones, de una conciencia insensible a todo escrúpulo; un hombre, en fin, de esos cuyo entendimiento no flaquea ante ninguna razón, cuyo oído no se asusta de lo que oye, cuya palabra no se asusta de lo que dice.

Prestose don Luis a ser ministro en el cráter de un volcán, demostrando la magnitud de su audacia, rayana en heroísmo. Hay algo de grande, no puede negarse, en esta frescura, que por un lado es picaresca, por otro lleva en sí todas las arrogancias de la caballería. La Historia vacila entre admirar a este hombre o inscribirle con asco en sus anales. Testaferro de los moderados, firmó el acta de acusación con la referencia del desacato, y el testimonio de Su Majestad, arma terrible de justicia, con la cual se podía decapitar a media España y meter en presidio a la otra mitad... Desorientado y confuso se ve el narrador de estos acontecimientos al tener que decir que aquel cínico era simpático y airoso por extremo, que fuera de la política era un hombre encantador que a todo el mundo cautivaba, ornado de sociales atractivos y aun de cristianas virtudes... ¡Oh! España, en todo fecunda, es la primera especialidad del globo para la cría de esta clase de monstruos.

Contentos de haber hallado un monstruo que tan bien se ajustaba a las necesidades de aquel momento político, los Caballeros del Orden no tenían ya nada que temer: suya era la Casa Real; España, con sus Indias, no tardaría en pertenecerles. A Olózaga dábanle ya por difunto, y con él caía para siempre, o al menos para muchos años, el espantajo del *Progreso*. Anhelaban acortar todo lo posible la función dramática, a fin de dar al escándalo tan solo las dimensiones absolutamente precisas. Para que la semejanza de tal función con las de un drama o comedia fuese perfecta, el local parlamentario era el teatro de la Plaza de Oriente, aún no concluido, edificio con grandes anchuras para la sesión pública, pero sin desahogo de pasillos para el descanso y esparcimiento de los padres de la patria, y para la irrupción de vagos que iban a recoger impresiones, a charlar de política y a comentar los discursos. Entre estos holgazanes era don Bruno de los más fijos, como si en ello estribara una sagrada obligación; y aunque no tan asiduo, también Milagro dejábase ver por allí, y con él Mariano Centurión, a veces *Don Frenético*. En aquel corro vocinglero solían introducirse algunos diputados, como Fermín Gonzalo Morón, amigo de Milagro; Madoz, íntimo de Centurión, y Oliván e Iznardi, que a sus ventajas de comer la sopa en todas las situaciones, unía ya la de ser representante del país en todas las legislaturas. También hocicaban en el grupo periodistas jóvenes, como Ángel Fernández de los Ríos, Coello y Quesada, Villergas y otros... Si todo lo que tantas bocas hablaban se refiriese, no habría libros ni bibliotecas bastante capaces para contenerlo: entre millones de palabras vanas, algún juicio gracioso y picante, algún relato en que vibraba la verdad, merecerían la reproducción. Milagro conservaba en su memoria multitud de trozos que bien podrían ser páginas históricas, y haciéndolos suyos, estuvo repitiéndolos hasta el año 46, en que perdieron su oportunidad. Asimismo recordaba Centurión con admirable retentiva la perorata que soltó Fermín Caballero una tarde, cuando ya la escandalosa discusión estaba en el quinto o sexto día. Fue como sigue:

«Con lo que le han dejado decir a Salustiano, con lo que hemos dicho Cortina y yo, habrá comprendido todo el mundo que lo de violentar a la reina para que firmase es una farsa, la peor y más peligrosa que pudo haber discurrido esta gente. Hay cosas que pudieran decirse aquí, arrojarían toda la claridad que este oscuro pleito necesita. En la famosa entrevista de Salustiano con la reina, esta se mostró como nunca jovial y juguetona, firmó todo lo que le presentó su ministro, una cruz para el escritor francés M. Viardot, otra para el señor Morejón, y por fin, el decreto disolviendo las Cortes. Al salir Olózaga, le dio la reina un cartucho de dulces, con recomendación expresa de que no lo abriese hasta llegar a su casa... Hemos creído si habrá sacado esta niña las mañas guasonas de su papá, que regalaba cajas de puros a los ministros cuando había decidido plantarlos en la calle o mandarlos al destierro. Pero esto es una cavilación; la reina dio los dulces con la mayor inocencia: eran para Elisita, la niña de Olózaga... He sabido por un palaciego de todo crédito, persona veracísima, que al salir nuestro amigo de la estancia regia estaba Isabelita gozosa, más aún que de ordinario, saltona y vivaracha, y que por las trazas deseaba que se fuera el ministro para ponerse a jugar con su hermanita y dos azafatas. Como unas dos horas estuvo enredando en el juego más de su gusto: *las casitas de alquiler*, y vean ustedes qué simbolismo: poco antes había jugado a desalojar las Cortes, poniendo en el Congreso los papeles de *Esta casa se alquila*. ¡Cosas de la vida humana, que resultan muy chuscas en la vida de los pueblos! No olvidemos que nuestra reina cumplió ese día trece años, un mes y dieciocho días. Díganme si no es criminal la conducta de los que han hecho a esta cándida niña, sin experiencia, sin malicia ni conocimiento de su posición y de su responsabilidad, el mal tercio de ponerla frente a un partido respetable, el partido que aseguró su Trono y defendió sus derechos... Yo les digo a estos señores que si todos de buena fe, todos con mira patriótica, no nos cuidamos de educar a esta chiquilla en las funciones de su cargo; si no la rodeamos de respeto; si no la ponemos muy alta, para que no lleguen a ella ni siquiera los rumores de nuestras disputas, demos por corrompido el Régimen y vayámonos todos ¿a dónde?, a cualquier parte, dejando que hagan sus madrigueras en las gradas del Trono cuatro clérigos y cuatro espadones...

»Pues sigo mi cuento. Jugó Su Majestad largo rato a las casitas de alquiler, y dio luego a las muñecas una espléndida comida de anises en una vajilla diminuta, y de lo que menos se acordaba Isabel II era de que nos había disuelto de una plumada, y de que había llamado al país a nuevos comicios. Todo el resto del día estuvo la niña en la mayor tranquilidad, olvidada de sus funciones graves, hasta que llegó de su casa la camarera mayor, y ¡allí fue Troya! Al enterarse de que la reina había firmado, la marquesa, que venía con las de Caín bien provista de instrucciones, puso el grito en el cielo y se llevó las manos a la cabeza, augurando desastres, revoluciones y el Diluvio universal. ¡Buena la había hecho la inocente Reinita! Jugando con el país como con una muñeca más, había firmado su perdición. ¡La Milicia Nacional otra vez cobrando el barato, la libertad de la imprenta despotricando a troche y moche; el ateísmo, la demagogia y cuanto hay de perverso!... Dicho esto por la marquesa, se alborota todo Palacio. Poco después empiezan a llegar a la cámara Real los señores del margen: Narváez, Pidal, Miraflores, Serrano, el *general lindísimo*... Pidal, con noble inocencia, llora al saber el desacato que atribuyen a Olózaga, y también derrama una lágrima por el propio motivo nuestro amigo el angélico Frías... En fin, que allí se acordó la exoneración del ministro, y encausarle y hacerle añicos, y no dejar luego un progresista para un remedio... Poco después llevaron al pobre González Bravo, a quien yo aprecio porque es listo, gracioso, amable y valiente, más valiente que el Cid. De su bravura indomable da testimonio la serenidad con que entró en Palacio, con las uñas todavía ensangrentadas de haber desollado viva a la reina Cristina refiriendo descaradamente los amores con Muñoz y aquellas escenas picantes de Quitapesares y del Pardo... Pues bien: reunido todo el cónclave, allí acordaron lo que se había de hacer para llevar adelante la intriga del modo más airoso. La osadía de Luis les daba esperanzas de éxito... ¡Ah!, un detalle. En el acta de acusación se dice que cuando la reina manifestó repugnancia de firmar y quiso pedir auxilio, Olózaga se abalanzó a la puerta y echó el cerrojo. Pues la puerta de la estancia en que esto pasaba no tiene cerrojo. Lo sé como si lo hubiera visto y examinado. Pueden ustedes asegurarlo, como yo lo aseguro.

»Continúo. Pues mientras en la Cámara Regia sucedía lo que voy contando, Olózaga tan tranquilo, ignorante de todo. Había pasado el día con Manuel Cantero y otros amigos, entre los cuales me contaba yo, en la Casa de Campo, donde comimos alegres y descuidados... Al volver de la partida campestre, enterose Salustiano de lo que ocurría, fue a Palacio y no le dejaron pasar a la cámara Real, cosa inaudita y que no le dejó duda de su desgracia. El duque de Osuna, gentilhombre de servicio, le dijo que habiéndose dignado S. M. Destituirle, podía retirarse a la Secretaría de Estado, donde encontraría el decreto de exoneración. Al último de los criados se le despide con más miramiento, ¿verdad, señores? En el círculo de la amistad y en la conversación privada, hemos podido hacer confesar a Ángel Saavedra, a Pastor Díaz y al mismo Sartorius, con ser tan arrimadillo a Narváez, que esto es un escándalo, que de la polvareda de esta intriga saldrán terribles lodos, y que los moderados echan el primer borrón en el reinado de esa pobre niña... Otros no quieren confesarlo, aunque en su fuero interno piensan lo mismo, y si pudieran volverse atrás, recoger y retirar todo lo actuado, lo harían de buena gana... Ya saben ustedes, porque cien veces lo hemos dicho, que reunidos en casa de Madoz para examinar despacio el decreto firmado por la reina, no descubrimos en la firma y rúbrica la menor señal de alteración del pulso, ni que la escritura hubiese sido hecha con violencia... Y vednos aquí en el más extraño y desigual juicio que cabe imaginar, porque no podemos poner en duda la palabra de la reina, quien, como tal reina y señora de los españoles, no puede haber dicho cosa contraria a la verdad. Nuestra defensa está en sostener que no hubo violencia para obtener el decreto, y que sí la hubo en la producción del acta y testimonio de Su Majestad. La verdad no se pondrá en claro, y cada cual seguirá creyendo lo que quiera. Pero no quedará bien parada nuestra Soberana, que unos y otros suponemos víctima de una violencia. ¡Qué principio de reinado! ¡Esto da pena! ¡Qué manera de empañar con nuestro vaho la aureola de esa criatura, cuya pureza debe ser fuente de toda autoridad! ¡Qué furia para dar pisotones a esa rosa, y privarla de su aroma y de su color bellísimo!...»

X

Con estas turbulencias y estos dramas parlamentarios, agudísimo acceso de la dolencia de la Nación, vivía en gran zozobra la buena de Doña Leandra, viéndose obligada a repetir: *ni se muere padre ni cenamos.* Si no se determinaba la mudanza, tampoco se veía claro lo del destino, porque caído y arrastrado por los suelos Olózaga, lo más seguro era que su sucesor revocara todos los nombramientos hechos por aquel. La familia, pues, estaba con el alma en un hilo: ni se realizaba el bien supremo de volverse todos a la Mancha, ni el problema de la vida en Madrid se les presentaba claro. Provechosa sería tal vida, aunque triste, si la posición de Carrasco fuese tal como de sus méritos podía esperarse, si a las chicas les salieran excelentes partidos, si los pequeños adelantaran en sus estudios y se hicieran ilustradillos, en disposición de seguir brillantes carreras. Pero la realidad no acababa de confirmar las risueñas ilusiones. Siempre que Doña Leandra hablaba a su esposo de la poca gracia que le hacía Madrid, se le nublaba el rostro a don Bruno, y dejaba escapar suspiros como catedrales. Sin duda, no bastando las rentas de la propiedad manchega para sostenerse, el buen señor se había visto obligado a contraer deudas, con lo cual y las cosechas flacas y el dispendio gordo, y los arrendamientos en deplorables condiciones por favorecer a parientes menesterosos, la riqueza de la familia, grande para la Mancha, cortísima para Madrid, iba cayendo y rodando por un despeñadero cuyo fondo no se veía.

Observó Doña Leandra, en la primera semana de diciembre, que se agravaban las melancolías de don Bruno, como si en el proceso parlamentario de Olózaga fuese él y no Salustiano el acusado a quien los palaciegos maldecían. Había tomado el manchego como cosa suya el tremendo litigio, y en su solución se interesaba cual si en ello le fuese la vida. Diariamente daba noticias a los suyos de cuanto en el reñidero de la Plaza de Oriente iba pasando: los discursos terribles de los acusadores, la defensa de Cortina y la que de sí propio hizo el supuesto delincuente. Ponderaba el valor cívico, el sólido argumento, la palabra elegante, la sinceridad, la ironía, todo lo que, a juicio del informante, hacía de Olózaga orador más completo que los llamados Cicerón y Demóstenes, de tiempos muy antiguos... Según don Bruno, convertido de acusado en acusador, se había crecido tanto el hombre, que ya no se le veía la cabeza de tan alta como estaba.

Llegó por fin un día en que, el escándalo, si no concluido por el esclarecimiento del asunto, fue cortado y suspenso: los propios palaciegos echaron agua a la hoguera para que no fuese terrible incendio que a toda la Nación devorase. Olózaga, por consejo de sus amigos, que veían amenazada la vida del tribuno en nocturnas asechanzas, huyó al extranjero, y el Ministerio González Bravo procuraba entrar en la normal vida política, consistente tan solo en dar y quitar destinos. En este punto advirtió la familia de Carrasco que el cabeza de ella, lejos de calmarse, se abismaba en más negras murrias; perdía notoriamente la salud, y ni entraba bocado en su boca ni de ella salía palabra alguna. Pasaron días, y el buen hombre, por los monosílabos que pronunciaba su trémulo labio, por el tenebroso signo de su entrecejo, parecía tocado de la desesperación. «Madre, señora, madre —dijo a Doña Leandra la hija mayor—, ¿sabe lo que tiene padre en su cuarto? Pues una pistola, así, muy grande. Escondidita debajo de los libros la vi cuando limpiaba. No he querido tocarla, temiendo que se me disparase.» Corrieron allá hijas y madre, aprovechando la ocasión de estar ausente Don Bruno, que había bajado al estanco, y con grandísimas precauciones se apoderaron del arma y la guardaron en paraje recóndito, donde nadie podría encontrarla. Por la noche, acostados ya todos, durmiendo los menores, en vela Carrasco, su mujer haciéndose la dormida, notó esta que el buen señor se levantaba despacito, evitando el ruido, y que con paso de ladrón a su despacho se encaminaba; púsose en acecho la señora, le sintió encender luz, oyó el chasquido de la silla cuando en ella cayó el proceroso cuerpo; le sintió luego revolviéndose con paseo de lobo enjaulado en la reducida estancia, y a veces oía secos golpes, como si don Bruno se diera de cabezadas contra los frágiles tabiques. Más muerta que viva levantose Doña Leandra, y echándose una falda y cubriéndose con la colcha rameada, que fue lo que encontró más a mano, corrió al lado de su esposo, el cual, al verla entrar en tal disposición, silenciosa por no traer zapatos, se estremeció de susto, creyendo que le visitaba algún fantasma o alma del Purgatorio. Estaba el manchego, cuando surgió la aparición, trazando el encabezamiento de una carta. A su lado se sentó la mujer y le dijo: «Que a ti te pasa algo, y aun algos; que no es cosa buena, no puedes negármelo, Bruno, que bien lo manifiestas, no con lo que dices, sino con lo que callas, y con la cara de tinieblas que se te ha puesto. De lo que sea dame conocimiento pronto, pronto, pues si a mí no te confías, no sé a quién lo harás.»

—Pues sí, mujer —dijo Carrasco, que solo con verse provocado a la confianza, algún alivio sentía ya de la pesadumbre que agobiaba su espíritu—: me pasa lo más terrible, lo más espantoso, lo más horrendo que puede pasarle a un hombre, y si ahora te pusieras tú a imaginar cosas malas, no llegarías a la verdad de mis padecimientos, Leandra.

—Todo sea por Dios —dijo la señora, abriendo el inmenso paraguas de su conformidad evangélica para el chaparrón que venía—. Si Dios quiere probarnos y afligirnos con penas grandes, es que las merecemos, Bruno, y a su santa voluntad debemos someternos... Ya me parece que estoy al tanto de lo que nos pasa. Esta vida no es para nosotros, pobres aldeanos, y por meternos a figurar en la Corte vamos cayendo, cayendo, y está próximo el día en que tengamos que vender nuestra propiedad para comer unas sopas. En la Mancha comprábamos comida, salvo el azúcar y chocolate, pues de nuestras tierras salía el gasto de boca, y aquí, ni perejil tienes si no sueltas el dinero. Luego vienen los pingajos para vestir a las niñas y poner con ello cebo a los novios, que pican, sí, pero no caen; luego el costerío del estudio de los chicos, el cual es tan grande que en cada libro que se les compra se va el valor de medio cochino, y de un diccionario en latín sabrás que costó más de cochino y medio... En fin, Bruno, que vamos perdiendo el vellón en las zarzas de este Madrid tan malo, y a poco más nos quedaremos desnudos.

—Algo hay de eso, mujer —dijo don Bruno suspirando—; pero no es tanto el dispendio como tú crees, y las mermas de nuestro caudal no son tales que no podamos reponerlas.

—¿Es que has tomado dinero con usura, para remediar lo flaco de las rentas, y no puedes pagarlo? Pues véndase lo que fuere menester, ya sea de lo tuyo, ya de lo mío, y salgamos de esos ahogos.

—No es eso, mujer. Algún dinero he tenido que procurarme. Después de lo que tomé a Corchales el de Tirteafuera, no hay otro préstamo que una corta cantidad que aquí me dio un amigo de Milagro, don Carlos Maturana;

pero por ahí no nos moriremos... Lo que ahora me tiene tan afligido es cosa de mayor gravedad que todas las deudas del mundo.

—Yo te aseguro —dijo Doña Leandra, sin poder salir del círculo de los intereses— que no me importa la miseria, teniendo conciencia tranquila. ¿Qué nos pasará?, ¿que lo perderemos todo, que tendremos que volvernos a nuestra tierra pidiendo limosna?

—No es eso... Nunca nos veremos en ese trance, mujer. Además, lo de los Pósitos va mejor que nunca.

—Será entonces que, caídos y hechos polvo los del Progreso, ya no tienes esperanza de ser jefe político, ni diputado, ni funcionario *excelentísimo*... Pues mira tú, eso sí que no me importa nada, porque díme: ¿no has vivido santamente y con la mayor holgura en nuestro pueblo sin que hicieras ninguno de esos papelones? ¿Por ventura, cuando allí nos sobraba todo, y teníamos para dar al pobre, eras tú *hombre público* y yo *señora pública*? No éramos públicos, sino honrados y trabajadores; nada debíamos a nadie, y el Señor nos colmaba de bendiciones... Mientras que aquí, en este laberinto, somos unos tristes payos, que vienen al olor de la sopa boba y a ver si encuentran un par de pelagatos hambrones con quienes casar a las hijas.

—Tampoco ahora has dado en el clavo, Leandra. Todas esas desdichas que inventando vas son granos de anís en comparación de esta grande angustia que me hace desear la muerte... Para que no te devanes los sesos, te contaré lo que ocurre... He de comenzar por los antecedentes, que principio quieren las cosas, y no entenderías bien mi mal sin ver antes los caminos del demonio por donde ha venido... Pues el lunes, ¡ay!, a las tres de la tarde, me encontré en la calle de Alcalá, esquina a la que llaman Ancha de Peligros, a don Serafín de Socobio...

—¿Aquel señor que dicen es muy leído y de mucha sal en la mollera? Fue de Palacio.

—Y ahora está otra vez al servicio de Su Majestad con mucho predicamento. Pues nos saludamos: es hombre muy fino, muy sutil, de estos que sienten crecer la hierba... Naturalmente, se habló de lo de Olózaga, y yo me desmandé: no lo pude remediar. Mi conciencia siempre por delante. Dije que los de Palacio habían armado una gran canallada, y que si triunfaban por el pronto y hacían de Isabelita una reina despótica, luego vendrían sobre la Nación calamidades terribles; que los moderados no tenían escrúpulo, ni vergüenza, ni...

—Y el hombre, ciego de ira, te arreó una bofetada.

—Nada de eso. Díjome que me calmara, que reflexionara, que viera las cosas por el prisma de... No sé qué prisma era... Vamos, que me convidó a refrescar, y entramos en el café de Matossi. Pues, señor, tomé una limonada, con lo que se me fue enfriando la sangre, y don Serafín me explicó el porqué y el cómo de existir el moderantismo: que no se gobierna a los pueblos con el aquel de progresar siempre, como queremos nosotros, ni con hartarnos de libertades, que en la práctica son barullo para las cabezas y vaciedad para los estómagos... Nos despedimos y... Ahora viene lo bueno, quiero decir lo malo. Al día siguiente recibo una carta de don Serafín, que luego te enseñaré, citándome para las diez de la noche en el propio sitio... La torpeza mía fue acudir a la cita, que si allá no fuera yo, y con el desprecio le contestara, no habría caído en estas congojas... Fui por mi mal...

—Y en la esquina más oscura tenía don Serafín hombres apostados para que te apalearan... Ya voy entendiendo.

—No entiendes nada todavía, mujer. En el café me esperaban Socobio y otro sujeto, de los más calificados de la situación, Cándido Nocedal, en pasados tiempos patriota y miliciano, hoy cangrejo rabioso. Empezaron uno y otro a darme un jabón tremendo, hija, a colmarme de elogios, que me pusieron colorado, y tales eran que creí que se burlaban de mí. Socobio, poniéndome la mano en el brazo, me decía: «Nadie puede negarle a usted el dictado de buen español entre los mejores. De hombres como usted, honrados, independientes, serios, está muy necesitada la Nación, y el Gobierno que les convoque a todos, sin reparar en las ideas, mirando solo a los méritos, olvidando antiguas y ya olvidadas denominaciones, será el Gobierno verdaderamente regenerador...» Pues con todos estos arrumacos se me fue metiendo en el corazón. La verdad, no es uno de bronce; no se ve uno halagado así todos los días. En fin, para no cansarte, después que me adormecieron con aquellas lisonjas tan bonitas, que si buen pico tiene el uno, no le va en zaga el otro... Después que me pusieron bien blando que se me caía la baba, ¡zas!, diéronme la puñalada maestra.

—¡Jesús!

—Dijéronme que González Bravo quería verme, y que allí estaban ellos para llevarme al despacho de Su Excelencia en aquel mismísimo instante.

XI

—Ello era una emboscada —dijo Doña Leandra—. ¡Si serían granujas!
—Espérate un poco. Yo, como tan lelo me tenían con las alabanzas, me dejé conducir, como un pobre buey cansino a quien llevan al matadero... Entré... Tan pagado estaba yo de mi papel de *buen español entre los mejores*, que por las escaleras arriba me iba riendo de satisfacción, y cuando vi que los porteros se quitaban la gorra galonada, tan finos, ¿que me creí?, que se daban la enhorabuena por ver entrar en la casa a la flor y nata de los *buenos españoles*. Metiéronme en el despacho del señor presidente del Consejo, que allí estaba de palique con dos o tres mamalones junto a la chimenea... ¡Ay!, la vista de González Bravo me trastornó; a punto estuve de echar a correr. ¿Cómo había yo de cruzar mi palabra honrada con aquel pillete, con aquel libelista escandaloso, con el acusador de Olózaga, con el difamador de la reina Cristina, con el hombre impúdico que se ha puesto a la Nación por montera, y a todos quiere hacernos esclavos? Temblando estaba yo de que acabase con aquellos señores y viniese sobre mí... No podía yo recibirle sino con cuatro coces y bofetadas...

—Ya, ya lo entiendo todo, Bruno; no sigas. El tunante de Brabo quería cazarte con reclamo, y una vez cogiéndote allí, ¿qué le faltaba más que mandar salir a los guindillas que tenía escondidos, y sujetarte con sogas y llevarte a los sótanos?... Ya veo claro que así fue, y que logrando escaparte, andas ahora en la grandísima zozobra de que vengan a prenderte.

—Si eso hubiera hecho conmigo el tal González, no estaría yo tan turbado y afligido como ahora lo estoy, ni creería, como creo, que debo pegarme un tiro... Déjame que siga contándote, y los cabellos se te pondrán de punta... Pues acabó el ministro con los otros, y vino a mí muy risueño, alargándome las dos manos.

—¡Ah... hi... De tal!... Comido de cuervos se vea.

—Socobio y Nocedal me presentaron y discretamente se fueron, y solo con la fiera me vi. Yo temblaba: el hombre me hizo mil carantoñas, mandándome sentar a su lado y dándome palmaditas en el hombro. Yo debí echarle mano al pescuezo y decirle: «¡Perro, traidor!...» pero lo que hice fue darle las gracias, todo confuso. «No veo en usted —me dijo el ministro—, más que al *buen español*; no veo al sectario, ni eso me importa. Yo también he

64

sido sectario, todos lo somos, y en el furor de bandería hemos cometido mil errores... Pero alguien ha de ser el primero en mandar a paseo las sectas y las denominaciones ridículas, alguien ha de haber que haga el llamamiento a la España robusta, varonil y sana, y ese alguien seré yo, o al menos pretendo serlo. Ayúdenme los buenos, y ya verán si se puede o no se puede...»

—¿Y tú...?

—Me quedé de una pieza; abrí la boca un palmo; no supe decir más que ju, ju... Francamente, me trastornaba oír tales cosas a un hombre que era para mí el más aborrecido, el más despreciable del mundo. No puedo repetir las cosas magníficas que me fue diciendo, tan bien parladas, con tal retintín de verdad y tanto aquel, que yo no sabía lo que me pasaba. Habías tú de oír su acento, y ver cómo los ojos hablaban mejor aún que la palabra... En fin, que el hombre me tenía embobado, me tenía loco. Yo me acordaba de cuando le veía desde la tribuna, vomitando mil infamias contra Olózaga, llamando poco menos que figurón a Espartero, gavilla de mentecatos a la Milicia Nacional, y me acordaba también del torcedor que me andaba por dentro oyendo tales villanías, y de las ganas que yo sentía de bajar y darle de patadas, o de ahogarle de un achuchón... Pues nada: el mismo sujeto en quien puse todos mis odios, ahora, charlando conmigo de silla a silla, me volvía lelo, me cautivaba y me convertía en un monigote... Todo por la fuerza de su amabilidad, de la miel de su labia, del juego de sus ojos y de aquel sortilegio con que el maldito se explica... Yo debí tomar una actitud muy digna y decirle: «señor González, todas esas cosas se las cuenta usted a su abuela, y a mí déjeme en paz, que tengo malas pulgas, y si me hurgan...» Pero nada de esto dije, y el muy tuno volvió a coger el incensario, dándome con él en las narices... Que yo soy un hombre de arraigo... Eso ya lo sabía... Que soy representante genuino de la clase media, el justo medio, del buen sentido y tal... que el Gobierno hará una política de concordia, de atracción, manteniendo el orden, eso sí... y procurando que los *buenos españoles*... ¡Demonio de González! Acabó de volverme tarumba cuando me dijo que el objeto de haberme llamado era, ¡Dios me valga!, ofrecerme el mismo puesto para que me nombró Cantero... Yo me quedé como quien ve visiones, figúrate... Respondile que mi conciencia, que tal... todo en medias palabras sin sentido, por causa del gran trastorno en que aquel hombre me había puesto... Insistió en que aceptase, burlándose con mucha gracia de mis escrúpulos. Los hombres se deben a su país, no a una cofradía, y tal y qué sé yo... Respondí que lo pensaría, pues la cosa es grave... pero muy grave... ¿No lo crees tú así?

Nada contestó Doña Leandra: abierta de par en par su boca por causa de la repentina estupefacción, ni las palabras hallaban manera de producirse, ni el pensamiento acertaba con la generación de las ideas.

«Y no paró aquí la cosa, Leandra —prosiguió don Bruno—. Aún me faltaba la sorpresa mayor, y fue que el señor ministro me manifestó tener conocimiento de mi pleito con el Estado por lo del Pósito. ¡Mira que estar enterado el tío, y saber todo lo que nos pasa!... Luego me dijo: "Esta desdichada Administración nuestra es una máquina mohosa que no anda... Yo me propongo simplificarla de resortes para que los asuntos vayan más a prisa". Y cuando me lamentaba yo de que los gobiernos anteriores no me hubieran resuelto cuestión tan sencilla, el hombre dijo: "Es una iniquidad, un grande atropello. Como mi política es una política de reparación; como me propongo estar siempre a la defensa de todos los intereses legítimos, y facilitar, no entorpecer... Desde luego aseguro a usted que dé por resuelto ese asunto en la forma que ha solicitado, pues es de rigurosa justicia...".»

Como oyese un gruñido de su esposa, Don Bruno la miró asustado. A la luz de la vela que rápidamente se consumía, moqueando a goterones el sebo y elevando en medio de la llama un pábilo negro y pestífero, vio el manchego la faz de Doña Leandra descompuesta por un asombro semejante al de los apóstoles cuando presenciaron la Transfiguración del Señor. Estaba la buena mujer en éxtasis, la boca entreabierta, la respiración imperceptible, los ojos fijos en un punto del techo, donde veían por un boquete la Bienaventuranza...

«Todavía no he concluido, mujer —siguió don Bruno—. Aún queda algo... lo más salado, lo más increíble. El señor don Luis me dijo: "Ya sé que tiene usted mucha familia. Al chico mayor, que ha entrado en los dieciocho años, podríamos colocarle...".»

—¡Un destino al niño! —exclamó Doña Leandra con voz un tanto desgarrada, volviendo hacia el marido su faz lívida, su mirada que reproducía el rojizo fulgor de la vela—. ¿Pero qué estás diciendo, Bruno? ¿Tú y yo soñamos?

—No, mujer, que estamos bien despiertos.

—¡A ti el empleo gordo, lo de Pósitos resuelto, y a Brunillo un destino con que atender al calzado de toda la familia! —dijo la manchega, pellizcándose los brazos para convencerse de que no soñaba—. Eso es chanza, Bruno, o el don Luis te lo decía para escarnecerte antes de mandarte al patíbulo.

—Tú lo expresas como una doctora de Salamanca —dijo Carrasco echando su alma en un suspiro—, porque el darme este Gobierno tantas cosas, colmando todos mis deseos, es mandarme al patíbulo, no a la horca material, sino a la moral como quien dice; es deshonrarme, quitarme la virtud que más me enorgullece: la consecuencia. Ya ves, ya ves el conflicto que me ha traído ese hombre, ese diablo, con sus ofrecimientos, y harto comprendes que esté yo en la mayor amargura y en la vacilación más horrible, porque si no acepto pierdo la mejor coyuntura para restablecer y asegurar mis intereses... ¿cuándo me veré en otra?, y si acepto, ¡carambolos!, heme aquí deshonrado para siempre ante mi partido, ante mi adorada Libertad... Mereceré que mis compañeros de opinión me escupan a la cara. Figúrate las pestes que dirán de mí, lo que pensará el duque, y cómo se holgarán los cangrejos de haberme comprado por un pedazo de pan. No, no, Leandra: yo no puedo vender mi alma, y mi alma es la Libertad. Bien claro se ve a lo que tiran esos bellacos; tiran a deshonrar al Progreso, para poder decir: «veles ahí, con tantas ínfulas y tanto presumir; veles ahí viniendo a lamernos las manos por el mendrugo que les echamos.» No; Bruno Carrasco no puede prestarse a esta villanía; Bruno Carrasco no es un pelele de estos que llegan a Madrid muertos de hambre; no es de estos que gritan en las calles y alborotan, para que les den unas sopas, y en viendo el cazuelo se callan; no, no soy yo de estos... Y como no paso por tal ignominia, tendremos que recoger los bártulos y volvernos a nuestro pueblo, y allí, pegados al terruño y a la labranza santísima, esperaremos a que una nueva revolución nos traiga otra vez el Progreso... Cree tú que sin Progreso no hay paz ni decencia en la Nación...

La idea de restituirse a la Mancha con toda la familia trastornó súbitamente el caletre de Doña Leandra; pero al mismo tiempo la idea de los dones ofrecidos por González Bravo determinaba en el propio cerebro una confusión tempestuosa, que habría terminado por estallido formidable si la señora, echándose mano a la testa, no la comprimiera como para sujetar los dos hemisferios que querían separarse y caer cada uno por su lado.

«Bruno de mi alma —dijo la manchega participando del conflicto en que su esposo se veía—, si me pides consejo, no puedo dártelo en cosa tan grave con prontitud y seguridad, como cuando me preguntas si debemos sembrar alforfón o berberisco. A estas horas, las cabezas caldeadas no pueden dar de sí un pensamiento claro... Acostémonos y procuremos el descanso... pidamos a Dios el auxilio de su gracia y de su luz para resolver lo que sea más conveniente. Yo estoy, con todo lo que me has dicho, como si me hubiesen dado una paliza, o como si me hubiera caído de la torre de la iglesia... Déjame que recapacite, que coja la balanza y vaya pesando las cosas... Descansa, hijo, descargado ya de ese secreto: lo que yo discurra, lo que yo desentrañe, mañana lo sabrás. Ya no se habla ni una palabra más por esta noche.»

Diciéndolo, y sin esperar observaciones ni respuesta, entapujose, y a su alcoba enderezó el paso, dando tumbos y chocando en las paredes, y se inhumó al fin en su lecho, como un difunto correntón que vuelve al descanso de la sepultura. Don Bruno, soltada ya por virtud de la confianza la opresora pesadumbre que agobiaba su espíritu, se tendió de largo y cogió un tranquilo sueño, que era sueño atrasado de tres noches. Doña Leandra, hecha un ovillo, la cabeza casi tocando a las rodillas, velaba meditando...

XII

Que ocupaba grande y luminoso espacio en el alma de la señora manchega el deseo de replantar sus raíces en el suelo patrio, no hay para qué repetirlo. El colmo de todas sus dichas era volver a los aires de allá y emplear de nuevo las energías del cuerpo y del alma en el trajín agrícola, en la cría de tanto simpático animal, y recrearse en el trato de tanta gente honrada y fiel. Pero si entre estos dulcísimos goces y el bien de la familia, hijos y esposo, se planteaba el dilema, Doña Leandra, como esposa y madre cristiana, como mujer criada en la virtud humilde y en la verdad, no podía menos de anteponer a sus propios deseos la conveniencia de los seres queridos a quienes consagraba su existencia. De sus hondísimas meditaciones en aquella noche de prueba resultó al fin una resolución fija, clara, inquebrantable. Muriéndose de pena, aconsejaría decididamente a don Bruno que aceptara lo que el Gobierno le ofrecía, sacrificando al bien de la familia sus escrúpulos y la fidelidad al Progreso, vana palabra sin sentido. Regó la pobre señora con su llanto las sábanas en que se envolvía, formando como una pelota, y se dijo: «Si el Señor quiere que nunca más vea yo el suelo y el cielo de mi querida Mancha, hágase conforme a su santa voluntad. ¡Viva Bruno y vivan los hijos!, y vean todos satisfechas sus ambiciones, aunque yo me muera, y queden mis pobres huesos en estos nichos, y mi alma suba al cielo, no sin pasar antes por la tierra en que nací.» Esto decía llorando; al día siguiente, lavadas cara y manos, se fue a misa a San Andrés, y al volver gozosa y triste de la iglesia, cosa muy rara, alegre por haber tomado una resolución invariable, apenada por el sacrificio de *sus ideales en aras de la familia*, como hablando de lo mismo solía decir Bruno, se llegó a este, a punto que tomaba chocolate, y evacuó la grave consulta en esta forma:

«Marido mío, me has pedido consejo y a dártelo voy según las luces que Dios me enciende en el magín. Para mí sería lo más grato que desesperados de encontrar aquí la fortuna nos volviéramos a nuestra tierra; pero no ha de ser nunca consuelo mío lo que para ti y para nuestros hijos será tristeza, ni quiero que el bien que deseo se funde en el mal de todos, porque entonces mi bien sería muy amargo. Voy a parar, querido Bruno, en aconsejarte que ahogues las voces de la honrilla política, que es cosa de ningún precio ante la conveniencia de la familia y el porvenir de los hijos. Dime tú, desventurado:

¿qué sacaste hasta ahora de ser tan tierno amador del dichoso Progreso? Por tu fidelidad a esas paparruchas, por eso que llamas tu consecuencia, ¿qué te dieron más que sofoquinas y malos ratos? El ídolo tuyo, ese duque y conde que todo lo podía, ¿hizo algo por ti? ¿Acaso te dio siquiera una almendrita del turrón que repartía entre tanto mequetrefe? Si tu mérito y tu arraigo eran tan manifiestos, ¿por qué no los recompensaron? ¿Has olvidado que en el asunto del Pósito, claro como la luz, estuvieron mareándote con promesas, y que ni aun untando a esos bigardones de las oficinas pudiste lograr que anduviera el carro? El don Olózaga, el don Mendizábal, con tantas retóricas, tanto abrazo y tanto de *mi amigo, mi respetable amigo*; el don López o *Don Mieles*, ¿te han dado algo? Pues mira tú: a todos esos moscones les dirás que *a quien se muda Dios le ayuda, y que tal el tiempo, tal el tiento*. Echando estas *gramáticas* por delante, les mandas a paseo, con palabras finas, eso sí, muy finas; y antes que te metan en dudas o arrepentimientos tus amigotes del café, que lo son porque tú tienes siempre seis reales para convidarles y ellos no, te vas a ese señor González y le dices: "señor González, como buen manchego aquí estoy a que me cumpla lo prometido. Ya recomendó el sabio que *cuando nos dan la vaquilla acudamos con la soguilla*; vengo, pues, señor mío, sombrero en mano, a que me eche en él los beneficios. Aquí todos somos unos, y todos, llamémonos nabos, llamémonos berenjenas, estamos a lo que cae, porque eso de los hombres de *Progreso* y *Retroceso* no es más que divisas que nos ponemos para pasar el rato. Hombre honrado soy, y en cosa que a mí me encomiende la Nación no he de hacer ninguna porquería, que nací de padres cristianos y en los mandamientos de Dios me criaron. Ni al mundo vine tan desnudo que necesite del empleo para comer. Venga lo del Pósito, que es de justicia, y venga lo mío y lo del niño mayor, con promesa de colocarme también al segundo cuando tenga la edad". Y dicho esto con mucha suposición de lo que eres y de lo que vales, tomas los papeles que te dé, que serán las testimoniales de los destinos, y te vienes para tu casita, sin pasar por el café, donde estarán Milagro, Centurión y demás hambrones, ladrando de envidia y cortándote cada sayo que dará miedo. Pero tú no hagas caso, que lo que es Milagro, si le dieran lo que a ti te dan, lo tomaría sin melindres, diciendo el muy zorro que se sacrifica por la patria.»

Con tener Doña Leandra un gran ascendiente sobre su marido en cosas de conciencia y en el manejo de intereses de cuantía, no pudo, al primer ataque, llevar el convencimiento al ánimo del buen señor. Toda la mañana la pasó este dando vueltas de un lado a otro de la casa, taciturno y con los morros muy alargados. Su señora, que debía de llevar en sus venas sangre de Sancho Panza, a juzgar por la pesadez y la socarronería de su positivismo, volvió a la carga una y otra vez repitiendo y ampliando sus argumentos con la insistencia del escudero famoso cuando pedía la ínsula. Al mediodía, ya don Bruno se tambaleaba, como un árbol herido en su tronco por el hacha; por la tarde, Doña Leandra se creía victoriosa, obteniendo de su marido promesa formal de no concurrir a la tertulia de Milagro ni tener roce alguno con gente del bando caído; y al anochecer demostraba el hombre haber llegado a la total madurez de su nuevo convencimiento, hablando con desprecio de las sectas políticas, y poniendo por cima de las garrulerías de *tiros* y *trajanos* los grandes fines de la Patria. ¿Cómo llegar a estos fines sin orden, sin que se apaciguaran los díscolos, y callaran los vocingleros, y se pusieran todos a trabajar, que era lo que hacía falta? Dentro del orden se darían libertades, ¡vaya si se darían!, y poquito a poco iríase acostumbrando la Nación a ser libre... Nada de partidos ya. *Menos política y más administración*, como le había dicho don Luis con llamada genial en la conferencia de aquella famosa noche. Abajo los partidos, y arriba para siempre el *Procomún*.

Estas sesudas razones y otras de evidente color *sanchopancino* dijo el respetable hijo de la Mancha, y tras los dichos vinieron los hechos. Todo se hizo conforme a la oferta de González Bravo y a los consejos de Doña Leandra, viniendo a ser estas dos personas, la una con carácter público, la otra privada y oscura, los determinantes de la defección del gran don Bruno, la cual, dígase de paso, no fue tan sonada como él pensaba y temía, porque otros hubo que se dejaron seducir, y repartido el escándalo en una docena de nombres, no tocó a cada uno más que parte mínima del oprobio. Juzgando Milagro el suceso desde la cima inaccesible de su consecuencia, virtud a prueba de tentaciones, decía en el café y en la tertulia de *Don Frenético*: «No ha sido más que una maniobra de ese gitano de González... ¡si conoceré yo a mi gente!... una maniobra, una jugarreta para darse cierto barniz de imparcialidad, haciendo creer al país que aún queda un resto de coalición... ¡Si será pillo! Hay en ello, como digo, algo de la destreza de los gitanos para desfigurar con pinturas y postizos los borricos que venden, y hacer pasar por jóvenes a los viejos, por ágiles a los cojos... ¡Vaya con González, y qué *maquiavelismos* nos gasta! Ha cogido a cuatro inocentes para ponerlos de monigotes decorativos, hasta que llegue el momento en que la situación se crea segura, y entonces, ¡ay!, la patada que darán a estos pobres tránsfugas se oirá en los antípodas. Lo siento por el pobre Carrasco, persona a quien yo estimaba mucho, y por eso le di mi protección en el gobierno de Ciudad Real, que era, entre paréntesis, un gobierno dificilísimo, y allí necesitaba uno ser un Metternich para desenvolverse entre las influencias encontradas de Juan y de Pedro... Lo siento, sí, por Carrasco, y casi me inclino a disculparle. Hizo el desatino de abandonar su terruño para venirse a Madrid, metiéndose a politiquear sin entenderlo... ¿Qué había de resultar? El cataclismo, y en el cataclismo, o, si se quiere, en el diluvio, ¿qué ha de hacer un hombre cargado de familia más que agarrarse al primer tablón que le presentan?... Hay otra cosa, señores, y es que la virtud de la consecuencia pocos, muy pocos la poseen... Abundan los partidarios; pero los consecuentes, los inflexibles no abundamos... Y con estos, con nosotros sí que no se atreven. ¿Por qué no se le ocurrirá a González echarme a mí sus redes maquiavélicas? Porque me conoce y sabe cómo las gasto, porque sabe que le enseñaría yo los dientes, si viniese... y con los dientes de José del Milagro no se juega... ¡Ah, señor González, algún día nos veremos frente a frente, y... ya, ya se ajustará la cuenta de Olózaga, y otras, otras cuentas políticas!...»

Bien mantenido por su yerno, libre de domésticos cuidados, escupía por el colmillo don José, y levantaba el gallo en los mentideros políticos, dándose tono de prohombre y vendiendo protección a los caídos, como candidato probable a una cartera el día no lejano en que volviese el duque. Corriendo las semanas, concluía con incierta calma el año 43, y empezaba con febriles inquietudes el 44: los liberales, caídos con vilipendio, vendábanse presurosos las descalabraduras, y empezaban a mirar por la vida, es decir, a sublevarse aquí y allí, aprovechando cuantos medios se les presentaban. Esto no era más que *continuar la historia de España*, y buen tonto sería el que creyese que tal historia podía sufrir interrupción. Fueron hechos culminantes en el paso de un año a otro: el pronunciamiento de Alicante, capitaneado por un fogoso aventurero, Pantaleón Bonet, hombre audacísimo, cortado por el patrón de Ramón Cabrera con todas sus cualidades y defectos; la mudanza de la familia Carrasco de la Cava Baja a la calle Angosta de Peligros; la sublevación de Cartagena con nombramiento de Junta *de salvación*, que presidió un don Antonio Santa Cruz; el catarro pulmonar que cogió Doña Leandra, paseando con su amiga la Torrubia por las afueras de la Puerta de Toledo, de resultas del cual estuvo si se va o no se va a la Mancha, quiere decirse, al otro mundo; los desarmes de la Milicia Nacional en Valladolid, San Sebastián y Burgos, con los disturbios y porrazos consiguientes; los amagos de levantamiento carlista en las provincias del Norte; los nuevos vestidos que se hicieron Lea y Eufrasia para dar testimonio público de la nueva posición de su padre y poder alternar con alguna que otra señora moderada, vestidos que, según puntualmente ha conservado la tradición, fueron de *popelín adiamantado con doble reflejo*, tela propia para invierno y otoño, y en ellos se adoptó la forma novísima de los cuerpos medio escotados y el cuello *fruncido a la Lucrecia*; la tentativa de reanudar tratos con Roma para que esta autorizase la desamortización y pudieran los moderados enriquecerse comprando por un pedazo de pan los bienes que fueron de la Santa Iglesia; las levitas que se hizo don Bruno imitando no ya las de Mendizábal, sino las del elegante prócer marqués de Viluma... y en fin, mil sucesos y menudencias que, tejidos con estrecha urdimbre, forman la historia del vivir colectivo en aquellos tiempos, la Historia grande, integral.

XIII

Vemos luego cómo dicha Historia, mansamente, por el suave nacer de los efectos del vientre de las causas, siendo a su vez dichos efectos causas que nuevos hijos engendran, va corriendo y produciendo vida, de la cual son partes muy notorias los hechos siguientes: la mejoría de Doña Leandra, gracias al tratamiento sudorífico que la dejó en los huesos; la expedición militar de Roncali contra los sublevados alicantinos, de lo que resultó la destrucción de estos en el campo de batalla, con más empleo de la maña que de la fuerza, según se dijo; el fusilamiento de los revolucionarios de Alicante, veinticuatro víctimas con Bonet a la cabeza, bárbaro, torpe y extremado castigo que había de ser semillero de odios intensísimos, irreconciliables; las relaciones que trabaron Eufrasia y Lea con personas de más alta posición, distinguiéndose en estas nuevas amistades la de una señora renombrada por su hermosura y la amenidad de su trato, Jenara de Baraona, viuda de Navarro; la prisión de calificados progresistas como Cortina y Madoz, y las épicas palizas que recibían en los pueblos los desarmados milicianos, en desquite de las que ellos habían repartido profusamente; la declaración del legítimo matrimonio de la reina madre con don Fernando Muñoz, y por último, la entrada en Madrid de la propia Doña María Cristina, que acá nos volvía triunfante y feliz a gozar de su victoria.

Merece este gran suceso mención especial: Madrid ardió en fiestas para celebrar la vuelta de la gobernadora, y los señores que mandaban y los innumerables inocentes que entonces, casi como ahora, constituían el vecindario de la capital, se desvivieron y despepitaron en obsequiar a la reina y mostrarle su admiración. Fue un dulcísimo incendio de los corazones, una embriaguez de los cerebros. Los poetas, que en aquellas vegadas crecían con viciosa lozanía en nuestro suelo, tuvieron tema oportuno para echar odas y silvas, y apestarnos con sáficos y sonetos. Fue una de las epidemias poéticas más asoladoras del siglo. Uno de aquellos vates empezaba diciendo: *Detén, ioh Sol!, tu espléndida carrera*... y pedía el buen señor la parada del Sol para que pudiera ver el paso de Cristina por entre gallardetes, arcos de tela pintada y festones de papel, recibiendo los delirantes parabienes del pueblo. Concluía el poeta con esta estrofa:

Mas nunca, mi Cristina, menos bella
Te contempló mi corazón de fuego;
En mi delirio amante,
Fuiste a mi pensamiento rara estrella
De ese cielo radiante;
Y en su luz celestial quedando ciego,
Te dirá mi laúd de cualquier modo
Que eres mi Dios, mi religión, mi todo.

Otras mil lindezas le dijeron, y flores diversas arrojaron al paso de Su Majestad por Valencia y al entrar en Madrid, de lo que resultó un conflicto más para el Gobierno, pues no había empleos vacantes con que premiar debidamente la lealtad y el arrebato de tantos poetas. Instalada Cristina en Palacio, ocurrió un suceso casi tan importante como la recaída de Doña Leandra (que privó a las chicas de asistir a la soberbia función del Liceo en honor de las reinas), suceso previsto por muchos, y singularmente por Milagro, cuyas palabras textuales sobre la materia nos ha transmitido un papel de la época. «Apenas la excelsa señora —dijo don José—, alivie su cuerpo y su espíritu de la fatiga de tantas salutaciones y de la asfixia de tanto verso, tomará la providencia que ha motivado su vuelta a estos reinos, la cual no es otra que plantar en la calle a González Bravo, o echarle rodando por las escaleras. ¿Cómo podrá olvidar la señora, por magnánima que sea... y no lo es... Cómo podrá olvidar, digo, que este cínico se entretuvo en sacarle a la colada los trapitos, contando ce por be todo el *idilio morganático*? Esto no lo olvida Su Majestad, porque los Reyes, que siempre han sido y son buenos memoriosos, ni olvidan ni perdonan... y hacen bien: por esto son Reyes.»

Lo que don José profetizaba se cumplió puntualmente a poco de tomar respiro la reina Madre en el Real Palacio; mas la salida de González se motivó oficialmente en el desacuerdo del ministro de Hacienda con nuestro Embajador en Roma, el cual ofreció a la Santa Sede que haríamos tabla rasa de la Desamortización. Insistía Milagro en que su versión era la verdadera, y con chistes y pormenores muy donosos la sazonaba. Corría con grande autoridad otra que por su fuerza lógica se impuso, y era que Narváez, viendo ya cumplidos los fines del Gabinete González Bravo, y estando ya bastante suavizada la pendiente o transición entre la Libertad y el Despotismo, no había razón para mantener en aquel puesto al que solo fue a él para guardarlo interinamente, y con mónita frailuna se le dijo a don Luis: «Quítese, hermano, que ya no hace falta, y prémiele Dios por lo bien que ha sostenido la interinidad. Aquí estamos ya nosotros con ganas de descansar el cuerpo en ese sillón, y de coger la rienda... Pronto, pronto... Lárguese a la embajada de Portugal, a donde le destinamos, y que Dios le haga bueno.» Esto le dijeron, *plus minusve*, y el hombre descolgó su sombrero, que de una lujosa espetera ministerial pendía, y se fue a Portugal gozoso, porque en verdad la sonrisa picaresca de Doña María Cristina le alborotaba la conciencia, y algo curado ya de su cinismo por las funciones severas y moralizadoras del poder, le asustaban las imágenes de las personas a quienes mató, como un pobre Macbeth de bajo vuelo, para ver realizado el vaticinio de las brujas. Cayó el gran cínico, dotado por naturaleza de las más bellas seducciones de palabra y trato, el hombre a quien sobraba de talento todo lo que le faltaba de escrúpulos; el que llenaba los archivos vacíos de su instrucción con los frutos repentinos de su entendimiento; el que en vez de moral tenía la prontitud imaginativa para fingirla, y en vez de ciencia el arte de ganar amigos. Y no fue su gobierno de cinco meses totalmente estéril, pues entre el miserable trajín de dar y quitar empleos, de favorecer a los cacicones, de perseguir al partido contrario y de mover, solo por hacer ruido, los podridos telares de la Administración, fue creado en el seno de España un ser grande, eficaz y de robusta vida: la Guardia Civil.»

Y continuando con pasmosa fecundidad el desarrollo de la Historia grande, como un hilo de vida sin solución, el primer hecho de alta trascendencia que se nos ofrece después de la caída de González Bravo es la del buen don Bruno, a quien pusieron la cuenta en la mano sin decirle una palabra cortés; caída ignominiosa, que fue tema de chanzas picantes entre sus amigos liberales, y en la familia como el reventar de una bomba que difunde el espanto y la desolación. Doña Leandra estuvo sin habla todo un día, y las niñas, rabiosas y descompuestas, desahogáronse en improperios contra Narváez. Este cogió el poder que le correspondía como capataz indiscutible de los españoles desde julio del 43... Hacia el comedero del pobre don Bruno alargaban sus hocicos, desde tiempo atrás, otros más necesitados o que se juzgaban con mejor derecho, y Narváez no era hombre capaz de condenar a los suyos a la inanición. Ya se había dado el ejemplo de la prudencia y la imparcialidad hasta el derroche, y sería candidez mantener a cuerpo de rey a los enemigos, mientras tantos amigos se vestían con dos modas de atraso, y en su trato doméstico vivían sujetos a una bochornosa escasez de comestibles. A los faldones del señor Mon, nuevo ministro de Hacienda, se agarraba media Asturias pidiendo credenciales.

Si sensible fue el trastorno producido en la casa de Carrasco por las cesantías del padre y del niño, los suspiros y el rechinar de dientes quedaron reservados en la intimidad de la familia, y grandes y chicos cuidaron de que el desastre no trascendiese al exterior, y que sobre las ruinas se alzase siempre la dignidad. No eran los Carrascos de esos a quienes la cesantía condena fatalmente a un triste interregno de zapatos rotos, de empeño de ropas, de hambres y desnudeces. El decoro de la familia exigía que todo siguiese en el mismo aspecto y decoración, y si el padre tal criterio proponía, las chicas le daban quince y raya en las demostraciones para mantenerlo *coram populo*. Doña Leandra, que de resultas de su último arrechucho hallábase desmejoradísima, padeciendo con mayor agudeza del terrible mal de su nostalgia, creyó por un momento que la reciente desdicha traería, como reparación física y moral, el regreso a la tierra; mas pronto hubo de convencerse, observando rostros y midiendo palabras, de que nunca había estado más lejos de la realidad aquel su ardiente deseo, que le llenaba toda el alma. Para seguir aferrados a Madrid tenían las hijas y el esposo motivos o pretextos de tanta fuerza, que Doña Leandra, heroína de prudencia y discreción, se abstenía de contradecirlos y refutarlos, y lloraba en silencio contentándose con la repatriación mental, en ocasiones de tal modo intensa que le daba la impresión y los vivos goces de la realidad. Hallábanse Lea y Eufrasia ligadas a Madrid no solo por el lazo de amistosas relaciones, sino por noviazgos muy *serios*, en que se aunaban, para darles inmenso valor, el fuego de los corazones y la esperanza de provechosos casamientos. Lea, tras una serie de superficiales pasioncillas, había cogido en sus redes a un joven militar muy avanzado en su carrera, y que llegaría pronto a general, a poco juego que dieran las revoluciones anunciadas. Eufrasia, que ya había sabido marear a once galanes y divertirse con ellos, tenía en estudio a un andaluz riquísimo, de gran familia, negociante que iba para capitalista. Hallándose, pues, las dos hijas en lo más crítico de la cacería de estos pájaros de calidad, no era propio de una buena madre espantar las piezas, ni menos dejar a las cazadoras en el desconsuelo consiguiente.

Y por el lado de don Bruno, no hallaba Doña Leandra menos cerrado el camino de sus ilusiones de patria manchega. Ante todo, el amigo don Serafín de Socobio y otros que en el moderantismo le habían salido daban a Carrasco esperanzas de pronto desquite, bien en una plaza semejante a la perdida, bien en una jefatura política de importancia. No solo había de estar a la mira de su reposición probable, sino que forzoso era no perder de vista el asunto de Pósitos, pues aunque la sentencia del Consejo Real le había sido favorable, completa victoria en principio, faltaba lo principal: que le devolviesen el dinero prestado al Pósito de Daimiel y que la junta de este le negaba. Camino largo y espinoso suele ser en España el que conduce del principio legal a la realización del derecho, y muchas esperanzas cortesanas se pierden en este camino. Añádase a esto, para llegar al conocimiento total del sedentarismo de don Bruno, que sin quererlo, por grados inapreciables, se iba haciendo marisco y pegándose por secreciones calcáreas a la roca oceánica de Madrid. La vida de casino no fue la menor causa de esta adherencia. Por aquellos días estaba en todo su auge el establecimiento de recreo y dulce sociedad fundado por Córdoba, Salamanca y otros en la Calle del príncipe: a él concurrían lo más granado de la oficialidad de nuestro ejército y los personajes más simpáticos de la situación, sin que faltasen liberales blandos de buena sombra; allí la vida se deslizaba plácidamente en la conversación, en los comentarios de toda noticia social o política, en el murmurar malicioso, en el referir ameno, en la lectura de la prensa, en el billar, en el juego, etc. Al poco tiempo de introducirse en tal sociedad, Carrasco no sabía salir de ella, y entre su cuerpo y los sillones de gutapercha producíase un aglutinante que cada día era más fuertemente pegajoso. Coincidieron con esta vida otras adherencias de que por su condición reservada no se hablará mientras la necesaria armonía y el buen concierto de la totalidad histórica no lo exijan. Véase ahora si este poderoso fatalismo centrípeto no era suficiente a someter sin lucha la voluntad centrífuga de la pobre desterrada, dejándola en triste recogimiento. Procurábase consuelo Doña Leandra en la sociedad de sí misma y en los viajes imaginarios al país de sus amores, valiéndose para ello de los más rápidos medios de locomoción, ora el clavileño de su paisano, ora la escoba de las brujas.

XIV

Los días, semanas y meses del último tercio de 1844 pasaron con triste monotonía: Doña Leandra adormeciéndose en la contemplación extática de su bendita tierra, don Bruno adaptándose fácilmente a los gratos ocios del casino, las hijas lidiando a sus novios con la doble suerte del amor honesto y de la querencia de matrimonio, y Narváez fusilando españoles, tarea fácil y eficaz a que se consagró desde el primer día de mando. Lo que él decía: «Voy a introducir grandes mejoras en el orden administrativo, a fomentar el trabajo agrícola, industrial y científico, a dar a España una vida y un ser nuevos; mas para esto necesito que esté sosegada, pues sin orden, ¿qué reformas, ni qué civilización, ni qué niño muerto? Lo primero es el orden, lo primero es *hacer país*...» Esta frase ha quedado desde entonces como una formulilla en los amanerados entendimientos: siempre que entraban en el Poder estos o aquellos hombres se encontraban el país deshecho, y unos gobernando detestablemente, otros conspirando a maravilla, lo deshacían más de lo que estaba. Narváez vio quizás más claro que sus sucesores y hacía país por eliminación, no creando lo bueno, sino destruyendo lo malo y corrupto, con la mira de que al fin quedase lo único sano y servible, que era él solo, rodeado de serviles adeptos. Ello es que a unos porque se sublevaban, a otros porque hacían pinitos para echarse a la calle, el hombre iba quitando de en medio gente dañosa; y tanta fue su diligencia, que a fines del 44 ya iban despachados cuatrocientos catorce individuos. Esto era una delicia, y así nos íbamos purificando, así continuábamos la magna obra de Cabrera y de otros cabecillas de la guerra civil que tiraban a la extinción de la raza, persiguiéndola y acabándola como a las pulgas, cucarachas y ratones. Creyérase que las mujeres eran demasiado fecundas y que España se poblaba de hombres con exceso, llegando a ser tantos que no cabían en el suelo patrio. Solo así se explica que los políticos continuaran la selección iniciada por los guerrilleros, reduciendo el personal vivo al número de bocas que estrictamente correspondían a la escasa comida que aquí tenemos.

Y mientras fusilaba, no daban al don Ramón poca guerra las disensiones dentro de su Ministerio, pues el marqués de Viluma pretendía que se devolviesen a clérigos y frailes sus bienes, y don Alejandro Mon, uno de los pocos hombres de aquel tiempo a quien España debe una reforma útil y racional, no quería deshacer la obra de Mendizábal, y en ello fundaba planes conducentes al desarrollo de mayor riqueza. Asimismo ponía Narváez sus cinco sentidos en reanudar el buen trato con Roma, interrumpido desde los días de Espartero; y aunque el *guapo de Loja* no era hombre que mirase con demasiada afición a los de sotana, ni le importaban gran cosa la Iglesia ni el Papa de boca para adentro, veíase compelido por la Corte y por la normalidad política a negociar paces con San Pedro, del cual esperaba que le fortaleciese en la única religión que él profesaba: el orden santísimo, *hacer orden* a todo trance. De estas cosas hablaban don Bruno y Doña Leandra cuando aquel volvía del casino a deshora. «¿No sabes, mujer, lo que ocurre? —díjole una noche—. Pues este partido, que quiere hacer un pisto del Despotismo y la Libertad, cree que no sirve para el caso ninguna de las constituciones que tenemos, y ahora trata de fabricar Constitución nueva, la cual será obra de las próximas Cortes. ¿Qué te parece? Yo no toco pito en este asunto; pero me asegura Socobio que como dedada de miel para los que fuimos liberales, y aún de corazón lo somos, se nos concederán algunos puestos en el futuro Congreso, a fin de que haya oposición, aunque sea blanda y de mentirijillas. ¿Qué opinas tú, mujer? ¿No me contestas a lo que te pregunto?... Pues me ha dicho don Serafín con toda seriedad que si cuaja esto de los puestos de transacción, él ha de poder poco, o conseguirá que me saquen a mí por cualquier distrito de los que fácilmente maneja el Gobierno... Qué, ¿no me dices nada?... ¿Por qué no contestas? ¿Estás despierta o dormida? ¡Leandra, mujer...!» Entreabiertos los ojos, risueña la boca, el rostro como siempre descarnado y casi cadavérico, miraba Doña Leandra a su esposo; mas seguramente no le veía, porque ni con gesto ni mirada daba testimonio y señal de tener expeditas las entendederas. ¿Cómo había de contestarle si estaba en el campo de Calatrava? El hondo suspiro que exhaló, azotando el rostro de su marido con una bocanada de aire, fue como aviso de que ya venía de vuelta.

También a Narváez le llevaba su demencia del orden a estados imaginativos muy parecidos al éxtasis. Gustaba de ver caer a los que a su juicio eran estorbo para establecer la *balsa de aceite* en que pensaba desarrollar sus altos planes de regeneración, y no siendo en realidad un hombre cruel ni despiadado, lo parecía, por el sincero convencimiento de que sacrificando una porción de la humanidad, aseguraba la dicha de la humanidad restante. Su falta de cultura, su desconocimiento de la Historia, su ignorancia infantil de las artes de gobierno lleváronle a tan descomunal sinrazón. En enero del 45 fusiló a Martín Zurbano y a sus hijos, después de haber intentado amansar la fiereza del guerrillero con una admonición caballeresca, que si en cierto modo hace menos odioso el carácter del tirano, no acaba de redimirle ni en la esfera privada ni en la política. Bravo hasta la insolencia, su corazón atesoraba, junto al arrojo indomable, la jactancia andaluza de que ningún otro mortal podría medirse con él. Por esto incitaba a los enemigos a dejar de serlo, y les abría los brazos diciéndoles: «Miren que soy el más *crúo* y no pueden conmigo. Vengan a mí, o *encomiéndeze ostej a Dios.*» Llevaba, como se ve, al gobierno las mañas de la caballería morisca degenerada; era, como muchos de sus predecesores, poeta político, un sentimental del cuño militar, como otros lo eran del retórico.

Al son de los fusilamientos cundían las conspiraciones, y ya teníamos en el extranjero el núcleo de emigrados que trabajaban en combinación con los descontentos de acá para volver la nacional tortilla. Juntas secretas funcionaban con tapujo en Madrid y en otras capitales, y contra ellas empleaba el Gobierno la violación de la correspondencia y el huroneo de un ejército de polizontes. Víctimas de su odio al despotismo y de los ministriles de este fueron multitud de personas muy significadas. Las cárceles rebosaban de presos políticos; habíamos vuelto a los tiempos de Chaperón, o poco menos, y al delicioso sistema de las purificaciones, atenuado en la forma, más que en el fondo, por la poquita cultura ganada entre unos y otros años.

«Si toda la constancia, todo el tiempo y los esfuerzos todos de entendimiento y de lenguaje empleados aquí para establecer sistemas políticos, traídos del extranjero en paquetes, como se importan las hebillas de París o los relojes de Ginebra, se hubieran empleado en educar a los españoles, anteponiendo la educación social a la científica y literaria, España sería ya un país a medio civilizar, pudiendo ser civilizado por entero dentro de algunos años. Pero aquí hemos querido empezar el edificio por el tejado, dejando para lo último los cimientos, y los cimientos son las costumbres, los modales, la buena educación... Lo que hace del *Progresismo* un partido imposible, merecedor de exterminio, no es el *dogma*, como ellos dicen, sino la grosería, la falta de maneras, el lenguaje chabacano y pedestre...»

Esto lo decía un galán a cierta señorita, en un palco del teatro de la Cruz, donde cantaba la ópera *Hernani* el tenor Guasco, con la Tirelli y la Chelva. Era el galán un joven gaditano, instruidísimo y elegante, ya pasado por el extranjero, como lo demostraba el indefinible barniz, la tintura, el tufillo que distinguían su persona de otras muchas de acá. Llamábase don Esteban Ordóñez de Castro, y comía la sopa burocrática en la Secretaría de Estado. Componía eruditos versos y cantaba en galana prosa: figuraba en el ramillete más fresco de la juventud moderada con ideas recalcitrantes, espolvoreadas de cierto escepticismo, que era entonces del mejor tono. Su buena figura, su arte de *llevar la ropa* y de bien hablar sin decir nada, su mediano saber de lenguas, marcábanle el camino de la diplomacia, en el cual entraba con pie derecho.

«No está usted esta noche poco fastidioso con tanto hablarme de política —le dijo Eufrasia, que con su hermana Lea daba lucimiento al palco de la viuda de Navarro—. Además, no me gusta que me hablen mal del *Progreso*, porque yo soy muy *progresista*... para que usted lo sepa.»

—Eso lo dice usted para que vuelva a contarle lo que en Londres oí acerca del *progreso retrospectivo* de los españoles...

—¿Ya saca otra vez a *Londón*?... ¡Por Dios, don Esteban!... Si ya sabemos que ha estado usted en el extranjero... Yo también; digo, siempre que se consideren como *extranjis* las tierras de la Mancha, por el aquel de que nadie ha estado en ellas. Y se ha perdido usted de ver unas poblaciones magníficas. ¿Ha visitado usted Ciudad Real, Daimiel?... Yo, sí... Con que guárdese su *Londón* y su *París*... Otra cosa: ¿le gusta esta ópera? Dígame su opinión sin contarnos que la vio en Francia...

—Este Verdi tiene talento, un talento salvaje, sin pulimento, sin modales; es un compositor *progresista*.

—A Estebanito —dijo la viuda de Navarro, que por picar en la conversación soltó el hilo de la que sostenía con Lea y con Pastor Díaz—, le gustará más *Rolla*, porque aunque muy joven, es de los que no *progresan*, y se plantan en la ominosa década. ¿Verdad que le gusta Ricci, por ser más rossiniano? Estebanito está siempre a nuestro lado, al lado de los viejos.

—Si usted no retira esas palabras, Jenara, eso que ha dicho de viejos y de vejez, refiriéndose a su bella persona, no puedo tomar parte en este debate.

—He dicho que soy vieja.

—¡Que se escriban esas palabras! Yo protesto...

—Protestamos todos, y abandonamos la discusión.

—Pero, hijas, amigos míos, ¿han olvidado que presencié la batalla de Vitoria, y vi cómo le quitaron al Rey José aquel grande equipaje que se llevaba de nuestra casa a la suya?

—¿Usted en la batalla de Vitoria? No puede ser. Los anales que tal digan son apócrifos.

—Estuvo, sí; pero todavía mamaba.

—No mamaba, Nicomedes, no mamaba, que ya era una grandullona y tenía novio. ¿No saben que el 23 me vi atropellada por los Cien mil hijos de San Luis; que aquel mismo año me mandaron a Francia con una comisión diplomática, para que catequizase a Chateaubriand... y le catequicé?... ¿No saben que Chaperón, el año 24, me metió en la cárcel?... Soy una historia viva...

—Pero contemporánea...

—No, no; a poquito que remonte mi origen, pongo mi cuna en la Edad Media. Soy viejísima, aunque no represente toda la antigüedad que me corresponde, y por ello doy gracias a Dios... Volviendo a la música, les diré que cuando Rossini estuvo en Madrid, el 29, si no recuerdo mal, y compuso el *Stabat Mater*, ya era yo machucha, lo que no impidió que me hiciera la corte: el minueto que me dedicó lo conservo en mi archivo con otras mil cosillas... Pero dejemos esto ahora, que alzan el telón para el tercer acto. Aquí aparece el panteón de Aquisgrán, y sale Carlos V desafiando los puñales de los conjurados... En este acto tenemos el pasaje de *perdono a tutti*, el más bonito de la ópera y el más filosófico. Aquí debía venir Narváez a inspirarse, en vez de cantarnos a todas horas el *fusilo a tutti*... Atención.

Ya llegaba el acto al coro de la conjura, cuando pegaron de nuevo la hebra don Esteban y Eufrasia, adelgazando sus voces todo lo posible. Entre las sonoridades de la ópera se desvanecían, como en la espesura los gorjeos tenues de pájaros soñolientos, estas cláusulas, apasionadas de una parte, de otra graciosas, estocadas donosísimas de la esgrima del coqueteo: «Es usted una belleza plácida, de esas que dejan entrever al hombre las dichas puras del amor en primer término, y en segundo término, Eufrasia, las dichas del hogar...»

—¿Y en tercer término...?, porque me parece que quiere usted escamotearme un término, don Esteban, el tercero...

—El tercero es una felicidad eterna, inalterable.

—¡Ay! ¿No cree usted que tanta, tanta felicidad empalaga? Ponga usted un poco de desdicha, de susto, de contrariedad, y quizás nos entenderemos. Tanta confianza en mí no me gusta, puede creerlo. Dude usted, hombre: llámeme pérfida, falaz, para que después me guste oírle decir lo contrario.

—Tal es mi trastorno, que olvido los preceptos más elementales del arte del galanteo. Pero más vale que le presente a usted mi corazón desnudo.

—¡Ay, desnudo no! Póngale algo de ropa.

—Desnudo de artificios, ostentando toda la verdad de este amor loco que me ha inspirado su admirable persona.

—Ni con juramento me hará creer en esa admiración de mí. Desde que usted me dijo que yo le agradaba por morena, me miro al espejo con el temor de que cada día me vuelvo más negra. Quisiera indignarme contra usted para palidecer, a ver si palideciendo a menudo me blanqueo un poco.

—No, por Dios, no estime en tan poco su tez morena, ni el parentesco con los ángeles de Murillo.

—¡Jesús!

—Y con las vírgenes de Murillo.

—Por Dios, Estebanito, no me haga creer que las Concepciones y los ángeles del pintor sevillano son tan negruchos como yo. ¡Bonitos estarían!

—¿Y esos ojos...?

—¡Hombre, algo había de tener! Pues si no tuviera unos ojos regulares, sería un espanto.

—¿Y esa nariz perfecta, y esa boca...?

—Por la Virgen, Estebanito, no defienda usted mi boca, que es tal que no tiene el diablo por dónde desecharla. ¡Si cuando me hace usted reír, y esto es a cada rato, me aguanto para no abrirla toda, y siempre procuro dejarla entornadita!

—¿Y ese talle, y ese cuerpo de palmera cimbreante?

—Bueno, bueno: paso por lo del talle. A falta de otra cosa...

—No hable de faltas quien es la perfección misma. Luego, su carácter, su dulzura, su instrucción...

—Eso no pasa, Estebanito: no he leído más que dos o tres novelas que me ha prestado Rafaela. Soy tan ignorante, que ayer, ríase usted, le pregunté a Jenara si este Carlos V que aquí sale es el mismo don Carlos María Isidro de la guerra civil... ¡Ya ve usted qué gansada!... Pero me consuela el saber que hay mil muchachas finas en España tan burras como yo... Burras, sí: no retiro la palabra... ¿Y un joven tan ilustrado, que ha vivido en *Londón*, pretende entrar en finas relaciones con esta pobre manchega? No me lo hará creer, don Esteban; no lo creeré nunca, y no hay quien me quite la idea de que usted se burla de mí.

—¡Qué atrocidad... Dios poderoso! Nunca pude imaginar que usted desconociera la verdad de mi afecto, ni que mi honrada palabra fuera puesta en duda por la mujer de mis sueños, la mujer ideal...

—Baje, baje un poco, don Esteban, y podré creerle... Ya sé que me estima... yo también le estimo... Estebanito, ya cantan el final del acto, y ya está ese buen señor perdonando *a tutti*.

XV

—Fíjese usted bien, Eufrasia, en lo que dice el Emperador y Rey...

—Tradúzcamelo si quiere que yo lo entienda, pues no sé más lengua que el castellano.

—Dice: *Sposi voi siete*...

—En español, *cásense ustedes pronto*... Ya hablaremos de eso, Estebanito; no sea tan precipitado.

Desde aquel momento, la pizpireta Eufrasia, ya muy corrida en noviazgos, según nos revela la cháchara transcrita, puso sus ojos, amparada del abanico, y con sus ojos su alma toda, en un palco frontero donde apareció Emilio Terry, objeto efectivo de sus ansias amorosas. En relaciones durante año y medio, tan tiernas y sazonadas que tuvo Himeneo encendidas las teas, rompieron inopinadamente por un fútil motivo... Amigas envidiosas llevaron a Eufrasia el cuento de que Terry mariposeaba en el escenario del Circo alrededor de aquel astro, de aquella deidad de la danza, la Guy Stephan, y no fue menester más para que se produjesen recriminaciones y celeras a que siguió un *hemos concluido*, pronunciado por ambas bocas con entonación solemne. Coincidió tan grave suceso con otro sonadísimo: la tentativa de asesinato del general Narváez. Dirigíase al teatro del Circo, donde bailaba la Stephan en función de gala, con asistencia de Su Majestad y Alteza, cuando unos embozados detuvieron el coche junto a los Basilios, y disparando sus trabucos a boca de jarro por las ventanillas, mataron... Al ayudante señor Baseti, el cual, por un caso fortuito, había cambiado de asiento con el general. (Entre paréntesis, dígase que la opinión maliciosa señaló a don Juan Prim como autor del atentado; pero nada se le pudo probar.) Pues cuando llegó la noticia al teatro del Circo, y se alborotó el sensible público, apartando su atención de las piruetas de la bailarina; cuando entraba el propio Narváez, declarando con su presencia que los asesinos habían errado el golpe, y con aire temerón y cara de mal genio al palco de la reina se dirigía para recibir graciosos plácemes, precisamente en aquellos minutos estaban Eufrasia y Terry en lo más caluroso de su pelea, *sotto voce*.

Rodaron días y meses, entre los cuales los hubo de fúnebre tristeza para Eufrasia, que no cesaba de darse grandes atracones de beleño, buscando el olvido, y a cuantos le pedían amores contestaba con un sí como un templo.

No se pueden contar los que en aquel período fueron sus novios más o menos formales; pero sí se sabe que ninguno logró rendir su afecto. La primera vez que vio a Terry después de la ruptura fue en el entierro de Argüelles. Iba el galán en la comitiva fúnebre, a pie detrás del féretro, y Eufrasia miraba el paso desde un balcón de la calle de Fuencarral. Viéronse a los pocos días en el estreno del *Don Juan Tenorio* en el teatro de la Cruz, y sucesivamente en el Prado, en el Liceo; pero uno y otro esquivaban la mirada, agraciándose recíprocamente con un desprecio de buen tono. En los comienzos del 45, las miradas en teatros y paseos revelaban mayor benignidad, y, por fin, eran un saeteo ardiente que llevaba y traía llamaradas... Observadora sagaz, la viuda de Navarro, al retirarse con sus amigas después de la representación de *Hernani*, dijo a la mancheguita: «Déjate de más tontunas, y no entretengas al pobre Estebanito. Bien a la vista está que tanto Terry como tú rabiáis ya por las paces, que es volver las cosas a su situación natural. Yo sé que Terry está cada día más loco por ti, y harto sabes tú que es el hombre que te conviene. No te digo más, hija; no pierdas tiempo, y a casa con él.»

Madurillo ya, Emilio Terry, que pasaba de los treinta y ocho, no podía vencer sus mujeriegas aficiones, y trabajaba en esferas distintas, enamorando por lo bajo cuanto podía, y haciendo seriamente el cadete con las señoritas casaderas, a quienes entretenía y esperanzaba más de lo regular. Era una mariposa jamona y con las alas recompuestas, que iba de flor en flor, y el acogimiento lisonjero que abajo y arriba tenía confirmaba su nativa disposición para las campañas amorosas, lo mismo en el terreno donde no podía quebrantar la ley de honestidad, que en otros terrenos o capas de la galantería libre. No era hermoso, ni mucho menos, y su cara morena y barbuda, de facciones gruesas y ojos terroríficos, una de esas caras que espantarían a quien se la encontrase en camino solitario, habría sido totalmente incompatible con el amor si no la realzase y embelleciese el espíritu, la intención o voluntad que en el mirar penetrante y ardiente se mostraba, la ingeniosa labia con que a las cosas más vulgares daba un interés vivo, y para feliz complemento, la facha, el aire de elegancia no superado por ninguno entre sus contemporáneos. Vestía con suprema corrección inglesa, y tan airoso estaba de tiros largos como al desgaire, vestido de mañana con cualquier levitín suelto y un chaleco de moda pasada. Andaluz de Levante como

Salamanca, dueño de un buen capital, y disfrutando la confianza de amigos y parientes malagueños muy ricos, se había lanzado en el vértigo mercantil con inteligencia y fortuna, especulando en jugadas de Bolsa, moviendo el gran mecanismo de las asociaciones mineras, que era la característica de aquellos tiempos en el orden de los negocios, y preparando la introducción de la magna industria del siglo: los ferrocarriles. No era, pues, Terry un farsante, de estos que explotan la credulidad de las gentes, ni un charlatán del *capitalismo*, que operara en el vacío con moneda figurada: sus negocios eran formales, su riqueza moderada y sólida, su disposición para negociar, seria y limpia, totalmente inglesa como su vestir, como todo su empaque social.

En los negocios solía ir con pies de plomo, atento, previsor y reflexivo, y en las empresas mujeriles con solapadas astucias o con los acometimientos repentinos de un estratégico muy ducho, conocedor de la geografía y de la oportunidad. Explicaba un amigo de Terry, años adelante, las magníficas victorias de este por una razón literaria, o que con la literatura se relaciona. Remitía ya la fiebre romántica; iba pasando la violencia en las pasiones, comúnmente fingida, pues raro era el poeta que sentía tan al vivo lo que expresaba; pasando iban los audaces giros de la expresión, las rebuscadas antítesis, el dilema terrible de amor o muerte, las casualidades fatalistas por las que el socorro de un afligido llegaba siempre tarde; pasaba también la humorada suicida, y la monomanía de poblar de cipreses y sauces el campo de nuestra existencia. Los grandes cerebros del romanticismo habían dado de sí sus últimas flores; *don Juan Tenorio*, que apareció en abril del 44, fue acogido como una obra tardía, que llegaba con dos años de retraso. Tres habían pasado desde la temprana muerte del gran Espronceda, y creyérase que había transcurrido un cuarto de siglo. Los innúmeros poetas que pasaban por sucesores del autor de *El Diablo mundo*, ya no maldecían desesperados la vida, ya no empleaban los acentos más roncos del alma para expresar una murria que no sentían y una melancolía negra que empezaba a ser de mal gusto.

Tras esta grandiosa procesión romántica que iba pasando y en el ocaso se desvanecía, vino otra procesión cuyas figuras traían menos poder literario, arreos no tan vistosos, vestiduras poco brillantes y armas enteramente flojas, afeminadas y deslucidas. Vino un sentimentalismo baboso que en los años siguientes hubo de dar frutos de notoria insipidez, un suspirar, un quejarse continuos, como expresión única del amor. La suprema fórmula estética fue la languidez: púsose de moda el estar lánguido; languidecían los poetas, languidecían las niñas casaderas y las jamonas que ya habían corrido el ciclo romántico en toda su extensión. En los dramas de asunto moderno, el éxito dependía de que las damas vestidas de muselinas vaporosas, con el pelo *a la Cardoville*, y los galanes de levita entallada, pantalón de trabillas, chaleco de raso, con la melenita ahuecada sobre la oreja, terminasen sus tiradas melosas expresando una *inmensa languidez*. Los novios, en sus inflamadas cartas, no hablaban ya de tomar fósforos ni de lo bonito que es pasear de noche por las calles de un cementerio: se entretenían en dar cuenta de *suspiros que ahogaban el alma*, o de *quejidos exánimes inspirados por un deseo*. El suspiro, el quejido, el deseo, la languidez, las auras embalsamadas, las noches voluptuosas, los sueños de dicha y placer, eran los chirimbolos con que jugaban constantemente los enamorados y los poetas. Hasta la prensa se veía tocada de esta demencia ñoña, y prodigaba en sus escritos los tropos más ridículos. Publicistas que pasaron por excelentes llamaban a Chateaubriand el *Cisne del cristianismo*, a La Habana la *Virgen de los trópicos*... Pues bien: Terry, adelantándose a su época lo menos un cuarto de siglo, hizo pedazos toda esta máquina de afeminación; desterró el suspirar por tiempos, las auras del deseo, y cuando hablaba con mujeres, jamás se ponía lánguido; antes bien, las embestía con un lenguaje humano, recto, sincero, varonil. De aquí sus victorias frecuentes y el partido que tenía.

Volvieron a verse Eufrasia y Terry, y a flecharse con miradas flamígeras en la representación de *Maria di Rohan* por Ronconi, en el Circo, y allí se tramó, para reconciliarles, la siguiente ingeniosísima combinación. Entre los muchachos que solían ir a la tertulia de la viuda de Navarro, descollaban: Rubí, que de autor de piececillas andaluzas había subido a la jerarquía de dramaturgo famoso; Campoamor, ya célebre como lírico de mucho aquel; Navarrete, escritor de costumbres, y Enrique Gil, poeta y crítico. Íntimos de este eran los Asquerinos, dos hermanos muy simpáticos que hacían dramas. Anunciábase uno de Eusebio en el teatro de Variedades, con el título un tanto estrambótico y trabalenguas de *Obrar cual noble con celos*, y Jenara alcanzó de Enrique Gil el obsequio de dos palcos para el estreno, comprometiéndose a ejercer de alabarda toda la noche con sus amigos hasta sacar a flote el drama, cualquiera que fuese su mérito. Uno de los palcos ocuparíalo la viuda; el otro sería remitido *de parte del autor* a unas damas andaluzas que infaliblemente invitarían a sus *habituados* Terry y Alejandro Llorente, a la sazón inseparables. Una vez colocado *a tiro hecho* el galán esquivo, Jenara le saludaría, llamándole a su palco para *decirle dos palabras*, y en el acto, con hábil maniobra, se efectuaría la tangencia de aquellos dos planetas de amor, que andaban despavoridos por los cielos buscando un punto en que juntar sus órbitas. Pero el drama, anunciado con tanto bombo, *Obrar cual noble con celos*, no llegó a representarse, y el plan quedó diferido en los propios términos para el estreno del drama de Valladares y Saavedra, *Para un traidor un leal y Juicios de Dios*, en el mismo teatro de Variedades. Todo se preparó hábilmente: Jenara ocupó su palco, escoltada por las manchegas; en el inmediato entraron las andaluzas. Acudieron mas tarde Cueto y Llorente, y por este supieron las vecinas que Terry se había ido a Sierra Almagrera para un negocio minero. El fracaso de la intriga fue tan grande como el del drama, que cayó al foso, sin que salvar pudiera al *Traidor* el *Leal*, ni a los dos juntos el *Juicio de Dios*.

XVI

Si Eufrasia *ne pouvait se consoler du départ de* Terry, y allá se iba con Calipso en la intensidad de su pena, aventajaba por de contado a la Diosa en el arte para disimularla. La pena y el disimulo de la manchega eran cuentas con el Destino, que pagaba el pobre Ordóñez de Castro, a quien la moza oprimía con un dogal, y cada día le daba una vuelta para tenerle más ahogadito y con mayor rendimiento. Consoló a Eufrasia de su amargura cierta epístola que Terry escribió a un amigo desde el Barranco Jaroso (donde con otros negociantes, ingenieros y geognostas examinaba unos riquísimos filones), en la cual decía que la *moreniya* no se apartaba de su memoria, y que al regreso a Madrid trataría de volver a *su buena gracia* (con galicismo y todo). Súpose después que don Emilio, habiendo recorrido varias pertenencias andaluzas y terrenos que acusaban la capa argentífera o plomífera, se fue a Málaga, y en un vapor se embarcó para Londres. A la entrada de invierno volvería.

El verano fue tan largo como fastidioso para las manchegas, no solo por el exceso de calor, sino porque habiendo marchado Jenara a Sigüenza, se quedaron casi solas en los días caniculares, sin más recurso que dar vueltas en el Prado con don Bruno, o con la familia de Don Serafín de Socobio, llorando el alejamiento de señoras, caballeros y *dandys* con quienes tenían amistad. Ordóñez de Castro voló al Puerto de Santa María, desde donde a su amada endilgaba cartas llenas de languideces. El novio de Lea, de quien se hablará pronto, andaba también por esos mundos con la tropa que acompañó a la reina a las provincias vascongadas; y Rafaela, que comúnmente no salía, se fue por un mes a Navalcarnero. Arreciaron en aquel tristísimo verano las persecuciones contra revoltosos, y la policía, olfateando dónde guisaban motines, metiéndose con los conspiradores de profesión y atropellando a más de un inocente, no dejaba respirar a los pobres habitantes de la villa, medio asfixiados de calor. Narváez seguía fusilando, deseoso de obtener un orden perfecto; pero a medida que disminuía en España el número de los vivos, el orden se alejaba más, cubriéndose el rostro con un velo muy lúgubre. Era una delicia en aquellos días ser español; y ser madrileño, con la añadidura de haber pertenecido a la Milicia Nacional, más delicioso aún. A un pobre sastre de la calle de Toledo, llamado Gil, que al paso de los polizontes calle abajo tiró desde el piso tercero un ladrillo sin descalabrar a nadie, le cogieron, y por primera providencia le fusilaron despiadadamente. ¡Pobre Gil! ¡Quizás pensaría, cuando le llevaban a la muerte, que con su sangre y la de otros escribían los moderados la Constitución despótica llamada del 45, y que toda aquella sangre reviviría en la Historia produciendo al fin la resurrección de los hombres sacrificados!

Algo de esto pensaba don Bruno, en su discurrir de cortos vuelos; pero como adormecido le tenía su singularísima situación política y social, no expresaba ideas tan audaces en el casino. Por aquellos meses, la diligente amistad de don Serafín le consiguió la liquidación del asunto del Pósito, y cobró el hombre unos cuantos miles de reales, que aunque no eran ni la mitad de lo que esperaba, pareciéronle llovidos del Cielo, y con ellos tapó algunas de las enormes grietas que en su caudal abría la dispendiosa vida de Madrid. Había perdido ya el hombre la noción clara de los intereses, ignorando lo que gastaba y lo que poseía. Las rentas de la Mancha mermaban, y algún arrendatario se permitía morosidades escandalosas: deber de don Bruno era dar una vuelta por allá; mas cuando lo pensaba, le invadía la pereza, la terrible parálisis de su voluntad, fomentada incesantemente en el casino y agravada con otras distracciones que cargaban de plomo sus miembros y su no muy viva inteligencia.

Octubre, predilecto mes de Madrid, trajo el retorno de los veraneantes, el brillo de las nuevas modas, la alegría de los teatros, la general animación y vida. Periodistas y revisteros llamaban a la juventud a las diversiones y fiestas de otoño, diciendo: «Ya *nuestras bellas* se aprestan a engalanar las noches del Circo, del Liceo y de la Unión.» Era muy común entonces que el ingenioso cronista de salones y de teatros invocase al sexo femenino con la familiar denominación de *nuestras bellas*; también solían decir *nuestras leonas*, desconociendo lo que significaba en la sociedad parisiense la voz *lionne*, aplicada a las mujeres que deslumbraban a la sociedad con su elegancia original y a veces extravagante, así como con el desenfado de sus costumbres. Ofendían a las mujercitas de acá llamándolas *nuestras leonas*, y más acertado fuera que las llamaran *nuestras gatas* o *nuestras perritas*... Pero, en fin, el nombre importa poco, y daba gusto ver a *nuestras leonas* o *cachorras* embistiendo a los teatros, ya se diera en ellos drama, ópera o baile.

Reapareció entonces el *dandy, paquete, lion, fashionable*, o como nombrár-sele quiera, don Esteban Ordóñez de Castro, y Eufrasia tuvo ya con quién divertirse mientras le llegaba el santo de su completa devoción. Más dichosa que su hermana fue Lea, a cuyas faldas se pegó de nuevo su fiel novio Tomás O'Lean, que a los veinticinco años era ya teniente coronel, habiendo alcanzado sus mayores adelantos desde los pronunciamientos del 43. ¡Qué brillante carrera! Espartero se fue dejándole teniente a secas, y en dos años de trifulcas intestinas, sirviendo con Serrano en Cataluña, con Concha en Andalucía, ayudando a la cacería de Zurbano, había ganado el hombre tres empleos y cinco grados, amén de varias cruces que eran testimonio de su heroísmo. Siguieran las locuras de Marte en nuestro suelo, y Tomás O'Lean sería general. No podía soñar Lea mejor partido, y muy satisfecha estaba de su conquista, porque el muchacho, al aprovechamiento militar unía las ventajas de un carácter cortado para el santo matrimonio: mansedumbre, juicio, hábitos económicos, y para colmo de felicidad, una hermosa figura.

Ni aun en los tiempos del Regente fue O'Lean entusiasta del *Progreso*; antes bien sus amigos le tenían por arrimado a la cola, atendiendo más a las aficiones religiosas del oficial que a las políticas. Perteneciente a una familia de origen irlandés, extremada en el monarquismo y en la piedad, conservó siempre la característica de su abolengo, y en un tris estuvo que defendiera la causa del Pretendiente. Como los O'Donnell, los O'Lean se dividieron, repartiéndose entre las dos legitimidades: dos hermanos de Tomás pelearon en la facción, al lado de Zumalacárregui y de Zaratiegui; pero él, traído a la bandera cristiana por su tío don Anselmo, grande amigo de Córdoba, empezó a servir el 36 en un regimiento de la división de Oraa, y siempre se mantuvo fiel a la disciplina y al honor. Huérfano de padre, vivía Tomás con su madre, vascongada de mollera dura, de los Emparanes de Azpeitia, señora muy tiesa, rigorista en lo social, arrebatada de fanatismo en lo religioso. No fue poca suerte para Leandra Carrasco que Doña Ignacia, a quien como a presunta suegra reverenciaba, aprobara el noviazgo de su hijo, que si así no fuese, poco le durara el contento a la señorita manchega. Tenía Tomás el don de simpatía por su afabilidad y dulzura, y aunque entre sus muchos amigos habíalos de distintos colores, descollaban en su afecto los de matices tris-tones y sombríos; frecuentaba la redacción de *La Esperanza*, y el fundador

94

y director de esta, don Pedro La Hoz, hombre de austeras virtudes, escritor castizo, profundo, sólido y sincero, aunque de estilo un tanto mazacote, profesaba a la madre y al hijo singular estimación.

Pero la esfera de las amistades de Tomás O'Lean era vastísima, y extendíase a los círculos juveniles más interesantes. Loco por la música, con excelente oído y retentiva prodigiosa, figuraba en la trinca de melómanos (que ya entonces se llamaban *dilettantis*) más ruidosa y más inteligente de Madrid. Eran todos chicos de buena familia, que tenían a gala no perder función de ópera y andar siempre entre cantantes italianos, maestros y directores de orquesta. A los estrenos de ruido en teatros *de verso* iban puntuales, siempre que no había novedad o atractivo grande en los de ópera. No eran estos jóvenes la más grata compañía ordinariamente, porque a menudo poníanse a disputar sobre los méritos de estos o los otros *virtuosos*, o las excelencias de tal o cual ópera, y como era inevitable agregar los ejemplos a las teorías, cantaban y tarareaban hasta volver locos a los que tenían la desdicha de asistir a sus reuniones. En el café de Amato, calle de la Montera, donde aquel año ponían los atriles por tarde y noche ocupando tres mesas, no había quien parara. Conocían el repertorio italiano entonces vigente mejor que el que lo inventó; algunos descollaban de tal modo en la retentiva, que *decían* una ópera desde el coro de introducción hasta el final. Quién ensalzaba el *Roberto Devereux*; quién el *Rolla* o *Maria di Rohan*; aquel no permitía que le tocasen a Bellini, el único, el ángel de la melodía; estotro, haciendo gala de su voz abaritonada, soltaba el *Cruda funesta smanie* de *Lucia*, y un chico de Jaén, bajo profundo, repetía las graves notas del *Mosé: Eterno, inmenso, incomprensibil Dio*. Los más felices en la canora trinca y los más envidiados de sus compañeros eran los que tenían entrada franca en los escenarios, y trataban a Ronconi y a Guasco, obsequiaban a la Tossi o a la Bertollini-Raphaelli, y tuteaban a Becerra y a Salas; los que estimando la amistad de los directores Basilio Basili y Skoczdopole más que la de príncipes y magnates, conocían por ellos los proyectos de las empresas. Sin cesar se oía: «Positivamente en noviembre tendremos a Moriani...» «Se habla de Paolina García para la primavera...» «Se preparan dos nuevas óperas de Verdi, *Attila* y *Juana de Arco*...»

Entusiasta del divino arte, y amante ardoroso de las glorias patrias, el *dilettantismo* perdía la chaveta cuando algún músico español componía ópera más o menos italiana, aspirando al lauro universal. Desde que la del joven maestro Espín, *Padilla o el asedio de Medina*, se puso en ensayo, andaban nuestros melómanos hechos unos orates, alabando sin medida la composición de que solo retazos conocían, anticipando por calles y cafés tal o cual frase melódica, y presagiando el éxito más resonante y feliz. Todo ello se cumplió conforme a los deseos del furioso *dilettantismo*. Fue aclamado Espín como digno émulo de Bellini y Donizetti, y se tuvo por cierto que *Padilla* daría la vuelta al mundo. Pero ya entonces *había Pirineos* para la salida del arte, aunque estaban abiertos para la entrada, y Espín se quedó en casa, como los artistas que le habían precedido y los que en las siguientes décadas crearon la zarzuela. El mal gobierno y las revoluciones estúpidas, desacreditando a la raza y permitiendo que cundiese la engañosa fama de su esterilidad, son culpables de las terribles aduanas que en todas las fronteras de Europa cierran el paso a las artes de nuestra tierra.

Los maestros incipientes, como Oudrid, solían agregarse al coro entusiasta de la pandilla musical, ya en el estrecho café de Amato, ya en el del Príncipe o en la pastelería de Lhardy, y lo propio hacía el más joven de los tenores italianos de la compañía del Circo, Enrique Tamberlick, que aquel año había hecho su debut con *Parisina d'Este*. Los conciertos privados en casa de Soriano Fuertes estrechaban las amistades, enardecían y exaltaban la fe de la religión musical: allí Oudrid, excelente pianista, daba las primicias de la *Jota aragonesa con variaciones y de la Fantasía sobre motivos de Maria di Rohan*; allí Tamberlick soltaba los alientos de su voz bravía, cantando trozos de compositores olvidados de viejos, o desconocidos aún de nuestro público, como Cimarosa, Paësiello, Spontini, y les revelaba la maravilla del Don Juan de Mozart, en que algún *dilettanti* de los más avisados vio la matriz del drama lírico. Este fue Tomás O'Lean, que por tal motivo tuvo con sus compañeros tremendas agarradas, sosteniendo que en conocimientos musicales marchábamos con medio siglo de retraso. Poseedor de alguna erudición en el arte de Euterpe, adquirida en libros y papeles extranjeros, el ilustrado joven hablaba de Mozart, que aún no nos habían traído; de Weber y Gluck, que probablemente no vendrían nunca; y por último, para confundir más a la entusiasta cuadrilla, hacía mención de las grandes obras sinfónicas, y soltaba como una bomba, produciendo estupor y escándalo, el endiablado nombre de Beethoven.

XVII

Rara vez hablaba Tomás de estos sutiles temas con su novia, porque la pobre muchacha no los entendía. Bastante atrasada en gustos musicales y sin ninguna educación de piano ni solfeo, no le entraban en la cabeza más que las tonadillas o motivos más elementales. Lo demás era un ruido, no siempre grato. Pero nada de esto importábale al joven, que en su novia parecía estimar exclusivamente las prendas morales y caseras, mirando con indiferencia todo lo restante. Hasta la fecha correspondiente a los sucesos referidos, el militar era mirado por la manchega como perfecto tipo de mansedumbre y docilidad. Pero ya en las postrimerías del 45 presentábase el galán como querencioso de la independencia, y no se plegaba como un junco ante la voluntad y las ideas de su novia, ni al de esta sometía su criterio. A cada instante la diversidad de apreciación en materias de gusto traía la discordia, por ejemplo: a Lea no le había gustado *El hombre de mundo*, de Ventura de la Vega, estrenado aquel otoño por Romea, y Tomás sostenía que no había producido obra mejor la Talía española desde Moratín. No verlo así, era carecer de toda inteligencia literaria. Visitando la Exposición de artes y manufacturas españolas que se celebró en la Trinidad, Lea se extasiaba delante de las pinturas más ñoñas y ridículas: *vaquitas pastando, una mesa revuelta*. O'Lean le decía sin rebozo que admirar tales mamarrachos era darse patente de indocta y campesina, y le ponderaba los cuadros históricos o religiosos de Madrazo y Ribera. En otros órdenes se clareaba más la emancipación del caballero: pasaron los tiempos en que, si a la cita faltaba o se le iba el santo al cielo en la correspondencia, recibía sumiso las reprimendas de la dama, y con graciosa humildad aplacaba su enojo. Ya no era lo mismo: pecaba Tomasito gravemente contra la puntualidad amorosa, que en los noviazgos vale tanto como el amor, por ser su signo más elocuente, y al ser interrogado por la manchega, severo juez y parte lastimada, se quedaba tan fresco. Desvergonzados eran a veces los novillos: hubo tardes en que Lea no le vio el pelo en el Prado, y ni la atención tenía el joven de presentarse al oscurecer con galantes excusas. Las que daba, tardías y glaciales, eran siempre las mismas. Había pasado la tarde, o la noche o la mañana, en *La Esperanza*, donde sin duda los amigos que allí se reunían trataban de la cuadratura del círculo. «¿Pero qué demonios hay en esa Esperanza dichosa, para que de tal modo te atraiga, Tomás? —le decía Lea, subiendo del enojo a la cólera—. ¿Hay zambra de mujeres, o baile de sacristanes? Quisiera saber qué se te ha perdido a ti en *La Esperanza*, y qué piensas sacar de tanto cabildeo con *escritores públicos*. Política no será, porque tú me has dicho que eres *escepticista*.»

—Esa palabra no está bien, Lea. Cierto que cuando nos conocimos, así se llamaban algunos: yo fui de los que más usaron el vocablo. Pero va cayendo en desuso, y ya no decimos *escepticista*, sino *escéptico*.

—Bueno, lo mismo da. Tú me aseguraste que no tenías opiniones políticas, ni eso te importaba, que te mantenías *neutro*...

—*Neutral*, Lea... Pues sí, te lo dije: me mantenía indefinido, incoloro, entre los partidos revolucionarios y los partidos de orden; pero llegan tiempos en que la neutralidad es falta, casi delito; tiempos que piden a todos los españoles una manifestación franca de lo que piensan y desean para nuestro país, ahora que se nos presenta el problema grave, de cuya solución depende la suerte del Reino en los años futuros.

Apremiado a más claras explicaciones, O'Lean consagró un rato a satisfacer las dudas de su amada, haciéndolo en términos rebuscados y con una suficiencia que rayaba en pedantería, marcando bien la superioridad del expositor ante las cortas luces de la pobre mujer que oía. «Ha llegado la más crítica, la más delicada ocasión de esta Monarquía gloriosa —le dijo—. Nuestra adorada reina necesita un esposo, no solo porque es reina, sino porque es mujer, o dama, mejor dicho. Y ante el problema que se nos viene encima, todos los españoles de buena voluntad nos preguntamos: "¿Quién será, quién debe ser el consorte de nuestra Soberana?". La respuesta que a muchos embaraza y confunde, para mí es facilísima. Este matrimonio debe ser no solo un matrimonio, fíjate bien, sino un tratado de paz y alianza perpetuas entre las dos ramas de la Familia Real. Una discordia entre las ramas de tronco tan glorioso, un desacuerdo por si debe excluirse o no debe excluirse de la sucesión al sexo femenino, que comúnmente llamamos bello sexo, fíjate bien, trajo la más tremenda, la más sanguinaria de las guerras. Triunfó la opinión favorable al *bello sexo*; pero como los derechos de la otra parte, o sea de los varones, fíjate, continúan en pie, y el partido carlista es siempre formidable, podría reproducirse la guerra y aniquilarnos nuevamente, y aun traer la victoria de la rama viril. Medios de evitar esto y de resolver histórica-mente la cuestión: la empresa en que fracasó Marte, será llevada a término feliz por Himeneo, el más pacífico de los dioses. La Providencia, que tanto ha desfavorecido a nuestra Nación, ahora se vuelve benigna y dice: "Nación, llevé tus problemas a los campos de batalla para hacerte guerrera y varonil; ahora los llevo al Tálamo, para que seas pacífica y fecunda".»

Todo esto paraba en que los de *La Esperanza* habían catequizado al joven militar para que pusiese su talento y su pluma al servicio de la idea patroci-nada por Balmes y otros publicistas. Extendiose Tomasito en mayores expli-caciones de tan feliz idea, diciendo que el sentido común haciala suya, y que por ser la pura lógica había de imponerse a los españoles de todos los partidos. No más guerra civil, no más derechos de varones y hembras. *El solitario de Bourges* había tenido la dignación de abdicar en su hijo, y este, en el gallardo manifiesto que había dirigido a España, estampaba una solemne declaración, que era el más grande y filosófico de los programas: *Ya no habrá partidos; ya no habrá más que españoles.*

«¡Ay, Tomás de mi alma! —le dijo Lea burlona y dulce—; a ti te han sorbido el seso los de *La Esperanza* con el casorio de la reina. ¿Crees tú que vas ganando algo con que el preferido sea Montemolín? ¿A ti qué te va y qué te viene en eso? A mi padre oí decir que las piedras se levantarían contra don Carlitos si en esa boda se pensara.»

A esto replicó el militar escarneciendo la ignorancia de su amada en asunto de tal trascendencia. Habíalo estudiado él con extremado dete-nimiento, y leído todo lo que plumas muy doctas sobre la materia habían escrito; conocía, como si de ella fuese testigo, la patriarcal vida del Rey don Carlos en Bourges, la modestia decorosa del trato doméstico, la educación que al heredero se daba, haciéndole hombre para la adversidad, y príncipe para que mirase a gloriosos destinos. Era don Carlos Luis un modelo de jóvenes honestos, sensatos, corteses; instruido en cuanto concierne a un caballero y a un príncipe, sencillo y afable con los inferiores, digno con los altos, muy mirado con las damas; galán sin presunción, fortalecido por el continuo ejercicio a caballo; amante de España hasta la idolatría; informado de todo principio nuevo y de toda idea culta; celoso de la dignidad de la

Corona, mas sin repugnancia de la Libertad ni de sus aplicaciones al vivir de los pueblos, siempre que fueran sensatas.

Dicho esto se retiró, resultando por el pronto una sensible frialdad en los que meses antes consagraban casi exclusivamente sus coloquios a la dulce conjugación del verbo *casarse*. Y de pronto, ¡ay!, otro himeneo, cien veces maldito, a perturbar venía la inocente alianza de dos criaturas tan inferiores a las grandezas del Trono. Lamentábase Lea en sus soledades de que las regias nupcias habían trastornado el seso de Tomasito; y aunque no era de temer que con la fiebre política y casamentera llegase el hombre al delirio y olvidara su compromiso de amor, no estaba tranquila, no, que harto sabía cuán peligroso es que los hombres se acaloren por una causa general, origen de guerras y trapisondas. ¡Hermosos, felicísimos días aquellos en que, ávidos de palique, aprovechaban las horas de paseo, o los minutos de cualquier entrevista breve, para engolfarse en dulces cálculos de la fecha de sus desposorios, de la futura casa, que por vergüenza no llamaban nido, de lo felices que serían, etc...! ¡Y ahora salíamos con que el hombre no se apasionaba más que por el casorio de la reina! Vamos, que era para echar al demonio a todos los reyes y príncipes, y salir por la calle gritando cualquier barbaridad.

A su padre habló la señorita de la inquietud grave que en su vida se le ofrecía, y el buen señor la tranquilizó con estas razones: «Dile a ese tonto que no se ponga en ridículo defendiendo un matrimonio que no hemos de consentir los liberales... Ni está bien que un militar ande ahora al retortero de los de *La Esperanza*, y tome partido por el *chico* de Don Carlos. ¡Hombre, ni que hubiera venido de las Batuecas!... Dile también que se deje de casorios ajenos y piense en el vuestro, que es el que más a todos nos importa, pues el tiempo vuela, y ya debíais estar casados... lo cual que así mismo, *mutatis*, se lo he de decir yo mañana a Doña Ignacia.»

Consolada con esto, a la siguiente noche manifestó a Tomasito la manchega su propia opinión sobre la necedad de tomar partido por Montemolín, agregando el juicio de su padre y el de otros amigos de la familia. Con razones tan primorosas y bien concertadas como las del mejor libro, rebatió el joven lo dicho por su novia, dando cuenta de cómo arreciaban los vientecillos que nos traían a Montemolín a compartir con Isabel el solio de San

Fernando. Cosas dijo y seguridades expresó, que dejaron a Lea suspensa y aterrada. ¿Sería posible que su padre y los demás que como él pensaban quedasen tan ridículamente burlados? ¿Vendría, en efecto, Carlitos Luis...? Ya en el terreno de los bodorrios, fue Lea bastante sagaz para deslizar una interrogación acerca del suyo, y respondió Tomasito clara y prontamente: «Casada la reina, casados nosotros... Ella, pongo por caso, esta semana; nosotros la venidera.»

—¿Y será pronto?

—Más pronto quizás de lo que creen hoy todos los españoles, a excepción de la corta minoría que está en el secreto. La mañana menos pensada, fíjate bien, despertará Madrid a los sones de la campana gorda de *La Gaceta*, anunciando...

—¿Las bodas de Su Majestad?... Y a la semana siguiente... Ja... Ja... iba a decir que *me llevas al altar*, pero esta frase es de novela, y muy ridícula. Déjame que me ría: estoy contenta. Me hace gracia eso de que en *La Gaceta* tocan a casarnos nosotros... ¿Pero quién toca, Tomás?

A esta pregunta respondió el militar en voz baja y con teatral misterio: «¡El Austria!»

—¡Ah!... ya voy comprendiendo. El Austria, esa nación de donde son los austríacos, quiere que sea don Carlos Luis el agraciado...

—Lo quiere y lo impone... Dice: «este o ninguno: yo lo mando.»

—¡Ave María Purísima! ¿Pero es verdad todo eso, Tomás de mi alma? ¿Con que el Austria...? Y España no tendrá más remedio que bajar la cabeza...

—No lo haría quizás tan pronto, si lo mismo que pide el Austria no lo exigiera el Papado... El Papado es el Papa, fíjate.

—Ya lo había comprendido, hombre... ¿De modo que...? Pues ahora sí te digo que ya me parece una cosa muy buena la unión de las dos ramas. Asegúrame otra vez lo que has dicho de una semanita no más por medio, y me paso a tu partido: soy furiosa montemolinista.

—Te lo aseguro; pero esto que has oído del Austria y del Papado no lo repitas, Lea, no lo repitas, fíjate con tus cinco sentidos.

—Estate tranquilo, que no diré nada. En mi corazón guardo el secreto. ¡Bendita sea mil veces el Austria!

XVIII

Con instintivo saber psicológico pensaba Lea que la lisonjera situación de ánimo en que había de poner a don Tomás la victoria de su candidato sería favorable al cumplimiento de su promesa, es decir, que impuesto Montemolín por Austria y Roma, bien podía ser que los dos matrimonios, el grande y el chico, no distaran entre sí más que una semanita. De estas esperanzas habló con su madre, guardando reserva sobre lo del Austria; Doña Leandra se distrajo de sus tristezas contemplando el optimismo de su hija, tan parecido a un espectáculo de fuegos artificiales, y aunque la buena señora dudaba, que la duda de todo era en ella ya una segunda naturaleza, fingió creerlo por no marchitar ilusiones consoladoras. Eufrasia estaba también gozosa, porque llegó Terry, y con fácil artificio ideado por Jenara facilitose en casa de esta la tan deseada reconciliación.

Había llegado a tomar por aquellos días la persona de Doña Leandra apariencias de espectro, y la cara y pescuezo, las manos y antebrazos eran como piezas dispuestas para los estudios anatómicos: de tal modo la rugosa piel amarilla dejaba traslucir el cordaje de nervios y músculos, las azules venas y la osamenta desvencijada. La distancia entre el barrio de Peligros y las Cavas no le permitía visitar a la Torrubia con tanta frecuencia como deseara; hacialo en los días buenos, arrastrándose por las mañanas hasta San Cayetano o la Paloma; y después de oír misa, echaba un párrafo con su amiga en el puesto donde vendía, o en la puerta de la iglesia. Por dicha suya, la Providencia le deparó nuevas amistades, y la más valiosa de aquellos días fue la que contrajo, por mediación de don Bruno y de don Serafín, con la tía de este, Doña Cristeta del Socobio, señora muy agradable y bondadosa, que al punto comprendió la profunda dolencia moral de la manchega, y puso de su parte cuanto podía para mitigarla. Desde los primeros instantes de su conocimiento simpatizaron, no teniendo poca parte en el repentino afecto de Doña Leandra por la Socobio la circunstancia de ser esta viuda de un manchego, natural de Piedrabuena; y aunque el difunto salió de su pueblo a los cinco años, y desde tan tierna edad no había vuelto a él, bastaba el origen para que Doña Leandra le tuviese en gran estimación, y mirase a la viuda como amiga predilecta.

Era Doña Cristeta camarista de Palacio, y aunque en el tiempo a que esto se refiere desempeñaba un destino sedentario, porque su edad y cansancio reclamaban vida más sosegada que la del servicio de Etiqueta junto a los Reyes, su personalidad y sus funciones merecen los honores de la Historia. Había entrado en la servidumbre en 1818, y al año siguiente, marcado en los fastos palatinos por el casamiento de don Francisco de Paula con la princesa de Nápoles Doña Luisa Carlota, esta la tomó a su inmediato servicio, y a su lado la tuvo hasta 1838, en que pasó Cristeta a la Cámara de Su Majestad. En los duros tiempos de Argüelles y la de Bélgica, fue separada la Socobio, juntamente con otras personas de la familia, por supuestas connivencias con la gobernadora cesante; pero al ser declarada la reina mayor de edad, volvieron todos a sus puestos en la Etiqueta, en la Intendencia y Real Capilla; y la Camarera mayor, marquesa de Santa Cruz, que desde aquella fecha fue la más visible influencia dentro de la casa, dio a la Socobio la Guardarropía de las Reales personas, y el mando de todas las mozas de retrete, guarnecedoras, ayudas y barrenderas.

No tardó en advertir Cristeta la incompatibilidad de su salud y de sus años con aquellos oficios que bajo su mano quiso poner la Santa Cruz, y pidió la jubilación aprovechándose de las favorables circunstancias de su edad y dilatado servicio para proporcionarse una cómoda situación pasiva. Mas ni la Camarera ni la Reinita y su hermana, que la querían entrañablemente, accedieron a la jubilación, y se le concedió el puesto de camarista con todo el sueldo, exenta de servicio, con derecho de habitar *en Madrid*, esto es, fuera de Palacio, y sin más obligación que acudir en auxilio de las nuevas guardarropas cuando estas lo hubieran menester. Hallábase, pues, Doña Cristeta en la más holgada y feliz situación, disfrutando de las ventajas del cargo y sin la esclavitud y trajines inherentes a este. Entraba y salía en los altos aposentos y en los bajos siempre que le daba la gana; su metimiento era como el de los mejores días y grande su dominio sobre las camaristas jóvenes, sobre las mozas de retrete, mozos de oficio, ayudas de furriera y demás piezas inferiores de tan compleja máquina. Y no solo tenía fieles amigos en la inmensa colmena, sino también parientes muchos, distribuidos en las distintas funciones y dependencias. Don Serafín era, como se sabe, gentilhombre, y sin salir de la Etiqueta se encontraban dos Socobios más:

don Laureano, ujier, y Don Emigdio, escribiente en la Secretaría de Cámara y Estampilla. En Caballerizas, un Socobio era rey de armas, y otro ayudante del Montero mayor. Asilo de otros individuos de tan aprovechada familia era la Intendencia, donde se podían contar hasta cinco Socobios: el uno en la Secretaría del Intendente, cargo de cuidado y responsabilidad; otro que era contador general; dos en la Tesorería, y el quinto en la Consultería. Para que no quedase rincón alguno donde no hubiese hecho su nido un Socobio, figuraba entre los capellanes don Andrés Avelino, primo hermano de don Serafín, y, por último, las Administraciones patrimoniales de los Reales Sitios hervían de Socobios.

No iba Doña Cristeta a Palacio todos los días, pero sí los más de la semana, y desde que tomó a su cargo el cuidado y esparcimiento de Doña Leandra, oían misa las dos en la Real Capilla; entraban luego a echar su descanso en la sacristía, donde la manchega hizo conocimiento con el capellán Andrés Avelino y con don Víctor Ibraim, cuyo aspecto y modos de cuadrúpedo con sotana no fueron muy de su agrado. Algunas tardes subían al piso alto y visitaban a distintas personas, con lo que Doña Leandra se distraía y animaba; su familia iba notando en ella menos inapetencia; relataba con interés las magnificencias que en Palacio veía, y mostrábase en extremo cariñosa con su amiga y compañera. A veces dejábala esta en alguna de las habitaciones altas, bien recomendada, para que la entretuviesen dándole conversación, y se iba sola a los regios aposentos del piso principal, permaneciendo allí las horas muertas; volvía gozosa junto a Doña Leandra, y le prometía enseñarle *lo de abajo*, cuando las Reales personas se fuesen a la Granja o Aranjuez. Por fin, huroneando entre las viviendas de la servidumbre, encontraron manchegos, que fue para la señora de Carrasco gran satisfacción. ¡Vaya que manchegos en aquellas alturas! Pues en Caballerizas, a donde también fueron como visitantes curiosos, encontró Leandra más de lo que quería: carreristas, picadores y mozos que eran de allá, y hasta parientes le salieron. Bien decía ella que había *Mancha en todo el mundo*, y que Madrid era lo más manchego de las Españas.

¿Y cuál no sería el gozo de la expatriada cuando, metidas las dos una mañana en la Botica de Palacio a pedir varias drogas para sus achaques (las cuales a Doña Cristeta no le costaban un maravedí), topó de manos a boca con el mancebo Vicentillo Sancho, del mismísimo Pozuelo de Calatrava, sobrino segundo de Don Bruno? «Pero, hijo, no te hubiera conocido... ¡Si estás hecho un hombracho! No te he visto desde el día en que saliste del pueblo para venir a estudiar la carrera de boticario... ¡Ay!, déjame que te abrace otra vez... Me parece que estoy allá, y que veo a tu madre, la pobre Bárbara, que el día que tú partiste lloraba como una fuente, y no veíamos modo de consolarla... Pero tú, gran zopenco, ¿no sabías que vivimos aquí hace cinco años, por *desinio* del Señor? ¿Cómo no has ido a vernos? Ahora te digo que tienes tu casa en la calle Angosta de los Peligros, y que si no vas a vernos pronto, te descomulgamos, y ya no eres ni sobrino ni manchego ni nada.» Replicó el mancebo que tenía noticias, sí, de la presencia de sus tíos en Madrid; pero que no había ido a verles por vergüenza y cortedad, pues alguien le dijo que vivían muy a lo grande, y que las niñas estaban hechas unas princesonas. Una tarde, paseando por el Prado, un amigo le enseñó a Eufrasia, que iba con una como marquesa, y el chico se había maravillado de tanta elegancia y hermosura. Indignose con esto Doña Leandra, y dio un coscorrón al boticario para quitarle la vergüenza: «Anda, mostrenco, que no mereces nuestro cariño. Vete corriendo a mi casa, donde verás a las niñas, que aunque pronto casarán la una con un teniente coronel y la otra con un capitalista, son muy llanotas y no reniegan de su país ni de su parentela.»

Con la visita de Vicente Sancho tuvo la señora un grandísimo alivio y días verdaderamente felices. Al propio tiempo aumentaba su afición a las visitas a Palacio, y nada la divertía y consolaba como oír de labios de su amiga relaciones de la vida interior de aquella inmensa casa. «Por no vestirme —le dijo Cristeta una tarde, volviendo las dos de su paseo—, no voy a ninguna ceremonia. Los que presenciaron la de anteayer, la recepción del Embajador de Francia M. De Bresson, me aseguran que nuestra salada reina fue el encanto de los extranjeros por la divina soltura y gracia con que hizo su difícil papel. A los dieciséis años, esa criatura sin igual no tiene nada que aprender en punto a señorío regio, ni en el arte dificilísimo de ser digna y familiar, de ostentar toda la gracia y afabilidad del mundo, sentadita, como quien no dice nada, en el Trono de San Fernando. Cuentan que cuando bajó las gradas, concluida la ceremonia, y se puso a platicar con todos, diciendo a cada uno palabritas agradables, estaba tan mona, tan reina, que... vamos... Era para comérsela. Bien puede España dar gracias a Dios, pues con esa niña nos ha traído el remedio de todos los males. Y gracias también debemos darle porque con ella empieza el orden, el orden, amiga mía, que es el andar derecho todo el mundo, para que pueda el Gobierno dedicarse al fomento... Ya sabe usted que es necesario el fomento, pues... para que prospere y eche buen pelo la Nación... Y eso que ahora ¡ay!, nos viene una dificultad, la cual dejará de serlo si se hace todo como Dios manda. Hablo del casamiento, que puede ser el sumo bien o el sumo mal. Pero entiendo yo que van las cosas por el mejor camino, y si no meten el rabo las potencias, tendrá Isabel el marido que a ella y a todos nos conviene...»

Expresada por Doña Leandra con la mayor candidez la idea de que era un hecho la elección de Montemolín, pues como cosa de clavo pasado así lo aseguraba su hija primogénita, rompió en risas y burlas la Socobio, diciendo que tal casamiento sería el mayor trastorno de la Real Familia y un terrible desastre para la Nación. Confusa la oyó su amiga; mas no pudo obtener de ella referencia clara del candidato que la gente palaciega tenía por seguro.

Era la camarista de pequeña estatura, entrada en años, de rostro agraciadísimo, las facciones menudas, los ojos muy despiertos y ratoniles, el pelo casi enteramente blanco peinado con gracia, muy amable y nada perezosa, dispuesta siempre a las grandes caminatas y ascensiones de escaleras. Hablaba con tanta soltura como donaire; de su inteligencia no podían hacerse más que elogios; en su conducta matrimonial, mientras le vivió el marido, no había que poner ninguna tacha; de su exactitud y diligencia en el desempeño de su destino durante largos años, no cabía tampoco la menor censura; de su sagacidad y discreción para servicios de un orden familiar y reservado, nada corresponde apuntar al historiador, que además poco sabe de estas cosas. Merece, pues, Doña Cristeta sinceras alabanzas; y si hay necesidad de poner algún defectillo para guardar siquiera las apariencias de imparcialidad, dígase que era la camarista muy golosa, y que toda su vida fue apasionada de las yemas y tocinos del cielo; loca por pastelillos, bollos delicados y fruslerías dulces, así como por las copitas de licores finos y aromáticos. Cuando la edad trajo a su estómago cierta rebeldía contra el dulce, usábalo moderadamente, y retrotraída en su vejez a los gustos y travesuras de la infancia, no podía resistir a la tentación de comprar en la calle torrados, anises o caramelos de la peor calidad: con tales porquerías, que roía y mascaba despacio para no cascar sus hermosos dientes, entretenía el vicio y daba satisfacción al gusto, escupiéndolas después sin dejarlas pasar al buche.

XIX

Pues un domingo por la tarde, volviendo de una placentera visita en Caballerizas, se corrieron Doña Leandra y Doña Cristeta hacia la Encarnación con ánimo de rezar; pero tuvo más fuerza en el ánimo de la camarista el apetito de golosinas que la devoción, y lo que hicieron fue comprar torrados y avellanas, y sentarse a roer y mascullar y escupir en los propios escalones de la iglesia, como dos chiquillas. A entrambas era muy grata aquella libertad, el perderse entre la multitud sin que nadie las conociera, y respirar el ambiente popular en que habían nacido. Con sus vestiditos de merino negro y su facha de honradas y limpias menestralas, creían desenvolverse mejor en el humano carnaval; y si Doña Leandra se conceptuaba siempre palurda manchega, en medio del bullicio y galas de la Villa y Corte, Doña Cristeta era una demócrata inconsciente, sin sospechar que pudiera existir incompatibilidad entre sus aficiones plebeyas y su intensísima fe monárquica.

«¡Qué bien estamos aquí —dijo a su amiga—, y cómo me gusta que la tengan a una por nadie, y que no nos hagan ningún *rendibú*! Cuando una ha vivido años y años dentro de la etiqueta, gran suplicio, coge con más gana la libertad... y hasta se alegraría de ser pueblo, como quien dice.»

—Pero los que se regostan a palacios —observó Doña Leandra—, no se hallan en cabañas. Y a usted la tira tanto el señorío, que si no pudiera de vez en cuando meter la nariz en la casa grande y oler lo que allá guisan, se moriría de pena.

Agregó Doña Leandra que le interesaba el casamiento de Su Majestad, por las esperanzas que tenía de trasladarse a Peralvillo en cuanto aquel se celebrara, y pidió a su amiga informes veraces acerca del novio preferido, pues nadie como ella debía de estar al tanto, por la razón de su mete y saca en Reales cámaras y camarines.

«Claro es que lo sé todo, amiga mía —dijo Cristeta—; pero el hábito de la reserva, que fácilmente se adquiere en los palacios, como se aprende la fineza del oído, nos cierra la boca. Si usted quiere que yo abra la mía y le cuente las verdades que sé, ha de prometerme no repetir lo que me oiga, y guardarlo de todo el mundo, hasta de su propio marido.»

—Bien puede tener confianza, Cristeta, que yo soy un pozo. A todo me ganarán otras; pero a callar no ha nacido quien me gane.

—Habrá usted oído hablar por ahí de Trápani, de Montemolín, de Aumale, de Coburgo...

—De sin fin de príncipes oigo hablar, que quieren que los casemos con nuestra reina. Parece un cuento de niños. Y la verdad, por lo que me dijo Lea, yo creí que el preferido era el de don Carlos.

—¡Patraña! Los carlistas son tan cándidos que se creen las mentiras que ellos mismos echan a volar. Es un partido de hombres valientes, pero sin malicia. En cuanto a Trápani, si en un tiempo se pensó en él y lo apoyaba su hermana la reina Cristina, ya está desechado. Es un pobre seminarista de tan poco meollo, que no sabe más que ayudar a misa, y eso mal. ¡Vaya un Rey consorte que nos querían traer! Aumale es muy guapo, muy galán; pero como hijo del Rey de Francia, no puede dar su mano a Isabel, porque las otras potencias son muy celosas entre sí, y si vieran a un francés en el Trono español, no era cisco el que se armaba. Del Coburgo ¿qué quiere usted que le diga? Pertenece a una familia ducal de Alemania que se dedica a la cría de maridos de reinas, y los proporciona y suministra de todos precios, bien educaditos. Los chicos esos tienen mérito; pero que perdonen por Dios: la reina de toda una España no es bien que a surtirse vaya en ese mercado. Tampoco hacen camino los príncipes portugueses, por ser de una nación chica, que nos tiene comida toda la parte del occidente de nuestra Península, y además se hallan muy unidos a la enemiga de toda la cristiandad, que es la Inglaterra, esa puerca, ya lo sabe usted, a quien dan el mote de *la pérfida Albión*.

—He oído ese mote y otros: a la Francia la llaman *la Monarquía de julio*. Pártame un rayo si lo entiendo.

—Son maneras de decir de los periodistas. Hay que fijarse mucho para estar al tanto de las muletillas que ahora se usan para nombrar las cosas. ¿Sabe usted lo que es *La Puerta*? ¿Y el *Gabinete de las Tullerías*, sabe lo que es?... Pero no nos entretengamos en esto, y vamos al casamiento, que será conforme a la voluntad de Dios, y tendremos de Rey a un príncipe español, de quien puedo dar informes como no los dará nadie, pues estos brazos le han zarandeado de niño, y estas manos le han dado las sopitas más de tres y más de cuatro veces... ¿y quién sino yo le puso los primeros calzones?

—Ya sé de quién habla usted, Cristeta, pues ya me ha contado que sirvió a esa señora princesa, de cuyo nombre no me acuerdo, hermana de la reina Madre, la cual fue esposa del Don Francisco que vive en la calle de la Luna, y madre de unos principitos y princesas que no sé cómo se llaman, porque en todo esto de personas Reales estoy yo poco fuerte.

—Es la Infanta Carlota, mi señora, a quien serví desde que a España vino, la que tiene celebridad en todo el mundo por haberle dado a Calomarde la más tremenda bofetada que ha recibido cara de ministro.

—Ya recuerdo lo que usted me contó... Fue brava acción, poner patas arriba a un ministro del Rey, y no creo que se haya visto otra en Cortes de la Europa universal.

—Era un genio tan vivo la Infanta, que no podía ver injusticias y maldades sin correr a ponerles remedio. Su hermana era entonces una cuitada, y si no es por mi señora, le birlan aquellos culebrones la corona de su hija. ¡Ay qué Doña Carlota! Tan fácilmente se le remontaba la sangre a la cabeza por cualquier motivo, que teníamos que contenerla y amansarla: su prontitud nos asustaba, su resolución no admitía réplicas, y si no hubo discordias y altercados en la familia, fue porque mi señor Don Francisco era y es tan bueno, que no ha conocido usted pedazo de pan que se le iguale. Murió la señora en mis brazos hace un año y nueve meses, y aún le llevo luto, porque la quería, y ella por mí tuvo siempre debilidad. Fui yo la persona de su mayor confianza. Tan buena era conmigo, que me daba licencia para que la aconsejara y aun para que la reprendiera, y yo fui quizás la única persona que se atrevió a decirle: «Señora, es cosa muy fea que Vuestra Alteza se ponga de puntas con su hermana, y que una y otra se tiroteen con pullas y sarcasmos muy inconvenientes y muy impropios, aunque sean dichos en lengua italiana. ¡Vaya, que dos princesas, la una en el escalón más alto del Trono, la otra en el segundo, tratarse como tales y cuales, siendo además hermanas, y habiendo nacido de Reyes, y en un Trono como el de las Dos Sicilias!...» Su mismo marido no se cuidaba de cortarle los vuelos, porque también él estaba muy quemado con Cristina y los Muñoces, que de ahí le venía la tos al gato, de los intrusos de Tarancón que nos revolvieron todo Palacio... Le cuento a usted, querida Leandra, estas menudencias para que las sepa y calle, pues no es bien que se divulguen, aunque, por arte del diablo, ya salieron en papeles de Francia y de España... Las dos hermanas se adoraban, y luego vinieron a ser el agua y el fuego, porque desde que se casó secretamente, Doña María Cristina daba de lado a mi señora y a los hijos de mi señora... Cosa natural, ¿verdad?, porque cada cual mira por lo suyo... A Carlota le decía yo: «Resígnese Vuestra Alteza y admita lo que llaman los políticos los hechos consumados. Cierto que la ventolera de Su Majestad por el buen mozo de Tarancón no está bien si la miramos por el lado Real, o dígase divino, que cierta divinidad tiene el derecho de los Reyes; pero si miramos el caso por lo humano, pues el fuero de humanidad no puede negarse a las personas coronadas, ¿qué hay que decir? Joven es Cristina y hermosa como un Sol, llena de salud y de vida, y tan lozana que no sería discreto negarle segundas nupcias. Y no me diga Vuestra Alteza que fue el demonio quien puso en su camino al don Fernando Muñoz, joven como ella, guapo y fuerte. Estas cosas no las hace el diablo, que todo ello es composición y concierto de las leyes que llaman naturales. Pues qué, ¿había de estar condenada una mujer como Cristina a recrearse con la memoria del feísimo y mal encarado Rey don Fernando, que santa gloria haya, y a tener toda su vida el pensamiento embebecido en el recuerdo de las narizotas de Su Majestad y de su Real cuerpo, que en vida dicen que estaba medio corrupto? Esto no podía ser. Pongámonos en lo juicioso y natural. Si Doña Cristina gustaba de alegrar su juventud con un nuevo matrimonio, ¿qué remedio tenía más que tomar hombre, eligiendo el que cautivaba su alma? Dicen que por qué no eligió novio de más alta alcurnia. ¡Ay!, el corazón no entiende de jerarquías, y una vez metida Su Majestad en lo morganático, ¿qué más daba que tuviese cuatro cuarteles o que no tuviese ninguno? ¿De dónde arranca la nobleza más que de la voluntad de los Reyes? Pues desde el momento en que don Fernando se introducía en el corazón de la reina, allí se encontraba todas las ejecutorias, grandezas y blasones, y podía libremente coger lo que más le agradase...» Esto le decía yo a mi señora para sosegarla; pero ¡ay de mí!, no me hacía ningún caso, y a mis razones contestaba con las desvergüenzas de la murmuración corriente acerca de Muñoz. Que si el estanquero su padre, que si la tía Eusebia su madre, que si los hermanos, que si vino, que si fue, que si estuvo de mozo en una tienda para barrer el suelo y fregar el mostrador. Mentiras todo ello, y hablillas de la gente envidiosa, pues con mirar al marido de la reina Madre y ver su figura, sus modales y elegancia, se ve que es de buena familia y que le han criado en finos pañales.

»Lo peor del caso, amiga querida —prosiguió Cristeta, tomado aliento y limpiado el gaznate—, es que yo, con la mayor inocencia, fui la primera persona que supo en Palacio el devaneo de Cristina, y no solo fui quien primero lo supo, sino algo más, Leandra, pues a mí me escogió la Providencia, ¡triste sino el mío!, para que abriese la puerta por donde entró la flecha de Cupido que había de traspasar el corazón de la reina. Yo llevé a Palacio a la modista Teresa Valcárcel, fundamento de todo este enredo; tras de la modista fue el guardia don Nicolás Franco, que la cortejaba, y con Franco se coló su amigote Muñoz, bien inocente de que la reina, solo con verle, se prendaría de él. De modo que aquí me tiene usted oficiando de *causa histórica*, porque si yo no hubiera llevado a la modista... Saque la consecuencia... A estas horas la historia de España llevaría en sus hojas cosas diferentes de las que lleva. Pues bien: cuando ocurrió lo de Quitapesares... ya se lo he contado a usted... la escena preparada por la reina para vencer la gravísima dificultad de romper el silencio de amor, y hablar... vamos, a cualquiera le doy yo este compromiso... pues quien primero tuvo en Palacio noticia de tal escena fui yo, por un guarda que vio pasear solos a la reina y a don Fernando, y lo refirió a mi marido, que entonces era contador segundo de la Intendencia, y naturalmente, Nicolás me trajo el cuento... Yo, que siempre he mirado a la conciencia antes que a nada, me guardé muy bien guardado el secreto, hasta que empezaron a correr por Madrid y por Palacio rumores graves, malignos de toda malignidad, como que Muñoz paseaba en una berlina muy elegante y tenía casa puesta, lujosísima; que llevaba en la pechera y en la corbata alhajas pertenecientes al difunto Rey... qué sé yo... Lo de las alhajas lo dudo... yo no las vi, ni he conocido a nadie que las viera... Pero ¡ay!, es tan malo el público... ¡Qué perro es el público ¿verdad?, y cómo le gusta ver caídas las cosas más bellas, y pisotearlas si le dejan...! No le quiero decir lo volada que se puso mi señora. Finalmente, por las relaciones y amistades de mi marido supe que nuestro amigo don Marcos Aniano González y el señor don Miguel de Acevedo, pariente de mi Nicolás, andaban arreglando el negocio de casar a la reina, y la casaron, sí, el día de los Santos Inocentes de aquel año de 1833, lo que no fue poco dificultoso, pues el nuncio se lavó las manos, y un obispo a quien trataron de catequizar dijo *fu...* Pero, en fin, hubo matrimonio, y la ley de Dios vino a santificar el caso, y a poner a nuestra gobernadora en el punto de honradez que le correspondía. Cuando la Infanta lo supo, hube de echar todos los registros para calmarla. "Pero repare Vuestra Alteza en que más que de vituperio es digna de alabanza la reina, porque de otras hablan las historias que se divirtieron cuanto les dio la gana, guardando el desvarío debajo de siete capas, o haciendo de él público alarde, con desvergüenza, y esta empieza por mirar a Dios, por temerle y guarecerse dentro del Sacramento, para que nadie pueda poner en su fama el borrón más mínimo. Celebremos que ello vaya por los caminos cristianos". Y viendo que estas y otras razones no bastaban a moderarle el genio, se encalabrinó el mío, que también lo tengo, sí señora, cuando me apuran, y cegándome más de lo que el respeto consentía, me arranqué con la verdad y le dije: "Señora, no sea Vuestra Alteza tan gazmoña, que si Vuestra Alteza se encontrase en caso semejante al de su hermana, lo haría peor".

»Creí que me mandaría salir de su presencia; pero no fue así. Apagados de repente por aquel súpito mío tan irreverente los fuegos de su enojo, masculló algunas palabras, echose a reír y hablamos de otro asunto.

XX

»Volvieron a un trato cariñoso, aunque no muy íntimo, las dos hermanas —prosiguió Doña Cristeta—; pero la enormísima caterva de Muñoces que se nos fue metiendo en la servidumbre, trajo nuevos disgustos. Cuentan que quedó despoblado Tarancón. Los padres, viendo tan bien casado al chico, no habían de ser tan zotes que desperdiciaran la buena ocasión de colocar a todita la familia. Yo me pongo en su caso. A una hermana, la Alejandra, la tuvimos de Camarista; a don José Muñoz, de Contador del Real Patrimonio, y con ellos vino una reata de parientes, amigos y allegados que no se acaba nunca. Mil desazones ocurrieron, y todo era enojos, piques, desabrimientos; que cuanto más grande es una casa, más fácilmente extienden por ella los malignos la máquina de chismes y enredos. A mi señora la perdió su propio genio desmandado, y de tal modo se descompuso, que ella y su marido el Infante hubieron de salir a destierro, por razón política... ¡Que si Don Francisco de Paula había hocicado o no había hocicado con los del *Progreso*...! Embustes, hija, pretextos para echarles de aquí. No pude yo seguir a la Infanta porque mi Nicolás, que atacado venía del pecho desde el año anterior, se me agravó en aquellos días, y su enfermera tuve que ser hasta que se le llevó Dios. Fue un dolor, ¡ay! Figúrese usted, Leandra, un hombre como un castillo... Pero vamos al cuento. En París, donde no tenía Doña Luisa Carlota quien le moderase los ímpetus, hizo esta señora ¡pobrecita de mi alma!, desatinos enormes. Perdida toda discreción, no solo contaba sin rebozo a cuantos oírla querían la historieta de su hermana con el caballero de Tarancón, sino que permitió que alguien la escribiese con tales pormenores y malicias, que ello parecía obra del demonio... Se me olvidaba decir a usted que cuando salió desterrada mi señora, no caí yo en desgracia semejante, pues la reina Cristina, sabedora de los buenos consejos que yo daba a la Infanta, en la casa me dejó, y sirviéndola yo con rectitud, le di pruebas de mi lealtad a la Real Familia, sin distinción de hermanas. Por esto fue mayor mi rabia cuando me enteraron de las inconveniencias de la otra en París... Vino después la caída de Cristina, despojada de la Regencia por ese pillo de Espartero; la Reinita y su hermana quedaron en Palacio como prisioneras del Progreso, hasta que los buenos vinieron a libertarlas y a poner las cosas de la Nación en su lugar. Volvió a Madrid Doña Luisa

Carlota, y yo a su intimidad. ¡Ay, qué arrepentida estaba de sus ligerezas! Tal era su pena, que no debemos atribuir a otra causa su muerte prematura. Y motivos tenía la pobre para desesperarse y poner el grito en el cielo. Reñida con su hermana, ya era punto menos que imposible colocar a uno de sus hijos en el Trono casándole con Isabel II. "Pero, señora —le decía yo, no menos desconsolada que ella—, ¿por qué no hizo Vuestra Alteza caso de mí, que mil veces tuve el honor de advertirle que previera este matrimonio?". Y ella bajaba la cabeza humillada, y decía: "tienes razón: he sido una bestia, sí, Cristeta, una bestia...". Pero ya no tenía remedio: la reina Cristina, que no quería ya cuentas con su hermana, hizo la cruz a los hijos de esta, Paco y Enrique, borrándolos de la lista de maridos probables de Isabel. Mi señora, que si no modelo de hermanas, fue madre excelente, devoraba su amargura por la condenación de sus queridos niños, y tanto quiso contener, tanto quiso amarrar su genio dentro del alma para no escandalizar, que de ello le vino el arrebato de sangre que remató su vida. ¡Pobre, desgraciada señora! Si pecó de imprudencia y de ira, le habrá valido contra esos pecados su grande amor de madre, y lo buena y generosa que fue siempre para su servidumbre... En fin, Dios la tenga en su santo seno.»

Suspiraron las dos mujeres, y Doña Leandra, que grandemente en aquellas historias se interesaba, preguntó la razón de que habiendo sido descartados los dos infantitos en vida de su madre, hubieran vuelto a figurar en la lista con probabilidades de triunfo.

«Vámonos de aquí —dijo Doña Cristeta, ya dolorida de la dureza del asiento—, que corre un aire demasiado fresco, y además viene mucha gente a la iglesia: alguien nos ha mirado como extrañando que dos señoras nos sentemos en estos escalones entre la pobretería y los chiquillos. Si a usted le parece, subiremos por la Plazuela de Santo Domingo a la calle de Los Preciados, y en la bollería de Lucas, esquina a la calle de la Ternera, compraré media libra de *ciento en boca*, para llevarnos a casa y tener algo en que ir picando por el camino.» Así lo hicieron, y metidas en la trastienda de la bollería, donde solas se encontraron sentaditas junto a una redonda mesa que allí había para los golosos amigos de la casa, Cristeta prosiguió su cuento: «Pues ya verá usted por qué Doña María Cristina, que desde el 44 viene diciendo *Trápani, nada más que Trápani*, ahora dice *Paquito, y nada más que Paquito.* La Providencia, hija, es la Providencia, que protege a España entre todas las naciones, y siempre la saca de sus apuros; es Dios, hablando con mas propiedad, quien ha señalado a España el único camino, y quien pone en el Trono, al lado de la reina, el marido que ha de hacerla feliz a ella y a todos los españoles...»

Y ávida de cosas dulces, dijo al hombracho que servía: «Mira, Fulgencio, si no tenéis aquí licor de rosa, tráenos dos copitas de la botillería de Beranga.» Paladeando las dos señoras el menjurje, Doña Leandra, toda oídos, se iba enterando de lo que su amiga relataba, que fue así palabra más o menos: «No había quien de la cabeza le quitase a mi Doña Cristina la obstinación por Trápani, que es su hermanito más pequeño. Según cuentan, los Reyes de Nápoles le criaban para la Iglesia, y en Roma le tenían en una casa de jesuitas; pero, hija, al ver que Cristina quería traérnosle al Trono de las Españas, se les remontaron los humos, y ya no se pensó más que en enseñar al niño a montar a caballo y a tirar las armas, cosas muy distintas de la santa religión. El chico es bueno, según parece; pero aquí no ha caído bien su candidatura, por lo que dicen de que gastaba sotana. Ni España quiere acá más napolitanos, ni a las potencias, que son las naciones, para que se vaya usted enterando, tampoco les hace gracia que sea esposo de Isabel II ese doctrino. Cuando llegó aquí la reina Madre, se nos dijo en Palacio que era un hecho lo de Trápani, y no ha sabido la señora tocar otra tecla hasta hace pocos días. El Rey de Francia y su mujer la reina Amelia, tía de Cristina, dijeron: "fuera Trápani", y por sí y ante sí entraron en tratos con las reinas, sin hacer caso del Gobierno español. ¿Recuerda usted, Leandra, que hace unos días, cuando pasábamos del patio de Palacio a la plaza de la Armería, vimos a un señorón que bajaba por la escalera grande, seguido de unos caballeros elegantes, y entraba en su lujoso coche...?»

—Me dijo usted que era el Embajador *de julio*, digo, de Francia.

—El señor conde de Bresson, un caballero que es la misma finura, más listo que la pólvora, y de tanta agudeza que si España fuera el ojo de una aguja, por él se meterían con la mayor sutileza el Embajador, el Rey Luis Felipe y toda la Francia. Este señor es el que lleva la intriga de los casamientos por sí y ante sí, sin cuidarse para nada del Gobierno, atento solo a su rival y contrincante el Embajador de Inglaterra, que es un tal *Mister* Bullwer.

—Como una no sabe de estas cosas —dijo Doña Leandra con la mayor candidez—, yo ¿qué me creí?, que la reina primero, y después su familia y el Gobierno de acá, determinaban lo del casorio, y que las potencias terrenales no tenían por qué meterse en ello.

—¡Ay, amiga mía!, no se casa una reina en lo que se persigna un cura loco. El Rey de Francia puede mucho, y tiene que mirar por su reino y por la familia de Borbón, y antes que consentir que la Inglaterra meta el rabo en las cosas de esta familia, armaría una gran guerra... ¡Ay!, estemos bien con la Francia, que nos quiere, y por lo mucho que nos quiere nos pegará si nos descuidamos. *El viejo de las Tullerías*, como en la casa grande se le llama, ha cerrado ya trato con nuestra Familia Real. Ha eliminado a todos los príncipes extranjeros y al don Carlitos Luis... *Eliminar* es lo mismo que decir *quitar de en medio*... ha decidido que Isabel se case con uno de sus primos, los hijos de don Francisco y de mi señora, y que Luisa Fernanda dé la mano a un príncipe francés... Esto lo ha determinado ayer, y todavía no se ha hecho cargo el público, ni el Gobierno mismo, ni nadie. Yo lo sé, y a usted se lo cuento con encargo especial de que no diga esta boca es mía.

—¡Quitar de en medio al hijo de don Carlos! —exclamó Doña Leandra con susto—. ¿Y qué dirá de esto el Austria?

—¡El Austria! Valiente caso hacemos aquí del Austria.

—¿Pues no es una nación de muchísimo poder, y con un gran ejército de tropas austríacas?

—Puede ser y es de cuidado, sí señora; pero está muy lejos.

—¿Cae hacia la parte de las Dos Sicilias?

—No señora; más arriba: sube usted por la Italia; tuerce usted a mano derecha, y detrás de los Alpes, allí está. La Francia es vecina nuestra, y puede más, más; como que la tenemos ahí...

—¿Dónde?

—Hija, en la frontera de Francia, asomada a las ventanas o almenas de unos murallones que llamamos Pirineos.

—Pues las calabazas que dan a don Carlos Luis no le sabrán bien al padre santo.

—Ya se arreglará todo por nuestros obispos, que no son ranas. Hoy por hoy, téngalo usted por tan cierto como que este es día, no hay más consorte de la reina que Paquito, lo que no es corta felicidad, pues de sus condiciones excelentes puedo dar fe, y de sus virtudes para Rey y marido.

—¿Y no hubo cuestiones por si preferían a este hermano o al otro?

—No, señora, porque a Enrique le dio de lado el Rey de Francia. Es también muy bueno, y sabe mucho, vaya... los dos estudiaban sus leccioncitas a competencia... ¡qué gozo de hijos!, y no desmerecen uno de otro en aplicación y caballerosidad. Pero Francisco, que siempre fue muy metido en sí, tuvo el acierto de cerrar el pico en estas cuestiones y no meterse en nada, mientras que Enrique, soliviantado seguramente por malos consejeros, se puso a jugar a la politiquilla, y enredando, enredando, como quien dice, largó un manifiesto a la Nación... ¡pobre ángel! Lo que yo digo: ¡quién meterá a estos muchachos en la simpleza de echarles chicoleos a la Nación!... No crea usted que se anduvo en chiquitas. Que si la Libertad, que si los principios, que si tal... que si la Europa... Vino a decir que los reyes deben tener en una mano el *Progreso* y en otra el *Orden*. En fin, que por estas pamplinas el pobre chico se cayó en la fosa y le han descartado. La plaza de marido de Isabel II se la gana el primogénito por no meterse en dibujos. Dios protege a los callados. ¡Viva Isabel y Francisco!, y dennos una cáfila de príncipes robustos, guapos, listos, buenos españoles y buenos cristianos. El Trono, el Orden y la Religión están de enhorabuena, que para mirar por todo le sobran virtudes al niño... Así le llamo porque su infancia graciosa no se aparta de mis recuerdos, y para mí, aunque grande le vea, sentado en el Trono, con todo el arreo correspondiente, siempre será el que tantas veces arrullé en la cuna; el que cargué en mis brazos, entreteniéndole con cualquier juguetillo; el que vi luego tan aplicadito a las lecciones, tan bien ordenado en sus cosas, que todo lo guardaba y coleccionaba, libros, estampitas, papeles, sin permitir que nada se le tocara; el que nunca pronunció palabra fea, ni gustó de compañía de mujeronas ni de juegos indignos entre hombrachos; el que siempre fue la misma pulcritud, y por lo tocante al alma, piadoso como ninguno, con una constancia en las devociones impropia de su edad...

Tanto prodigó Doña Cristeta los toques lisonjeros en la pintura, que a Doña Leandra se le despertó curiosidad de conocer al bello y virtuoso joven, presunto dueño de Isabel II, y manifestó a su amiga deseos de verle, aunque fuese por la rendija de una puerta; a lo que respondió la camarista que a la sazón estaba el infantito fuera de Madrid, en militar servicio; pero ya se le había mandado venir, para que él y su novia se tratasen y viesen a menudo, aproximación necesaria de dos almas que debían arder juntas en la llama del amor conyugal...

Ya no hablaron más en la bollería, porque se vino encima la noche, y las dos señoras, con sendos paquetes de *ciento en boca*, tomaron la vuelta de Jacometrezo para dirigirse, no al domicilio de la Carrasco, sino al de la Socobio, en el número 14 y 16 del Caballero de Gracia, donde habían concertado cenar juntas. Así lo hicieron, esmerándose la palaciega en dar todo el esplendor posible al obsequio, y mientras cenaban y de sobremesa, no cesaron de picotear, hasta que llegó el chico mayor de Carrasco a buscar a su madre. Eran las doce. Casi al mismo tiempo que Doña Leandra entraron en la casa Eufrasia y Lea, que venían del Circo, donde habían visto el estreno de *Juana la Prie*, de Donizetti, por el gran Moriani. La ópera, según dijeron, era ligerita; Moriani había cantado como un ruiseñor, y la Gruitz lució un traje de superior gusto y elegancia.

XXI

Si el ardiente amor a la tierra natal y la fatalidad de vivir lejos de ella no fueran bastante motivo para que la pobre Doña Leandra aborreciese a Madrid, seríalo la confusión de ideas y el laberinto de opiniones que hacían de la Corte de las Españas un pueblo de locos. Vivían aquí las personas para pelearse de continuo por lo chico y lo grande, disparando unas contra otras fuego mortífero de recriminaciones, ironías y dicharachos, ya por un desacuerdo en el modo de apreciar las piruetas de la Guy Stephan, ya por el problema político y monárquico del casorio de la reina, y por el valimiento y calidades de cada uno de los novios o candidatos. En su propia casa vio la buena señora una muestra de la general discordia, que fue para ella motivo de gran amargura, porque eran sus hijas las que reñían, y casi casi se tiraron de los pelos en una furiosa Reyerta y examen de pretendientes al regio tálamo. Con autoridad enérgica las hizo callar mandándoles que mirasen a las obligaciones domésticas y no se metieran en lo que no les importaba. Y el mismo día en que estas terribles querellas ocurrían, en ocasión que la señora remendaba su ropa, única labor que aliviaba sus tristezas, llegose a ella Eufrasia, y revolviendo trapos y rebuscando botones, le dijo:

«Ya no volveré a reñir con Lea, porque ella es algo simple de por sí, y ese retrógrado de Tomasito, ahora metido entre carlistones, le ha llenado la cabeza de viento. ¡Miren que hablarnos de don Carlos Luisito como el único consorte posible! ¡Y salirnos con que así será porque lo quiere el Austria! Yo, que estoy enterada de todo, le contaré a Su Merced lo que hay, si me promete guardar el secreto. No debe conocerlo padre, porque se le escapará decirlo en el café, y corrida la noticia por Madrid antes de tiempo, armarse podría una gran trapatiesta entre las naciones que andan en el ajo... No, no, madre: tengamos reserva, que esto es muy delicado.»

—Sí, hija: cada cual calle lo suyo, hasta que venga la verdad a sacarnos a todos de confusiones. ¿Y eso que sabes te lo ha contado Terry? No es mala autoridad la de quien tanto priva en la Embajada del inglés.

—Como que el Embajador es su gran amigo y todo se lo dice. Donde quiera que se encuentran hablan en inglés para que no los entienda nadie. Pues verá Su Merced lo que hay. Ello es ya cosa convenida entre la Corte de Londres y la Corte de Madrid; pero no quieren que se entere la Francia para que ese títere de Bresson no nos arme un enredo. La reina se casará con Coburgo, el príncipe don Leopoldo de Coburgo y Gotha, que así se llama.

—Hija, ¿qué me dices?... ¡Pero si entendía yo que ese duque de la Gota era el más *eliminado* de todos!

—No haga caso Su Merced. La Inglaterra es la que puede más, y ha dicho el Lord primer ministro que como casen a Isabel II con un Borbón, habrá la más terrible guerra que se ha visto... Y la Inglaterra está en lo firme, porque el casar a la reina con uno de la misma familia, en la cual vienen uniéndose ya, de tiempo atrás, primos con primas, y tíos con sobrinas, es traer la degeneración... ¿Su Merced me entiende? Sí, porque nadie sabe mejor que Su Merced que a los ganados de ovejas y cochinos se les muda de padres para que no desmedre la raza.

—Sí, hija; ¿pues no he de entenderlo? Lo mismo que en los animales pasa en las personas, y también en el trigo, que si no mudamos de simiente, pronto empeora la casta... Pero el señor Terry me dispense... No van las tornas por el lado de ese *Comburgos*, o como quiera que se llame.

—Madre, le aseguro a Su Merced que sí. La Gran Bretaña trabaja bajo cuerda por fastidiar al francés, que quiere meternos aquí a uno de sus príncipes, para que luego se alce con el santo y la limosna y nos convierta en provincia francesa... A eso van. Pero los ingleses, que como nosotros tienen reina, y esta casada con uno de los de Coburgo, no consienten que Francia meta el hocico. Ya se han entendido la reina Cristina y *Mister* Bullwer, y concertada tienen la boda. Se cree, esto no lo sabe Terry a punto fijo, que la Inglaterra no ha venido con las manos vacías, y que cede a España unas islas de no sé qué mares... De modo que hasta por ese lado vamos ganando. Y hay más: el príncipe Leopoldo es ilustrado, a diferencia de los de acá y de los de Nápoles, criados en el absolutismo y en las ñoñerías; es un muchachote robusto, que es lo que nos conviene, de ideas liberales...

—Cállate, hija; cállate por Dios, y ¡no hables de liberalismo!... ¡Lucido estaría el Trono si ahora saliéramos con que se sentaba en él un miliciano nacional, que haría de nuestra reina una *miliciana nacionala*, y nos metería otra vez en los enredos de los patrióticos y de la libertad de la imprenta...! Quita, quita; el señor Terry está soñando. ¡Pues digo, si a más de patriota

122

es hereje, y nos viene acá con la libertad de los cultos, y a predicarnos que seamos ateos...!

—No, madre: eso no puede ser, porque se le ha puesto la condición de que abrace el catolicismo...

—Y ¿qué sacamos de que lo *abrace*?... Vamos, que le da un abrazo y después se queda tan fresco... ¡Si creerá la Inglaterra que aquí estamos en Babia!... ¿Y el Papa qué haría? Pues descomulgarnos a todos y dejarnos con un pie en el Infierno... Quita, quita: el señor Terry ha oído campanas y no sabe dónde. Elegido está ya el marido de Isabel; pero no es extranjero ni *Bocurgo*, ni nada de eso.

—A Su Merced —dijo Eufrasia con burla respetuosa—, le ha trastornado el seso esa ardilla de Doña Cristeta, haciéndole creer que el esposo elegido es don Francisquito, el mayor de los chicos del Infante... ¡Pero si la Socobio no sabe más que lo que le cuentan en las cocinas de Palacio, a donde va todos los días en busca de las tajadas de sobra!

—Calla, simple, y no digas tal de Cristeta, que come en el mismo plato de Su Majestad Madre, y esta la convida todos los días a tomar chocolate del que le mandan de Nápoles o de las Sicilias, hecho con más canela que el que aquí gastamos. ¿Quién le pone las medias a Cristina más que Cristeta? ¿Y quién le hace la mascarita a la reina Isabel cuando ella y su hermana juegan a carnavales? No vuela una mosca en aquellos aposentos sin que se entere mi amiga, y hasta olfatea lo que hablan Cristina y el Embajador de Francia.

—Pues yo le aseguro a Su Merced que el tal Bresson anda de capa caída y ya no le hacen caso, y que el negociado de casamientos está en la casa de *míster* Bullwer... Dígale Su Merced a la Socobio que vaya recogiendo velas en lo de don Paquito, que a este, como a su hermano el Enrique, les ha hecho Inglaterra la cruz. En Londres les tienen por poca cosa. Usted no sabe, yo sí lo sé, que don Francisco pidió al Rey de Francia la mano de su hija la princesa Clementina, y Luis Felipe se la negó con desprecio. ¡Y ahora le iban a dar la mano de la reina! Madre, no crea usted las papas que le cuenta Cristeta.

—Para papas las tuyas, Eufrasia. El señor Terry, como todos los españoles de ahora, está trastornado, y el trastorno le hace ver y leer periódicos que no existen. Pero sea lo que quiera, don Francisco es un joven ilustrado, tan ilustradillo como cualquier otro príncipe, y además un modelo de virtudes... para que lo sepas.

—Sí, madre; es tan virtuoso, que en Pamplona, donde está su regimiento de guarnición, se pasa todo el tiempo en compañía del obispo, que es un carlistón rancio, y en visitas de monjas y frailes.

—¿Y eso qué?

—Nada... Un periódico de Londres ha dicho que en su casa de la calle de la Luna tenía un cuarto con altarito, todo lleno de imágenes y estampas, y que allí se pasaba las horas de rodillas rezando y haciendo novenitas... ¡Bonita cosa para un Rey ocuparse en vestir y desnudar a un Niño Dios de talla! No dice Terry que esto sea verdad; puede que no lo sea; pero en Inglaterra así lo cuentan, y ello basta para que se burlen de los españoles si le tomamos de Rey marido.

—Te prohíbo —dijo Doña Leandra severamente—, que hables del primo hermano de Su Majestad con tan poco miramiento, dando oídos a las calumnias y chismes de esos perros protestantes. Sea o no esposo de la Isabel, es el tal un príncipe español, y los manchegos, como la mejor y más antigua sangre española, le debemos respeto y veneración. Que no vuelva yo a oír en tu boca esos disparates de que viste y desnuda al Niño Jesús, no porque sea razón de que le tengamos en poco, pues tales actos son meritorios, sino porque esas hablillas las echan a volar los ingleses para desacreditarnos y abrirle los caminos al alemanote o animalote.

—Algo habrá de esto —replicó Eufrasia con timidez—, y ya empecé por decir que yo no lo creía, como no creo tampoco lo que se cuenta... ¿lo digo?... pues que entre el obispo de Pamplona y una monja muy lista, cuyo nombre se me ha ido de la memoria, han inducido al tal Francisco a ver claros los derechos de Don Carlos y turbios los de Isabel... Esto no será verdad; pero la Inglaterra le ha tomado entre ojos, porque hace morisquetas al absolutismo, y antes que consentir que se siente en el Trono, armará una guerra con Francia, y entonces veremos quién puede más.

—Pues en ese caso —dijo Doña Leandra con turbación y enojo, soltando la costura—, las naciones nos ponen la pata en el cuello, y no nos dejan casar a Isabel a nuestro gusto, o al gusto de ella, que es lo natural. Ya veo que *hay más mal en el aldegüela del que se suena*, y que con tantas querellas y pareceres distintos los españoles corremos a la perdición y al acabamiento. El mejor día, disputándose la mano de la niña, vienen aquí el Austria por un lado, la Inglaterra por otro, de esta parte la Francia, de aquellotra el Papado y las Dos Sicilias, todos armados hasta los dientes, y nos hacen polvo, nos parten y nos reparten, llevándose cada uno el pedazo que le acomode. No dejarán más que la Mancha, que como está en el centro, hasta ella no han de llegar los dientes de esos lobos carniceros... y de ello me huelgo yo, porque así seremos los manchegos los únicos españoles que sostengan la decencia y el punto castellano. Sí, sí: guerras tendremos, por ser aquí tan locos y estar siempre a la greña negros y blancos, ya debajo de la bandera del Progreso, ya de otra bandera, y hoy te pronuncias tú, mañana yo... Razón hay, créelo, hija mía, para que nos merienden las naciones y pongan aquí de Rey a cualquier extranjero *hi de tal*, atravesado y hereje. Dejémonos quitar a nuestros verdaderos Reyes, dando crédito a la malicia de que aquí los príncipes se entretienen en vestir y desnudar al Niño Jesús... Sí, sí: creamos eso, ayudemos a que corra esa ridiculez, y buenos quedaremos ante el mundo, como quien dice, la Europa, o verbigracia, el universo ilustrado. Mejor estaríamos nosotros en el África que en la Europa, si el África es, como cuentan, tan parecida a la Mancha... y aunque en ella hay moros, mejor nos entenderíamos con estos que con tanto civilizado perverso de las Austrias y de las Inglaterras...

Levantose iracunda la señora, y moviendo sus flacos brazos causó a la hija no poca sorpresa y susto, por ser de grandísima novedad que con tanta vehemencia y criterio tan exclusivo hablase de cosas y personas políticas. Algo más quiso decir Eufrasia, ampliando sus referencias y queriendo echar de sí la responsabilidad que en la difusión de ellas pudiera caberle; pero Doña Leandra, con vivo gesto, le puso en la boca la mano huesuda y en el oído esta terrible admonición:

«Ni una palabra más te consiento, boba, que al no respetar la fama de nuestros príncipes, faltas al respeto a tus padres, que todo es uno, padres y Reyes, y no siendo así no hay grandeza, no hay poder en la Nación. Guárdate de traerme más cuentos y de marearnos con la Inglaterra, pues si tu novio es inglesado, con su pan se lo coma, y menos mal si es hombre de bien, como creo. Cuando os caséis, hazte tú, si quieres, inglesada, por lo de *no con quien naces, sino con quien paces*; pero en el entretanto, no nos hurgue el señor Terry a los españoles, si no quiere ver el pie de que cojeamos. Y también le dices de mi parte, de mi parte, ¿entiendes?, que aunque deseamos ver bien casada a nuestra querida reina, para su felicidad y la nuestra, miramos antes por la familia; que no se caliente la cabeza con tantos Coburgos y Cabargos, ni con las intriguillas del *Míster* de la Inglaterra, sino que piense, pues ya es hora, en cumplir su promesa y determinación de matrimonio, que no es bueno que las muchachas honestas y de buena familia se eternicen en los noviazgos. Si fuera don Emilio un pelón, no nos quejaríamos de la tardanza; pero bien sabemos que de nadie necesita licencia para casarse, ni es de los que tienen que juntar algunos duros para mercar cuatro sillas y una cama. Con que... que no te entretenga más. Tu padre y yo nos creemos muy honrados con que un señor tan pudiente te tome por mujer; pero no debemos tampoco achicarnos, que si a ti te envidian el esposo que te llevas, él no sale mal librado; y si tu educación no es a lo extranjero, ni sabes lo que otras, le llevas un buen palmito, le llevas tu honestidad, tus cristianos sentimientos y el buen nombre de nuestra casa. Cierto que tu hacienda no iguala con la suya; pero tampoco eres de las que van con lo puesto. Bien puedes apretarle, hija mía, para que se decida pronto, y ponte muy enfurruñada si no lo hace. Ya ves cómo estoy de flaca y consumida; es que no vivo, no puedo vivir mientras mis dos hijas no se coloquen... ¿Llegará ese día, Señor? No lo deseo por vosotras tan solo, sino por mí, por mi salud, por mi existencia, que no es tan despreciable para que yo no mire un poco por ella. Espero a que os caséis para largarme a la Mancha y llevarme mis pobres huesos, que este Madrid quiere robarme: él a quitármelos, y yo a que no. Veremos quién gana. Decídanlo vuestros novios, hijas mías, y no consientan que me robe mis huesos esta tierra maldita.»

XXII

Si la opinión de Doña Leandra, cuando de política trataban en la familia, había sido hasta entonces de muy escasa autoridad, ya don Bruno y las hijas empezaban a oírla con respeto, observando que cuantos vaticinios hacía la señora se cumplían estrictamente. No había más razón de esto que la amistad de Cristeta, puntual proveedora de noticias traídas del propio cosechero, dígase de Palacio. Según rezaba el catecismo del Régimen, debían dirigir la política la opinión y el Parlamento; pero una y otro, viviendo de acaloradas pasiones, carecían de poder para dar impulso a la gran máquina. Meneaban ésta manos oscuras, desconocidas entonces, pero que andando los meses y los años habían de ser descubiertas y sacadas a luz, como verá el que leyere. La inocente reina, lanzada en el torbellino sin guía, sin consejeros leales, sin maestros de alta virtud y práctico saber, no hacía más que desatinos. No es justo culpar a la pobre niña, sino a los que pusieron la Nación en sus manos, como un juguete complicado cuyo manejo se reservaban el interés y la ambición.

Sustituido Narváez por Miraflores, no pasó mucho tiempo sin que la nueva sibila, Doña Leandra, vaticinara que los días del buen marqués estaban contados. «Ya veréis —dijo a la familia—, cómo con todo su aparato de decretos y su mayoría de Cortes le ponen en la calle para que vuelva Narváez, el único que sabe aquí meter en cintura a toda esta pillería.» Cumpliose el vaticinio, y no llevaba el de Loja quince días de mando, cuando la profetisa volvió a entrar en funciones, diciendo: «Veréis al temerón patas arriba antes de una semana, porque, según parece, no ha dado gusto a las señoras, que ahora querían fundar un reino nuevo en un país de América que lo llaman México, y poner en él a cierto caballero príncipe de la familia de Muñoz.» Realizose también aquel atrevido pronóstico, y de la noche a la mañana, como por juego caprichoso, mandaron a Narváez a su casa, de allí a una embajada, que era como destierro, y en el gobierno de la Nación le sustituyó don Javier Istúriz, el más ferviente partidario y adorador de la reina Cristina, tan devoto de la hermosa reina italiana, que a ella sometía por entero su voluntad y sus ideas. Fue Istúriz uno de estos hombres de viva inteligencia que jamás hicieron cosa de provecho, por falta de carácter y de ideales patrióticos. Liberal de abolengo, criado en el volterianismo y en la cultura moderna, tiraba a lo reaccionario por odio a las groserías del *Progreso* y aborrecimiento de la Milicia Nacional. La corrección y las buenas formas, la pureza de la palabra y la finura de los modales se habían sobrepuesto en su entendimiento a las ideas y al saber político estudiados en los libros y en los hechos. Su adhesión idolátrica, pasional, a la reina Cristina, especie de culto caballeresco, más ardiente cuanto más platónico, le llevó a consentir y autorizar cuantas extravagancias políticas se le ocurrían a la orgullosa dama, que habiendo vuelto de su destierro con ardor de autoridad, veíase estorbada por la enérgica manipulación de Narváez. Las dos máquinas no podían funcionar juntas, y se rozaban con chirrido áspero y entorpecimiento enojoso. Mangoneando a sus anchas la ex-gobernadora, ayudada de tan dócil mecanismo como Istúriz, ya podía entenderse libremente con su tío Luis Felipe para condimentar a gusto de ambos el guisote de los casamientos.

En una misma página de los anales de esta Nación aparecen la subida de Istúriz y la terrible trapatiesta entre Lea Carrasco y Tomás O'Lean, por nada, por un sí y un no. Germen de discordias es para los individuos, así como para las colectividades, la opinión política, y por causa de esta monstruosa fiera, o hidra, para decirlo mejor, han llorado y lloran grandes desdichas, cuando no tragedias, los humanos. A los amantes también les desazona esta bestia cruel, y por ella se han visto rotos los más dulces lazos y desconcertados los matrimonios más felices. ¿Quién creería que Lea y Tomasito, empalagosos amantes y tórtolos honestos, habían de pelearse por si se casaba o no se casaba Montemolín con nuestra reina? ¿Qué les iba ni qué les venía en ello? Pues sí. Repitiendo conceptos de su padre, había dicho la joven que Don Carlos Luis era el representante de la teocracia oscurantista, y que ningún gobierno que tuviera vergüenza consentiría en la boda de semejante tipo con Isabel II. Mas lo dijo sin intención de mortificarle, riendo y como echándolo a broma. No pensó la chica que su novio lo tomase tan por la tremenda, ni que se pusiera como se puso, lo mismo que un león. Poco faltó para que le pegase, y por fin, después de soltar por aquella boca términos iracundos y despreciativos, se despidió con un *hemos concluido* y un gesto de teatro, que sumieron en gran consternación a la pobre manchega. El motivo aparente de la ruptura no era bastante poderoso; parecía más bien pretexto aguardado con ansia y aprovechado con diligencia para romper un pacto de amor que la familia de O'Lean no estimaba conveniente. No tardó en recibir la pobre señorita confirmación oficial del rompimiento en una esquela, que entre otras cosas por demás amargas decía: «Tus conceptos execrables *han abierto un abismo entre nosotros*... La revolución y la Monarquía no pueden aliarse, ni cabe unión sólida entre las tinieblas y la luz, *entre la oscuridad de los errores y el resplandor de los principios... ¡Todo ha concluido entre nosotros!*... Ciegos tú y yo, hemos creído que era posible la conciliación de nuestros caracteres. No mil veces... Has ultrajado mis sentimientos, y has hecho befa *de mi leal adhesión al Altar y al Trono...*» No pudo Leandrita acabar de leer tan ridículo documento, y estrujándolo lo arrojó lejos de sí. ¡Vaya, vaya!, ¿qué tenía que ver el Altar y el Trono con los amores de una chica y un chico?... ¿Cuándo se había visto farsa semejante?

Sabido el caso por don Bruno, no pudo contener su indignación, y salió de casa en busca del tránsfuga, decidido a pedirle satisfacciones en el terreno del honor. ¿Pues qué, así se entretenía, ¡vive Dios!, meses y años a una señorita de familia honrada, y por un quítame allá esos Montemolines se rompían relaciones en vísperas de casorio, con los trapitos preparados? Fue de primera intención don Bruno a descargar su furor con Doña Ignacia, madre de Tomasito; pero la señora había partido para Azpeitia, llevándose al héroe de aquel desconcertado drama. Pronto se supo que la señora vasca, que era como un lingote de hierro en humana figura, renegaba ya de los amores del don Tomás con Lea, y había decidido casarle a escape, para evitar recaídas, con una heredera rica, de los Goenagas de Azcoitia. El desastre no tenía ya remedio, y así lo comprendió Carrasco retirándose a su casa con las manos en la cabeza. Comprendía que España entera se lanzase a una nueva guerra civil para castigar tal desafuero, y que corriesen ríos de sangre, no dejando piedra sobre piedra en las enriscadas provinciales, baluarte del absolutismo y nido de todos los males de la Nación.

Más comedida y resignada que su esposo, Doña Leandra lo llevó con paciencia, diciendo que Dios no les abandonaría, y que si la chica no se aferraba tontamente al cariño de aquel mal hombre, no sería difícil que se le presentase nuevo partido. No había de faltar un muchacho honrado y decente entre tantos como hay; ni era indispensable que todas las chicas buscasen marido en la clase de tenientes coroneles. Contentárase con lo que saliese, y no fuera melindrosa con los de cepa humilde, que entre estos, más que en la camada de empleadillos y militronches, estaba lo bueno. Hablando de esto, hija y madre pasaban largas horas. Absolutamente se retraía ya la desairada Leandrita de los paseos y de toda diversión mundana, y a ratos llorando, a ratos ayudando a Doña Leandra en la costura y remiendo de inútiles trapos, veía correr los lentos, tristísimos días. De estos coloquios nació en la joven el sentimiento del país natal, como consuelo de tristezas y reparación del organismo gastado por las cortesanas luchas; la común pena hizo una sola llama de la nostalgia de una y otra mujer, y ambas desearon lo mismo: huir de Madrid, respirar los aires manchegos y reanudar la vida del campo con todas sus delicias y pacíficas dulzuras. El refuerzo que la nueva querencia de su hija llevó a Doña Leandra, fue para esta motivo de grande animación y júbilo: gozaba lo indecible viendo la reproducción de cuanto pensaba y sentía, y oyendo un eco de su terrible odio a todo lo matritense.

Aunque más atado a la Corte cada día por amistades y costumbres, no se oponía don Bruno a la repatriación, con carácter temporal, por supuesto. Y que no le vendría mal ciertamente echar un vistazo a sus propiedades y teclear un poco la opinión de los amigos para una nueva campañita electoral. Habría deseado el jefe de la familia que Doña Leandra y Lea se fuesen solas, quedando él en Madrid con Eufrasia y los chicos, hasta que estos salieran de sus exámenes; pero Doña Leandra, que sobre el amor a la tierra ponía siempre el culto idolátrico del esposo, y el deseo de no ceder a nadie su cuidado y asistencia, dijo que prefería esperar a que Bruno ultimase los asuntos que en Madrid embargaban su tiempo. Acordose, pues, diferir en un mes el viaje. Cuando la ocasión de este llegara, los chicos quedarían al cuidado de María Luisa Cavallieri, que a ello se prestó por un convenido estipendio, y Eufrasia viviría con Rafaela Milagro, que muy a gusto la hospedaba, más como hermana que como amiga. Harto comprendían los Carrascos que no era conveniente llevarse a Eufrasia, hallándose Terry tan maduro, y casi casi comprometido a que las bodas se celebraran a entrada de invierno. Entre San Antonio y San Juan, libres ya los muchachos del ahogo de sus exámenes, partirían alegres para Peralvillo. Eufrasia, gustosa de agradar a sus padres, convino en ir también, siempre y cuando los negocios llamasen a Terry al extranjero en los meses caniculares. Mientras el novio despachaba en París y Londres sus asuntos, sin olvidar las compras indispensables para la boda, todo ello proporcionado a su riqueza y exquisito gusto, la novia, *en sus posesiones de la Mancha*, trabajaría en el ajuar, que debía ser combinación feliz de la modestia y la elegancia.

XXIII

Quería Nuestro Señor poner a prueba la gran virtud y sublime paciencia de Doña Leandra, privándola de ver los campos manchegos, porque transcurrido el plazo de un mes que se había fijado para emprender el viaje, surgieron nuevas dificultades y entorpecimientos. Quebrantaba la salud de don Bruno una irritación al hígado, que a más de producirle inapetencia mortal, le ocasionaba tristeza y molestias crueles. Era una razón más para largarse; pero el buen señor, lejos de sentir impaciencia, mostrábase cada día más perezoso y alegaba ocupaciones inopinadas. Veinte veces habían hecho y deshecho los equipajes la hija y la madre, engañando su anhelo con estos trajines, hasta que una mañana volvió don Bruno a proponer a su esposa que partiera con Lea, dejándole a él en Madrid con los chicos y Eufrasia. Poco le faltó a la señora para caer con un síncope; tales fueron el desagrado y estupor de semejante propuesta; y después de muchas lágrimas y suspiros, hija y madre declararon, la mano puesta sobre los respectivos corazones, que a pesar de sus vehementísimas ganas de ponerse en camino, no lo harían dejando al padre y esposo amagado de cruel enfermedad, la cual requería más que otra alguna la medicina de los aires natales. Pareció flaquear el ánimo del manchego con estas manifestaciones, y pidió dos días más para decidirse, sin dar a conocer los motivos de su inercia ni los negocios cuya tramitación y arreglo le amarraban a Madrid. Llegado el término fijado para partir o explicarse claramente, encerrose don Bruno con su esposa en el despacho, y se franqueó en los términos que puntualmente se transcriben:

«Vaya, mujer, para que no te devanes los sesos cavilando en los motivos de que yo no tenga prisa por irme con vosotras, voy a poner en tu conocimiento cosas reservadísimas, a condición de que me guardarás el secreto, pase lo que pase y venga lo que viniere.»

Tanto se asustó Doña Leandra con este exordio, que hubo de llevarse las manos a la frente viendo venir una noticia muy mala; mas no le dio tiempo Carrasco a formular pregunta ni queja, anticipándose a la curiosidad de su mujer con estas razones: «Bien sabes tú mejor que nadie que un hombre de arraigo se debe a la Patria, a los grandes principios...»

—¡Ay, ay, ay, Bruno mío! —exclamó la pobre mujer tranquilizándose—. Me habías asustado, hijo... Y ahora salimos que ello es cosa de política. ¡Vaya una simpleza! ¿Y qué tenemos nosotros que ver con la muy puerca política?

—Espérate un poco.

—¡Pero tú has perdido el juicio por lo que veo! ¡Que un hombre se debe a su patria! Claro que sí; pero primero se debe a su familia, a sus hijos, a su salud.

—Según y conforme; y tales pueden ser los males de la Nación, que no pueda librarse el buen ciudadano de acudir a ellos antes que a los suyos y a sí mismo. Ejemplo, lo que pasó en la antigüedad, en tiempos de... No recuerdo el nombre de aquel que mandó a sus hijos a perecer... En fin, sea como quiera, yo estoy obligado a prestar mi ayuda a los que intentarán salvarnos de esta ignominia despótica. Habrás visto que el país está perdido.

—Perdido, tan perdido hoy como ayer, y como mañana, si os descolgáis vosotros con otra revolución. Pero dime, desventurado: ¿has vuelto al rebaño del *Progreso*; te has limpiado ya de la nota *cangrejil*, como decís en vuestro lenguaje, que parece de presidiarios? Porque los del partido de Milagro te habían puesto el sambenito...

—Ya nos hemos reconciliado; ya los que fuimos víctimas de un error, hemos vuelto al sacrosanto redil de la Libertad.

—Dios nos tenga de su mano.

—Y reunidos varios amigos, que no hay para qué nombrar, hemos acordado mancomunarnos para echarle la zancadilla al despotismo... Mujer, no te asustes... ¿Crees que lo intentaríamos sin contar, como contamos ya, con algunos individuos de nuestro valiente ejército?... Porque digan lo que quieran, Leandra, el ejército español ha sido siempre liberal; el ejército español ha sido el primero en sustentar la soberanía nacional; el ejército español ama al duque de la Victoria, y si engañado un día por cuatro pillos, pudo hacer lo que hizo, ahora... Ahora...

—Bruno, quisiera reírme, y la risa se me convierte en llanto, y las burlas en ira contra ti y toda esa recua de mentecatos que no sueñan más que con trifulcas: esos son los Milagros y Centuriones, que por pescar el pececillo de un destinejo son capaces de secar un río si pueden; y por coger la fruta de un árbol le dan por el tronco... Según veo, Bruno de mi alma, te has metido a conspirar. ¡Bonita cosa! Estamos como queremos. Pero di: ¿El pescuezo no te huele a cáñamo? ¿No temes que tus hijitos se queden sin padre? Ya ves... ¿cómo quieres que yo me vaya tranquila? Esto no puede ser... Aquí me planto, aquí moriremos todos, viéndote metido en esas mojigangas. ¡El Señor tenga piedad de esta pobre familia!

No impresionó a Carrasco la aflicción de su cara esposa tanto como debía, porque confiaba en la eficacia lógica de lo mucho y bueno que aún tenía que decir... «No te aturrulles, mujer —prosiguió sin descanso—, que oyéndome algo más podrá ser que cambien por completo tus pareceres. Para quitarte el susto, sabrás que mi conspirar no es de los que traen peligro, pues no soy yo de los que llevan el hilo con nuestros emigrados, ni me toca el tratar secretamente con los oficiales y sargentos que han de pronunciarse. No sirvo para esto; ni mi figura ni mi carácter son para obra de tapujo, en que tenga yo que disfrazarme y andar, ya por los desagües y alcantarillas, ya por los tejados, burlando a la policía. No: no me den a mí ese trabajo. Para que lo entiendas de una vez, mujer, te diré con la mayor reserva que el partido...»

—Pero si tú me dijiste que ya no hay partido; que los que llamáis corofeos están por extranjis, y aquí solo quedan unos caballeros que son la *ojalatería* de la Libertad y no hacen más que decir *ojalá, ojalá*... preguntando cuándo viene el duque. Y ese duque vendrá el día en que yo sepa hablar inglés, o en que me salgan pelos en el cielo de la boca...

—Déjame acabar... Decía que el partido, pues partido hay otra vez, los de acá en perfecto acuerdo con los de allá, y todos en relación con Londres, ha determinado tomar cartas en el asunto del casamiento, rechazando las candidaturas corrientes de Trápani, Coburgo, Montemolín, don Francisco, y apoyando con todas sus fuerzas la del Infante liberal don Enrique.

Una cuarta de boca abrió Doña Leandra, y don Bruno, teniendo por satisfactoria tal demostración de asombro, dijo: «De seguro piensas, como yo, que este candidato es el mejor, el candidato verdaderamente patriótico, dada la ilustración del príncipe y el amor que ha demostrado a nuestras ideas.»

—No solo creo que no es el mejor —afirmó Doña Leandra—, sino que te sostengo y te apuesto lo que quieras a que ese no cuaja.

—¿Por qué?

—Porque no le tragan en Palacio, porque reniegan de él, motivado a que echó un manifiesto ensalzando el liberalismo.

—Pues por eso, bruta, por eso.

—La reina madre no le puede ver ni en pintura.

—¿Qué importa que no guste a la madre si gusta a la hija, y de ello hay pruebas, Leandra?

—Si, como dices, a la niña gusta, ya se lo quitarán de la cabeza. Una madre despabilada, como es Doña Cristina, quita y pone en las almas de sus hijas lo que quiere... Y así como te digo que en Palacio no le tragan, también aseguro que no le tragan las Potencias.

—¿Tú qué sabes de potencias? —indicó Don Bruno desdeñoso y enfático—. ¿Has hablado con la Francia, con la Inglaterra?... ¿Crees que tu amiga Cristeta posee los secretos del *Gabinete de San James* y del *Gabinete de las Tullerías*?

—Yo no sé lo que son esos gabinetes ni esas alcobas de *Tullirías* o del Infierno; sí sé que Cristeta está bien enteradita, como quien día y noche tiene metidos los morros en todo el secreteo de Palacio, y lo que ella cuenta óyelo como el mismo Evangelio... Y vamos a ver, ahora que crees estar en autos: ¿qué potencias terrenales apoyan a ese don Enrique?

—Pues la que menos lo parece, Francia.

—Déjame que me ría, Bruno. Eres un alcomoque. ¿Con que Francia?... Anda, vete al *Musiú* ese, conde de no sé qué, y pregúntale por la cara que puso el Rey don Luis Felipe cuando le hablaron de don Enrique.

—Francia digo; que hay allá un partido *democratista* que apoya nuestro candidato, y el Rey, con más miedo que vergüenza, no ha tenido otro remedio que hocicar... Dile a Cristeta que se vaya con sus cuentos al nuncio... Precisamente, querida Leandra, los que acá trabajamos el negocio estamos ahora en relación con personajes muy encopetados de París y de Londres, los cuales nos tienen al corriente de lo que en aquellas Cortes se piensa y se dice. No quiero extenderme en esto, no vaya a escapársete alguna indiscreción, y me comprometas... Lo único que te digo es que quieren a don Enrique para marido de la reina la Libertad y el Progresismo, parte del Ejército, la Marina y un poco de clero... Convéncete, mujer, de que ese don Francisco no puede ser Rey de España. Averiguado está que reconoció secretamente los derechos de don Carlos a la Corona de España, por pura superstición, que es lo más grave... Ello fue obra de un clérigo llamado el padre Fulgencio y de una monja medio santa, cuyo nombre se me ha olvidado, los cuales poseían el don de hacerse invisibles, y de pasar de este mundo a los otros, en lenguaje de religión Infierno y Purgatorio...

—Calla, calla, Bruno, y no tomes en tu boca tales disparates... *Vele* ahí lo que habláis en los cafés, en vuestras tertulias de bigardones holgazanes.

—Aguarda, mujer. Lo que te cuento es para que sepas por qué *teocracia* vino don Francisco a reconocer los derechos de su tío... Pues la monja y el fraile, cuando no tenían gran cosa que hacer en este mundo, se ponían en éxtasis, y extasiaditos se iban de paseo al Purgatorio, donde echaban un párrafo con la infanta Carlota, y esta les decía: «Hacedme el favor de veros con mis queridos hijos, y advertidles que reconozcan a mi cuñado Carlos Isidro como legítimo Rey de España, pues si así no lo hicieren no saldré nunca de estas llamas. Ordenado está que mientras no se dé al buen Rey la reparación debida, no acabaré de purgar mi grandísimo pecado de La Granja, cuando le aticé la bofetada al ministro y deshice la trama salvadora por la cual mi cuñado Fernando, moribundo, determinó que no reinasen las hembras. Llevadles, por amor de Dios, esta súplica de su madre, que si escapó del Infierno por el arrepentimiento que tuvo en sus últimos instantes de vida, no acabará de purificarse mientras su descendencia no restablezca la verdad y el derecho en la Real Familia.»

—¡Jesús!, da miedo eso, aunque bien sabe una que es un cuento ridículo.

—Volvían al mundo los viajeros, fraile y monjita, se *desextasiaban*, que era como limpiarse el polvo del camino, y presentándose al punto a los dos Infantes, les comunicaban la embajada que de su mamá traían. La miga del cuento es que don Francisco daba crédito a la historia, y el don Enrique no... Ahí tienes la diferencia: el uno, como dice Centurión, es un cerebro fácilmente accesible a las paparruchas *teocráticas*; el otro, como dice Milagro, es un caletre robusto, educado en lo que llaman el *Enciclopedismo*... Sean o no verdad estas públicas referencias, existan o no ese fraile y esa monja que con sortilegios vanos quieren embaucar a nuestros príncipes, ello es que la corriente de *maquiavelismo* milagrero es un hecho, querida Leandra, y que se ha trabajado y se trabaja por poner en el Trono a Montemolín... Probado está que don Francisco se cartea con su primo, y que anda muy alborotadillo de la conciencia, creyendo que Doña Isabel II usurpa el Trono, y que Dios desatará sobre el país todas las calamidades mientras no se dé a cada uno lo suyo y no reine quien debe reinar. Con que ya ves si puede ser marido de Isabel un joven que tal piensa, aunque adornado esté, como dices, de tantas virtudes y sea tan piadoso... También te digo que mejor le sienta a un Rey el coraje que la devoción, y que eso de pasarse las horas adorando a la Virgen del Olvido será muy bueno para ganar el Cielo; pero a mí no me des Reyes de esta condición santurrona, porque los Reyes, hija, aun siendo maridos o consortes, han de ser capitanes generales y han de mandar tropas, y figurar como ejemplo de valentía y de calzones muy apretados... Pues esto es nuestro don Enrique, al cual verás en su bergantín *Manzanares*, hecho un marino intrépido, desafiando las olas. Además de bravo es liberal, y más se entretiene en lecturas de filósofos, como dice Milagro, que en libros de religión y de mística; y no le verás haciendo novenas, sino echando discursos muy avanzados, y en los puertos donde su barco fondea, le verás platicando con los hombres del Progreso y rodeado de patriotas. Este es don Enrique, este es nuestro candidato al Tálamo, y hemos de poder poco, o al Tálamo ha de ir ¡ajo!, para que veamos a un hombre en el pináculo de la Nación.

No se dio por convencida Doña Leandra, y sostuvo con enérgicas razones la primacía de don Francisco sobre su hermano, fundada en las cristianas virtudes con que agraciado le había Nuestro Señor.

XXIV

Blasonando de conspirador que en su mano tiene la clave de secreta intriga y el hilo con el cual se mueven misteriosamente las voluntades, don Bruno acogió con incredulidad risueña lo que su mujer había dicho del amor de Isabel, y lo contradijo con suficiencia y seguridad. «¡A buena parte vienes tú con esas historias que le cuentan a tu amiga los cocineros y lacayos, mujer! ¡Si acá todo lo sabemos, y en nuestro poder obra un tesoro de informaciones del origen más alto, del propio cosechero como quien dice! No hay tal amor de la reina por el don Francisco. ¡Buena es la niña para no saber distinguir entre sus primos! Sabrás que más de cuatro veces ha mostrado Isabelita su querer al don Enrique, dando en ello una prueba concluyente, como dice Milagro, de su mucha discreción y agudeza. Perfectamente enterada de todos los pueblos de la costa donde va tocando el bergantín *Manzanares*, que, entre paréntesis, es un barco que navega por la mar adelante, movido del viento que sopla en las velas... para que te vayas enterando... pues informada la augusta señorita de todos los parajes en que fondea el bergantín... y el fondeo se hace, para que te enteres, echando a lo hondo del mar un gancho de hierro que llaman ancla, con el cual se agarra, etc. pues, como te digo, sabiendo la reina que esta semana toca en Barcelona, y la otra en la Coruña... que son puertos en fila unos después de otros en la misma mar... le manda a su primo un mensajero con regalitos y cartas, todo ello a escondidas de su madre, y en las cartas le dice que le espera, que no desmaye, que sí... y pon tú luego todas las etc. que quieras.»

—Dime tú cómo y por qué cabo sabes esas cosas, Bruno, y veré yo si debo o no debo creerlas.

—No es un cabo solo; muchos cabitos vienen a las manos de los que andamos en este negocio, mujer. Para no cansarte, te diré que toda la gente liberal que bulle por aquí desperdigada está en el ajo; que nuestros emigrados trabajan con las cortes europeas, mientras los de acá vamos formando la opinión y dando cada día más fuerza, como dice Milagro, al partido enriquista. Cierto que María Cristina cerdea; pero ya se quitará los moños la señora napolitana cuando vea que la popularidad de don Enrique se lleva de calle a las intrigas de Palacio; cuando la reina, que mira con simpatía nuestro juego, alce el gallo y se pronuncie, y diga: «alto ahí»; que lo dirá, pierde cuidado... Motivos tenemos para creerlo.

—Verás tú todo eso, Bruno, gran bestia, cuando vuelen los bueyes y se afeiten las ranas. Estás alucinado, emborrachado con las conversaciones que tenéis en el café. Entiendo yo que los cafés son las parroquias del embuste, y que la catedral del mentir es el Casino, esa taberna fina y de señores a donde tú vas a perder el tiempo y a llenarte de sinrazones. ¿Qué sabes ni qué saben esos *casineros* de nada tocante a Real Familia, o a príncipes y princesas; qué saben del manejo que traen entre sí de Corte en Corte, este Palacio con el de las Dos o las Tres Sicilias, la España con la Francia de *Tullerías*, y con la misma Inglaterra, que es toda de herejes, con perdón, o con el Papa Santo nuestro Pontífice, cabeza de todos los coronados?

—En el Casino —replicó don Bruno dándoselas de muy pillo, entendedor de toda la miseria humana—, sabemos que la muerte repentina de la Infanta Carlota, a quien vimos paseando a caballo por la Casa de Campo dos días antes de su fallecimiento, no tiene explicación.

—Quita allá, mastuerzo... ¿Qué quieres decir, que la pobre Infanta no se murió de muerte natural?

—Me guardaré muy bien —replicó don Bruno con ínfulas de rectitud— de acusar a nadie, no teniendo, como dice Milagro, pruebas que conviertan nuestra sospecha en certidumbre. No hago más que señalar el hecho, como dice Centurión, de que la Infanta Carlota era una princesa liberal, muy liberal.

—Quita, quita, harto de ajos.

—Y que por ser liberal, protectora del Progreso, y por haberse declarado enemiga de esos malditos Muñoces, la tomó su hermana entre ojos, y la echó de aquí poco menos que a patadas, olvidando que si no es por Doña Carlota y su célebre bofetón, la Corona habría pasado a don Carlos. Motivos tenemos para creer en el liberalismo de aquella señora, y estamos bien persuadidos de que en el Purgatorio, donde ahora está, sigue siendo liberal, y que no tienen sentido común las embajadas que de ella traen frailes y monjas al volver de los abismos infernales o purgatoriales. Si algún recado envía esa señora a sus hijos, será recomendándoles que no hagan ascos al Progreso, y que sean príncipes ilustrados, filósofos, y se penetren bien, como dice Milagro, del *espíritu del siglo*.

—Al diablo tus espíritus, Bruno... ¿Crees tú que esos señores se cuidan del siglo, ni de otro espíritu que el Espíritu santo, el único que a ellos les ilumina?

—Déjame seguir. Sabemos también que si liberal fue Doña Luisa Carlota, no lo fue menos su augusto marido, el Infante don Francisco de Paula, el cual, por lo callado y circunspecto, parece menos agudo de lo que es. Yo siempre le tuve por hombre de mucho asiento, y buena prueba de ello dio a toda la Europa cuando felicitó a nuestro don Baldomero por su elevación a la Regencia... Pues los amigos de Madrid me han contado que en los tiempos en que regentaba la napolitana, don Francisco honró con su presencia las reuniones masónicas, queriendo de este modo mostrar su gusto del filoso-fismo, y le pusieron de mote *Dracón*, por ser costumbre antigua en las logias llamar a las personas con nombres que no fueran de santos... De aquí vino que la Corte se alborotara; pero aquello no pasó adelante, porque Su Alteza, hombre de gran prudencia, no quiso traer más turbaciones al Reino. Lo evidente es que las ideas avanzadas del de Paula las ha heredado su hijo don Enrique, el cual nos parece muy digno de ser esposo de nuestra reina, y por tanto, el primer hombre de la Nación.

—Bueno, hijo, bueno: allá te las hayas con tu candidato y tus conspiraciones —dijo Doña Leandra, fatigada ya del largo coloquio, que no terminaba ni terminar podía con una concordancia de los opuestos pareceres—. Lo que saco en limpio de todo esto, es que Dios, por las faltas vuestras y por los enredos de estos príncipes, en vez de castigarlos a ellos y a vosotros, arroja todo los castigos sobre mí, que soy una pobre rústica y en nada me meto. Resulta que porque tú manipulas en el casorio de Enriquito, yo no puedo irme a mi querida Mancha, y aquí he de vivir consumiéndome, agostándome como una planta con las raíces fuera de la tierra. ¡He resistido, Señor, he tragado mis amarguras, he agotado toda la fuerza de mi resignación, y ya no puedo más, ya no más, Dios mío, Virgen Santa de Calatrava!...

Terminó la señora con entrecortadas sílabas y un llorar infantil, tapándose la cara con las flaquísimas manos. Trató de consolarla el esposo, asegurándole que si se difería el viaje por razones de peso, no se renunciaba a la dicha de realizarlo. Lo harían pronto en condiciones de completa felicidad, resueltos, si no todos, los más importantes problemas que afectaban a la familia. No debía Leandra entregarse a la desesperación por una tardanza inevitable, de fuerza mayor, sino *mecerse*, como decía Milagro, en dulces esperanzas, pues no estaba lejos el día en que hijos y padres tuvieran motivos para dar gracias a Dios por la felicidad que les deparaba. Dicho esto, retirose don Bruno dejando a su cara mitad sumida en lúgubre congoja, y a darle consuelo acudió Lea, poniendo en ello todo su cariño y los recursos de su galana fantasía. Secando sus lágrimas y respirando con menos opresión, señal de alivio de su duelo, la infeliz señora decía: «Es el Destino, hija, o hablando con cristiandad, es Dios, que no quiere que veamos a nuestra tierra, sin duda porque no nos conviene. Conformémonos con la divina voluntad, y pidámosle que lo que no es hoy, pueda ser mañana. ¡Mañana! ¡Ay, tú eres joven y puedes esperar!... El esperar de los viejos, el mañana de los viejos, suele ser el día negro... la muerte.»

Aunque no acababa de persuadirse Lea de que era verdad lo de la conjura por don Enrique, sino más bien pantalla política que su padre usaba para que no le descubriesen los verdaderos móviles de su pereza, no pasaba día sin que tratase de vencer, ya con razonamientos, ya con carantoñas, la obstinación del buen manchego. Una tarde, viéndole venir sofocado a deshora, entrar en su cuarto y salir al punto llevándose bajo el brazo un rimero de papeles, extrañó tal conducta, contraria a sus hábitos metódicos y a la parsimoniosa lentitud de sus movimientos y andares. ¿Qué ocurría? ¿Qué significaban aquellas prisas, y aquel entrecejo y el hablar brusco, esquivando explicaciones y respuestas? ¿Andaría efectivamente en los malos pasos de una conspiración?... Grande fue el susto de toda la familia aquella noche cuando transcurrió la hora de la cena, y una hora más, sin que don Bruno pareciese... ¡Y avanzando seguía la noche ¡Jesús!, sin verle entrar!... Puntualísimo era el buen señor a las horas de comida y cena, y su tardanza no podía ser motivada más que por un suceso grave. Al fin, cerca de las doce llegó un hombre de mala traza con el recado de que no se molestase la familia en esperar al señor de Carrasco, porque no vendría en toda la noche: ocupaciones de mucha importancia le retenían en casa de unos amigos. Recomendaba, todo ello por la boca y representación de aquel malcarado sujeto, que no se asustasen las señoras, pues no tenía el menor daño en su persona y preciosa salud... No quiso decir más el maldito por más que las tres mujeres, echándole la zarpa, trataron de hacerle explicar el porqué de tal ausencia y el lugar donde don Bruno se hallaba; mas ni los clamores de las hembras ni los pellizcos y empujones con que acentuaban su enojo movieron al emisario a mayor claridad, y se fue presuroso, dejándolas en la mejor disposición para pasar toda la noche de claro en claro. No quiso Doña Leandra que su hijo mayor saliese a ver si había barricadas, o si andaban por algún barrio tropas en estado de sedición, y aguardaron ansiosas el día. Ningún vecino de la casa tenía conocimiento de que se hubiese alterado el orden en la capital de las Españas, y el que más hablaba de rumores; pero como estos eran el pan cotidiano, no dieron valor a los dichos de la gente. Hablar de trastornos presentes o futuros era en aquellos tiempos tan elemental y sencillo como dar los buenos días o las buenas noches.

Por fin sacó de sus crueles dudas a la señora y señoritas manchegas Rafaela del Milagro, que sabedora de su intranquilidad, en la casa se personó muy temprano. «No se asusten —les dijo—, que en Madrid no hay nada. En donde ha estallado una revolución gorda, de las más gordas, es en Galicia.»

—¡Pero, hija, también los gallegos!... —exclamó la de Carrasco, que se aliviaba de su ansiedad viendo tan lejos la marimorena—. Pero dime, hija: ¿no se correrá para acá?

—Aquí, según parece, lo tenían dispuesto para estos días: batallones comprometidos, generales en el ajo... pero ya se considera la revolución abortada.

—Y el mal parto —dijo Doña Leandra—, se debe a que unos faltaron por miedo y otros por desconfianza. ¡Es lo de siempre! ¿Y mi pobre marido es de los abortados o de los abortadores?... El Señor le ilumine para que vea la infamia y la necedad de estos preñados...

—Pues la que han armado en Galicia —dijo melancólica Rafaela, que siempre perdía el color y la vivacidad cuando hablaba de pronunciamientos— es espantosa, según los despachos que han venido de allá esta noche. Y comprenderán ustedes que la cosa trae malicia cuando sepan el grito... ¡Si parecen locos! Oigan el grito y échense a temblar: «¡Abajo la napolitana! ¡Viva la reina libre! ¡Muera la camarilla! ¡Fuera extranjeros! ¡Libertad, Constitución, Milicia Nacional, y don Enrique marido de la reina!»

No se aterraron gran cosa las manchegas con el grito de Galicia, porque en él vieron las ideas que don Bruno sustentaba en sus conversaciones. Hartas estaban de oír en casa el tal programa, que era por lo visto, según la feliz expresión de Milagro, el *verbo del Progreso*.

XXV

Claramente vieron ya Lea y su madre que resultaba cierta la conjura, y que el buen señor estaba metido hasta el cuello en aquel enjuague revolucionario. Por Rafaela y por Jenara, así como por la cariñosa amistad del señor de Socobio, sabían a diario todos los incidentes de la sublevación gallega, y del punto que más les interesaba les dio noticias tranquilizadoras el mismo don Serafín. Carrasco no había ido a Galicia, como al principio se temió: en Madrid permanecía, y en lugar tan seguro que bien podía la familia desechar toda inquietud. Por el lenguaje y la sonrisa de Socobio al expresar estas seguridades, comprendieron las manchegas que en la propia casa del tal se guarecía el conspirador *abortado*, y Doña Leandra daba gracias a Dios por tan notorio beneficio, pensando que obran cuerdamente los políticos que antes de conspirar se proveen de buenas amistades en uno y otro partido. Así son más eficaces los alumbramientos que vienen bien y menos temibles los malos partos.

De la marcha del alboroto gallego tenía diariamente Eufrasia fieles noticias en casa de la viuda de Navarro, a donde iban Rafaela y su marido las más de las tardes al volver de paseo. Sabíase que al frente del movimiento figuraba un comandante llamado Solís, joven, entendido, valiente, liberal y caballeresco. Según la pintura hecha por Terry, que de sus viajes le conocía, era el nuevo adalid tan poeta como algunos de sus predecesores, no porque hiciera versos, sino porque veía la política y las revoluciones en artística y sentimental forma, imaginando las acciones y los principios antes que razonándolos. Su juventud, su hermosa figura melancólica, dábanle más semejanza con los vates que con los políticos. Oído esto, todos los presentes empezaron a enumerar las distintas celebridades de nuestra tierra que habían poetizado la vida pública, resultando al fin que antes que alzarse como héroes caían como mártires, sacrificados por su propia fantasía y generosidad. A todos agradaba este coloquio, menos a Rafaela, que palidecía y pestañeaba, como turbada de los nervios, al oír tales comentarios de la historia de su tiempo, y si algo decía era para llevar a otro asunto la conversación. ¡Y qué hermosa estaba la *Perita* después de su casamiento! Algo más abultada de carnes, sin perder su esbeltez ni la flexibilidad de su airoso talle, en su cuello de alabastro y en su rostro de perfecto estilo

Pompadour o Watteau, parecían haber colaborado como artífices todos los amorcillos de abanicos y porcelanas. Entre el artificio y la verdad, entre los afeites y el colorido y pasta naturales, ninguna crítica, por sagaz que fuera, podría encontrar diferencias ni separar lo vivo de lo pintado.

Por Socobio, cuyas visitas constantes agradecía mucho Doña Leandra, supo esta que la conjura de Madrid se daba por fracasada, y que a los autores de ella no se les perseguiría más que de fórmula, en razón de su candidez inofensiva; supo también que lo de la Coruña, imponente al principio, se descompuso felizmente por la impericia y sentimentalismo de Solís, cuyas delicadezas eran impropias de la violencia revolucionaria; que por considerar demasiado a Puig Samper, su jefe antes de la rebelión, hubo de cederle Solís las ventajas de una excelente posición estratégica; que divididos los rebeldes y fatigándose en marchas y contramarchas, dieron tiempo a que el Gobierno se previniese, cambiando a Puig Samper por Villalonga, y mandando contra los gallegos a un general joven, ganoso de adelantos en su carrera, don José de la Concha; que el sublevado de Vigo, comandante Rubín, que al parecer operaba en combinación con Solís, resultó un rebelde incoloro y equívoco, dando lugar a que se le creyese traidor a la *causa*; que si en efecto el infante don Enrique alentaba con su presencia en la Coruña, a bordo del bergantín *Manzanares*, el descabellado alzamiento, tuvo el Gobierno buen cuidado de mandarle levar anclas, conminándole con severos castigos si a la vela no se daba prontito para las costas de Francia; que avanzó Concha; que cogido entre dos fuegos, no lejos de Santiago, el pobre romántico Solís, fue derrotado, quedando cautivo con los oficiales que seguían su rebelde bandera liberal, enriqueña y antinapolitana, y gran parte de sus infelices soldados; y por fin, supo que al ser conducidos a la Coruña los pobres vencidos, se dio orden de que les remataran en el camino, para evitar el duelo y consternación de una grande hecatombe en la capital gallega. En un pueblo antes desconocido, el Carral, célebre desde entonces como teatro de una de las mayores barbaries del siglo, fueron sacrificados por tandas Solís y sus compañeros, jóvenes todos, llenos de vida y de ilusiones generosas, víctimas de una idea, culpables de un delito cometido impunemente una y otra vez por los que les mandaron fusilar. Veintidós víctimas cayeron, inmoladas por leyes que carecían de toda virtud y de toda majestad, y no eran más que un convencionalismo hipócrita, espantajo que figuraba el rostro y vestidura de la Justicia. Con dichas leyes fusilaban hoy los fusilables de ayer, y mataban los moralmente muertos. La fortuna y el éxito eran la razón única de que entre tantos criminales, unos fueran asesinos justicieros y otros víctimas culpables.

Mes y medio y algunos días más, según los documentos más autorizados, duró el eclipse del buen don Bruno, y también anduvo haciendo la mascarita don José del Milagro, que solo se dejaba ver de sus hijas a las altas horas de la noche, embozado hasta los ojos, con peluca y sombrero estrafalario que a un figurón de teatro le asemejaban. Más seriamente guardaron su incógnito Carrasco y Centurión, haciendo el papel airoso de andar en negocios por países extranjeros, sin comunicarse más que con sus familias, y esto con remilgadas precauciones. Salieron al fin de sus escondrijos, afectando un cierto paso y actitud teatrales, pues aunque el Gobierno no se metía con ellos, ni les temía, bueno era que se revistieran de aquel encogimiento que da una tenaz persecución policíaca. La primera vez que don Bruno se presentó a su familia después de tan larga ausencia, fue grande el alboroto y júbilo de la esposa y de los hijos, que aceptaban con cierto orgullo aquel misterio pomposo de que el padre se revestía. A todos expresó su cariño don Bruno como si de un dilatado viaje a los antípodas volviese, y les preguntó si le conocían, si no veían en su rostro las huellas de horribles sufrimientos. Por darle gusto respondían que sí, y le incitaban a contar las peripecias de aquella lucha tenebrosa con el Poder público. A su manera, hinchando los sucesos y coloreando las impresiones, refirió Carrasco la tremenda conjuración, que habría dado al traste con la napolitana y la palaciega camarilla, si la debilidad y doblez de algunos comprometidos no malograran en ciernes, como decía Milagro, el más hermoso complot que fraguaran hombres en el mundo. Había que dar tiempo al tiempo antes de emprender otra campañita libertadora, y así lo recomendaban los *centros* de París y Londres, ordenando a todos que permanecieran a la expectativa, viendo venir las contingencias favorables que había de traer el matrimonio de la reina.

Después de dos días de descanso en su casa, guardando con los vecinos una reserva del mejor gusto, para que todos alabaran su prudencia y seriedad, volvió Carrasco a la vida ordinaria, y reapareció en las tertulias de café y casino, acudiendo puntual a su domicilio a las horas de comer. A la semana de esta existencia metódica, creyó Doña Leandra que pues el grande obstáculo de la conspiración no existía ya, y parecía don Bruno absolutamente desocupado y sin ningún negocio, revelándose en todo como hombre aburridísimo de puro holgazán, llegada era la ocasión de marcharse todos a descansar de tantos afanes. Así lo propuso a su marido en los términos más expresivos y con razones muy enteras, sin obtener más que una negativa en crudo. «No podía ocurrírsete la idea de esa viajata en peor coyuntura —le dijo—. ¿Qué razón hay, qué motivos?, me preguntas. Querida Leandra, no puedo satisfacerte por hoy: ten paciencia, y pronto sabrás que sería disparate garrafal ausentarnos ahora de los Madriles.»

Y no dijo más: salió de estampía, dejando a la pobre mujer afligida y pasmada, lamentándose de que su esposo, después de haber andado en pasos de conjuración, no hablaba de cosa alguna sin envolver su palabra en ridículos y enfadosos misterios. A la sorpresa de Doña Leandra siguió una pena hondísima, un desconsuelo que abatía su alma y la incapacitaba para toda resolución. Aún fue su dolor más punzante, y se le clavó en el corazón la espada más aguda, viendo que su hija Lea, ordinariamente su paño de lágrimas, no le prodigó aquel día los consuelos que necesitaba, y en vez de lamentar con ella los entorpecimientos que al viaje ofrecía Carrasco, la sorprendió con esta despiadada salida: «No llore, madre, porque nos quedemos algún tiempo más en Madrid, que ya vendrá el día de irnos al pueblo. Lo que es ahora, más vale que en ello no piense.» ¡Vaya un modo de consolar! Vencida de su tristeza, y desdeñando el pedir a la hija explicaciones de mudanza tan brusca en su actitud y lenguaje, encerrose en su pena silenciosa, y así estuvo toda la tarde, condoliéndose de la ingratitud de Lea, que sin duda se le había torcido por el melindre de un nuevo noviazgo... ¿Pero cómo podía ser esto, si no se apartaba de la compañía de su madre, ni recibía cartas? A no ser que en ello anduviera Eufrasia, trayéndole mensajes de un flamante, desconocido amador... ¡No eran maldiciones las que Doña Leandra echaba mentalmente a cuantos novios existían en todo el linaje humano, peste de la sociedad y azote de las familias! ¡Que no estuviera el Infierno empedrado de novios!... Debían las familias, los padres, los hermanos, concertarse para emprender contra tales sabandijas una campaña de destrucción, como las que ella había visto en la Mancha contra la terrible plaga de langosta.

XXVI

En estas malquerencias y confusiones estaba Doña Leandra aquella noche, cuando su marido, viéndola poco menos que dada a los demonios, apresurose a poner en su conocimiento un hecho de segura eficacia para sosegar su ánimo. «No quise hablarte de ello esta mañana —le dijo—, porque Lea me encargó que guardase el secreto hasta que supiéramos a ciencia cierta las intenciones del sujeto. Ya traigo lo que nos faltaba, porque he hablado con él esta tarde, y vengo seguro de que hay formalidad... Tenemos, sí, otro novio en puerta. Ya que has adivinado el caso, adivíname la persona... ¿Pero no caes, mujer?... No te devanes los sesos, y entérate de que el nuevo pretendiente de nuestra hija es Vicente Sancho, distinguido mancebo de la botica de Palacio, y por añadidura paisano nuestro y pariente.»

No pareció Doña Leandra disgustada de la noticia, y don Bruno completó sus informes relatando el cuándo y cómo de la emergencia de aquel noviazgo. A diferentes personas había manifestado Vicentillo que Lea le gustaba, y que a *pedirle relaciones* se atrevería si le asegurasen acogida benévola. Pocas palabras habían mediado a solas entre el boticario y la niña, en la casa de los padres, un domingo que estuvo de visita; pero las cortas expresiones, dichas con tartamudeo y poniéndose el hombre más rojo que las amapolas, bien claramente daban a conocer la intensidad de su amorosa llama. Por confidencias de varios amigos con quienes Vicente se franqueaba, enterose del caso don Bruno, el cual, después de hablar con su hija, apercibió al mancebo para una conferencia sobre materia de tal importancia. Efectuada en la botica de Palacio aquella misma tarde la entrevista, resultó que Vicente Sancho sentía la más honesta de las inclinaciones hacia Leandra, en quien veía su *bello ideal* (así como suena), y decidido estaba a unirse con ella en santo vínculo.

Declaró Doña Leandra que estimaba en más a Vicente, boticario, que a todos los señoriticos de Madrid llamados *dandiles*, presumidos, farsantes y embusteros que no hacían más que divertirse con las chicas y entretenerlas, escapando de ellas en cuanto se les exigía celebración de matrimonio. Por humilde no habían de despreciar a Vicente, el cual a todos los novios del orbe cristiano llevaba la ventaja de ser manchego. La Farmacia, profesión de hombres honrados era, amén de muy lucrativa. Si Lea gustaba de su pariente, debían los padres darse por muy satisfechos, porque la niña, después de tanto noviazgo fallido, no estaba ya para perder el tiempo. Y pues el chico venía con formalidad y fijaba en dos o tres meses la temporada de amoríos decorosos, recibiérasele con los brazos abiertos, y preparárase la boda para principios de otoño. Por fin, como solución risueña para el porvenir, debían todos hacer diligencias para conseguirle a Sancho la botica de Peralvillo, de Piedrabuena o de cualquier otro pueblo de la Mancha, con lo que se colmaría la felicidad de toda la familia. Quedó, pues, recibido de oficial novio con entrada en la casa, y Lea, que había picado más alto, hallándose ya la pobre caída y con las alas rotas, aceptó a su pariente con un cierto afecto de gratitud que esperaba ver convertido en más apasionado sentimiento. Y ¡cosa más rara!, mirando bien a Sanchico reparaba que no era feo... ¿Qué había de ser feo, si más bien merecía calificación de guapo, con aquellos ojos sentimentales y aquel bigotito que parecía de seda? Y lo que es de tonto no tenía un pelo. Ya se le irían quitando la cortedad y encogidas maneras que Lea, mal acostumbrada al despejo de otros galanes, encontraba poco airosas y desconformes totalmente con su *bello ideal*. Pero en suma, ¿qué importaba la timidez si era signo de mansedumbre, cualidad de que generalmente procede la perfección de maridos? Adelante, repitiendo el castellano aforismo: *Al buen día meterle en casa*.

Con estas y otras filosofías templaba Doña Leandra el ánimo de su hija, asegurándole que ambicionar no podía ni debía más felicidad de la que Dios le deparaba, y la chica, que era buena y no tonta, iba entrando por el aro de aquellas prudentes ideas. La conformidad y el buen criterio hiciéronla dichosa. No podía decir lo mismo la madre, pues aunque tenía por un buen hallazgo y solución la conquista de Vicente Sancho, ello es que por fas o por nefas, por los sucesos buenos así como los malos, la realización del deseo que le llenaba toda el alma era más problemática cada día. Cuando ya creía tocar con su flaca mano el suelo manchego, este se alejaba, y como un fantástico paisaje acababa por desvanecerse en el horizonte. Sin duda Dios había decidido que su humilde sierva, Leandra Quijada, se consumiese en el indecible tormento de no ver ni gustar los aires y la luz de la tierra natal. Cumpliérase la voluntad de Dios, contra la cual nada podían los anhelos de las criaturas. Envolviéndose en su manto con cristiana dignidad, la manchega se preparó al martirio, pensando que a la magnitud del terrestre sacrificio correspondería la hermosura y grandeza del premio celestial.

Manifestose en la señora desde aquel día visible inclinación a la pereza y al silencio. No se ocupaba en labor alguna; permanecía largas horas sentadita en un sillón de gutapercha, de asiento muy bajo, las manos cruzadas sobre el regazo, en el suelo fija la vista dormilona; no hablaba más que lo preciso, tomándose tiempo entre la pregunta que le hacían y la respuesta que daba, como si las palabras, no menos perezosas que el pensamiento, se amodorraran al paso por la boca. No apetecía tertulia, y sus hijas, así como Doña Cristeta Socobio, tenían que llamar con insistencia a la puerta del castillo para que la castellana voz de Doña Leandra respondiese desde la tronera más alta: «¿quién es?» Comía tan poco como hablaba, pues aquel seco y delgado cuerpo con muy escaso alimento se sostenía, y con el aire que tomaba en el suspirar frecuente. Suspiraba hacia dentro, espirando menos de lo que aspiraba, como las aves que inflan el buche para volar mejor. Rezaba al anochecer uno y dos tercios de rosario, ella sola, entre labios, descuidándose en marcar las Avemarías con el pase de cuentas; dormía de un tirón toda la noche, roncando desaforadamente con diversidad de sones musicales, como trémolos de violoncellos, chirridos de veletas castigadas por el viento, rumor de un salto de agua, y acordes perfectos de fagot y clarinete con tónica, tercera, quinta y séptima disminuida.

Una mañana calurosa, como tardase la señora en levantarse, entró en su alcoba Lea y encontrola despierta con el brazo derecho extendido sobre el embozo. «Chica —dijo Doña Leandra—, ven acá y estírame este brazo para que se me despierte, pues estoy que no puedo moverlo a mi gusto.» Obedeció Lea; mas como no le tirara bien fuerte por temor de hacerle daño, la incitó a desplegar mayor fuerza: «Tira, hija, tira con ganas, pues no me duele nada. Esto debe de ser un aire que he cogido anoche por haberme destapado, ahogadita de calor. Y verás que tengo los dedos tiesos, que no puedo coger con ellos la sábana. Tráete un alfiler gordo y pínchamelos, a ver si se despabilan.» Lo que hizo Lea fue llamar a don Bruno y a Eufrasia, medrosa de ver a su madre en aquella torpeza de sus antes ágiles remos. Entre todos la vistieron, pues no gobernaba de la pierna derecha ni valerse podía, y la sentaron en el sillón. «Vaya, estoy mejor. ¿Veis cómo ya muevo el brazo y arqueo los dedos? La pierna es la que no quiere entrar en razón... Pero no os asustéis, que esto no es nada. Ni pienses en traerme acá médico, Bruno, que si le veo entrar me figuraré que estoy enferma, y acabaré por estarlo de verdad. Nada de médicos, hijo, y con que Vicente me vea y me traiga cualquier toma o emplasto, que bien sabrá él lo que obra con provecho contra este achaquillo, me bastará para quedar bien.»

Animarles quería con esto; pero hijos y padres, muertos de susto y pena, trajeron al médico que asistirles solía, y este ordenó lo más urgente para contener la parálisis o atenuar sus tristes efectos. Por la tarde, si no se manifestó en ella mejoría corporal sensible, del espíritu mejoraba notablemente, pues se le había despertado la locuacidad, su palabra era fácil, los ojos recobraban su viveza, en la mirada y la voz había grande animación, casi casi alegría. Las hijas y Doña Cristeta sostuviéronle la conversación, en la cual no nombró a la Mancha, concretándose a decir algo de los precios que tenían en la plaza los principales artículos de comer... Todo se ponía por las nubes, y la vida en Madrid iba siendo un problema difícil. Con suficiencia apuntó Cristeta la idea de que cuando funcionaran los *caminos de fierro* que se iban a establecer, vendrían a Madrid todos los artículos a tan bajo precio como el que en los pueblos tienen, y se comería en la Corte pescado del día; y los madrileños podrían trasladarse a la Coruña o a Santander con tanta presteza y facilidad como iban entonces a veranear a Miraflores o a Villaviciosa de Odón. Sorprendida de estas novedades Doña Leandra, y creyendo que por entretenerla contábanle paparruchas su amiga y sus hijas, dijo que no podía comprender *a qué santo* venía el correr tan desaforadamente, y que ella por nada del mundo se metería en tales carricoches voladores y endemoniados. Añadió que era soberbia sacrílega de los hombres el meterse a enmendar la obra de Dios. Si Dios, autor de tantas maravillas, había hecho también las distancias para que el hombre pecador en ellas se cansase, y con el cansancio sintiese su pequeñez, ¿a qué ese empeño de acercar lo remoto? condenado fue el hombre al trabajo y a ganarse la vida con el sudor de su frente. ¿Pues el caminar no es también trabajo, y de los más duros? El hombre orgulloso se resiste al trabajo: para el descanso de sus brazos inventa máquinas, y para el de las piernas *ferroscarriles*, que son como caballerías de fuego. De modo que ya no habría trabajo, ni cansancio, ni sudor, ni nada de lo mandado por Dios... ¿Y querían los hombres salvarse sin sudar? Esto no podía ser.

Sobre materia tan interesante expusieron pareceres muy ingeniosos las interlocutoras de la enferma, distinguiéndose Eufrasia, decidida partidaria del progreso material. Inspirada en sus *ideales*, que así llamaba a las ideas recientemente adquiridas, dijo a su madre que, quisiéralo o no, la llevaría consigo en un viaje a París y Londres, para que viese poblaciones grandes y costumbres de muchísima ilustración. Pero no se daba a partido la señora, que moviendo la cabeza tristemente respondió que si su hija, una vez casada, quería correrla por países tan distantes y distintos del nuestro, no contase con ella, que malditas ganas sentía de ver ciudades grandes y raras costumbres. Ni le quitaba nadie de la cabeza que todo lo de España era superior a lo de allende: mejor el pan y el vino, más finos los aceites y el jabón. Terminó afirmando que su cuerpo no le pedía ya movimiento, sino descanso, y que descanso le daría ella muy pronto. Cuando esto decía, llegó en su coche la viuda de Navarro para llevarse a Eufrasia. Paró en la puerta; viéronla desde arriba los muchachos; vistiose a toda prisa la señorita, y con su amiga se fue. Doña Leandra la vio partir con pena; mas no dijo nada. Lea suspiraba, aguardando la llegada de su modestito farmacéutico, y Cristeta Socobio, a quien sugería los más variados tópicos su entendimiento inagotable, sostuvo el ánimo de la pobre enferma con esta entretenida conversación:

«Querida Leandra, en cuanto mejoren esas piernas, nos vamos usted y yo solitas a visitar a una amiga mía, monja de gran virtud y saber, que a más de consolar a usted con su palabra, más divina que humana, la curará de ese maleficio del músculo perezoso. ¿No lo cree? Pues sepa que el año pasado me cogió todo el lado izquierdo un aire de perlesía, que me dejó sin gobierno, y arrastrándome fui a ver a mi amiga, la cual me pasó la mano suavemente por la cintura y caderas, y pronunciando palabras santísimas, púsome buena del todo.»

—¿Qué me dice, amiga Cristeta? Curanderos he visto en mi tierra que componían estos desperfectos de la carne; pero no lo hacían sin añadir a las oraciones alguna toma de medicina que obraba por dentro.

—Esta no necesita de medicinas ni pócimas, con lo cual se dice que obra en la naturaleza por la virtud sola de su santidad y del buen acogimiento que tienen en el cielo sus oraciones. Pasa la vida en penitencias tan duras, que no podemos imaginar los martirios cruelísimos que se impone. Ha tenido su cuerpo cubierto de llagas dolorosas, y cuanto más le dolían, más risueña ella y más alegre de su padecer. Cuentan que se ha pasado meses sin probar comida, y a pesar de abstinencia tan bárbara, la veía usted con el semblante animado y los ojos muy vivos, obra de la grandísima luz y fuego de piedad que la caldeaban por dentro... Es tal su hermosura, que se pasmará usted cuando la vea, y tan dulce y delicado el timbre de su voz, que se quedará usted atónita y suspensa como si oyera sonido de arpas celestiales.

—¡Cristeta, por amor de Dios! —dijo Doña Leandra, fascinada con tan maravillosa pintura—, no me engañe, y si esa sacra mujer existe, y no es artificio de usted para consolarme, lléveme a donde pueda yo verla y gozarla.

—Iremos, sí; y como no se despabilen pronto las piernas, la llevaré a usted en coche, aunque de aquí al convento de Jesús no es grande la tiradita. Será un consuelo extraordinario, mi querida Leandra, porque de la santidad de mi amiga puede usted esperar no solo la salud del cuerpo, sino la del alma. A las personas buenas, de corazón limpio y de conciencia pura, concede Dios, por mediación de esa mujer ejemplarísima, la satisfacción de todos sus deseos.

—¡Ay, ay!, no me lo diga, si luego no ha de confirmarse —manifestó la manchega con colosal esfuerzo para levantarse del sillón—. ¡Que satisface los deseos justos, naturales! Pues los míos son de esa calidad, y por tanto, ¿qué menos pueden hacer Dios y esa señora que satisfacérmelos? Vamos, vamos ahora mismo. Me arrastraré como pueda. Y si no, mandaré a la muchacha que nos traiga un coche.

—Calma, calma, querida Leandra, y no nos precipitemos —dijo cautelosa la Socobio, asustada por el ruido de puerta y pasos que acababa de oír—. Paréceme que entra Bruno, y no conviene que de esto se entere. Es un excelente hombre; pero no se haría cargo de la intención pura, edificante, con que yo la llevo a usted a tal visita. Estos hombres del día, todos, todos, están dañados de volterianismo, que es como decir impiedad, y no comprenden... Hasta podría suceder que se burlara de nosotras... No, no, Leandra; que no meta las narices su pariente... Otro día, sin que nadie nos atisbe ni nos estorbe, escaparemos como unas chiquillas, y... Chitón, que ya está aquí el *hombre público*.

XXVII

Quería Dios que hija y madre estuvieran en aquellos días bajo la acción de fenómenos o casos maravillosos, pues mientras Doña Leandra encendía su imaginación con la idea de la visita a un ser que conceptuaba ultraterrestre, Lea veía cosas tan extraordinarias, que le costaba trabajo creer que pertenecieran al mundo real. En una misma alcoba dormían las dos hermanas, y allí y en el próximo gabinete, tenían su ropa, sus secretos, las cartas de sus novios, el tocador y cuantos adminículos y menudencias necesitaban para componerse. Luego que se encerraban en sus habitaciones para acostarse, hablaban solitas de los sucesos del día, pertinentes a ellas o a sus amadores, y se confiaban todos sus secretos y se consultaban todas sus dudas. Una noche, poco antes de manifestarse en Doña Leandra la parálisis, Eufrasia, como quien desea y teme revelar algo muy delicado, anunció a su hermana una confianza; arrepintiose luego, dudando, entre risas y *síes* y *noes* muy infantiles; sacó por fin de su bolsillo un estuche, y mostró a su hermana un Sol... un haz de rayos luminoso, deslumbrantes. Lea no dijo más que ¡ah!, echando en aquel hálito toda su admiración y algo de susto. No pronunció palabra alguna hasta pasado un ratito. «¡Qué magnífico brillante!... ¿Pero di, no es esto falso? ¿Es de ley?... ¡y tan grande!...»

—No es de los mayores —dijo Eufrasia rebajando, por afectación de modestia—; pero fíjate... ¡qué perfección de facetas! Dice Maturana que es de la mejor talla de Amsterdam, y una pieza de mérito grandísimo.

—¡Bonito, bonito... Superior! —exclamó Lea absorta, moviéndolo entre sus dedos ante la luz, para recrearse en los destellos.

—Está montado en plata como alfiler —dijo Eufrasia—; pero se puede usar como adorno magnífico para el pelo... Aplicación no le faltará...

—¿Pero es tuyo de veras?... ¿Y cómo...? Si es tuyo, te lo habrá dado Terry.

—Naturalmente: yo no había de robarlo...

—Pero...

No sabía Lea cómo pedir explicaciones a su hermana de la posesión de alhaja tan magnífica. Enmudecieron ambas y se acostaron, permaneciendo silenciosas larguísimo rato. Ninguna de las dos dormía.

«Debes enseñárselo a padre y a madre, a ver qué dicen...» —indicó tímidamente Lea, a la media hora de acostadas.

—No, por Dios... Padre y madre no deben saberlo... No por nada, sino porque creerían lo que no es... Ya lo verán a su tiempo. Por hoy, no me preguntes más.

Obedeció la hermana mayor, y no habló más de tal asunto hasta que, dos noches después, encerraditas y ya seguras de que ni los padres ni los hermanos las sorprenderían en su grata intimidad, hizo Eufrasia a su hermana la señal de que le preparaba nueva sorpresa; aproximose a la cómoda, y del seno sacó un envoltorio; desplegó el papel finísimo que lo formaba, y aparecieron a los espantados ojos de Lea dos esmeraldas soberbias, hermosísimas, iguales en el tamaño y la forma oval, montadas en plata dentro de un cerco de diamantes...

«¡Ay, qué preciosidad!... Esto es divino... —exclamó la joven con arrobamiento—. Y son pendientes... Déjame que me los ponga.»

Ayudó Eufrasia a clavar las joyas en las orejitas de Lea, y cuando esta se vio en el espejo adornada de tanta hermosura, no acababa de extasiarse en la admiración de su propio rostro, y lo ladeaba para ver los diferentes efectos en esta y la otra postura.

«Como estas esmeraldas —indicó Eufrasia, menos risueña que su hermana—, hay pocas. ¡Cosa más soberbia no se ve! ¡Qué bien estás! La esmeralda montada en plata sienta muy bien a las morenas.»

—A las morenas les sienta bien todo —afirmó Lea quitándose los pendientes y llevándolos a las orejas de la otra—. Póntelos ahora tú, para que yo vea el efecto.

Así se hizo, y las ponderaciones de tanta belleza no tenían fin. Guardó Eufrasia su tesoro; Lea, dando un gran suspiro, le dijo: «También te las ha dado Terry. ¿Eran de su familia?»

—No: las ha comprado. Ya sabes que está riquísimo. El mes pasado ganó medio millón de reales, y ahora, si traspasan lo del Gas a la Compañía francesa, no se puede calcular los dinerales que ganarán entre Emilio, Gándara y Safón...

—Pero no acabo de convencerme, te lo digo como lo siento, de que puedan hacérsele a una soltera estos regalos sin comprometerla. ¿Acaso en el extranjero se usa que los novios regalen joyas, así, de tapadillo...?

—Seguramente, en el extranjero hay otras costumbres, otra libertad. Pero aquí, con tanta ñoñería y sujeciones tan ridículas, no se puede, no... lo reconozco. Si la gente se enterara, creería que hay malicia donde no la hay.

—¿De veras que no la hay?

—¡Mujer, qué cosas tienes!... ¡A ti había yo de ocultarte...! ¡Jesús!, no oiga yo de ti tal suposición.

Pareció Lea convencida; pero no durmió en toda la noche, atormentada por la idea de que su querida hermana no tenía ya en su conciencia la debida pulcritud. «Aunque ella no lo crea, pecado hay aquí —se decía—, o principios de pecado y de grandísima deshonra.»

A la mañana siguiente, ambas en el tocador, dominada Lea por una idea fija, hizo a su hermana esta pregunta: «¿Y no te ha dado perlas?»

—Tiene en tratos un collar muy bonito; pero yo le he dicho que no lo quiero, que no y que no... A su tiempo recibiré todas las alhajas que se le antoje poner sobre mí.

—¿Cuándo os casáis? ¿Ha fijado al fin Emilio la fecha?

—El mes de octubre, seguro, seguro.

—En octubre dicen que se casa la reina. También fijó Tomás esa fecha para nuestro casamiento, y ya ves, ya ves.

—Pero lo mío es infalible. Emilio es un hombre de bien y un caballero. En todo me complace.

—Pues si en todo te complace, ¿por qué no fijáis el casorio para la semana que viene? Estos hombres que eternizan las bodas no son de fiar... Cierto que el darte prendas de tanto valor es, como tú dices, señal de un amor grande... Pero... Digo que en último caso... vamos, que otros hay peores, pues plantan, y no dan nada, ni un triste alfiler de dos reales.

Pasaron días sin que Eufrasia mostrase más joyas, ni a su hermana hiciese confidencia alguna tocante a sus amores o a la boda con Terry. Tan solo dijo que el galán partía para París; pero que su ausencia, motivada del negocio del Gas, no duraría más de dos semanas. Lea notaba en ella tristeza y cavilación algunos días; otros, un alborozo demasiado parlero, sin decir nada de provecho. Y los que observar pudiesen y supiesen en las interioridades de la casa, habrían notado que Lea padecía también en aquellos días turbaciones muy raras en su carácter, comúnmente de una ecuanimidad feliz.

Algunas noches, en la visita oficial de Vicente, trataba a este con tal despego, que el pobre chico no volvía de su asombro, un aflictivo y patético asombro por cierto. Mas de improviso se iniciaba un radical cambio en el temple, si así puede decirse, de la señorita, y viéraisla tan cariñosa y tierna con el mancebo que los ojos de este revelaban una satisfacción beatífica. Y en aquellos ratos dichosos, infaliblemente hablaba Lea del casamiento, de la conveniencia de celebrarlo cuanto antes para irse todos a la Mancha y hacer la cruz por siempre a este Madrid tan perverso y corrompido. Las corrientes psicológicas, como el sube y baja de mareas, que determinaban en la joven manchega estas oscilaciones afectivas, permanecen indeterminadas. Son hechos, formas, desarrollos orgánicos que se pierden en la insondable caverna oscura del querer mujeril.

Cuando a la oreja de Doña Leandra llegaban palabras de Sancho y Lea referentes a casorio, o a la probabilidad de conseguir la botica de Almodóvar del Campo, excitábase horrorosamente, como con una corriente eléctrica, y recobraba por instantes el fácil uso de sus remos. Aún no había podido ir, por causa de las ocupaciones de Cristeta en Palacio, a la visita de la prodigiosa monja, y aguardando aburrida este acontecimiento se pasaba las tardes sentadita en su sillón, presidiendo la charla de la hija con el boticario. Comúnmente el tal palique era para Doña Leandra un narcótico, cuya enérgica virtud la desligaba de la realidad triste, permitiéndole ausencias y descansos muy agradables. Dormida o mal despierta se montaba en el Clavileño o en la escoba, y se iba por esos mundos de Dios, tomándose el espíritu toda la libertad de que el cuerpo estaba privado. No era la primera vez que la infeliz señora, mal avenida con su trasplante, volaba espiritualmente a sus tierras y casas manchegas, recreándose en ellas como en la misma verdad; pero desde que se inició la parálisis, los viajes imaginativos al país natal fueron más frecuentes y de mayor duración, así como de una intensidad maravillosa en el repetir y vivificar objetos y personas, los animales, el suelo, el aire y el olor de todo lo de allá. Del tiempo hacía mangas y capirotes, pues en media hora efectiva de Madrid, vivía manchegamente días y aun semanas; y al volver de estas excursiones, hallábase durante un mediano rato en penosa ignorancia del lugar donde se encontraba. ¿Estaba en su casa de Peralvillo, o en el sillón caliente y blanducho de Madrid?...

Mecida por el runrún soñoliento de Vicentillo y Lea, Doña Leandra salió del comedor de su casa manchega, pasó al cuarto próximo, donde tenía la algarroba para las palomas, un resto de la cosecha de judías, dos montones de patatas para simiente con los brotes ya muy crecidos, manojos de hierbas colgados del techo, que despedían un olor fortísimo entre farmacéutico y culinario. Anduvo por allí la señora trasteando; salió seguida de dos gatos, y pasando por delante de la cocina, donde estaba la Fabiana delante de los peroles, bajó por la escalera, cuyos peldaños de romo ladrillo ofrecían un resbalón a toda persona que no tuviera el pie bien habituado a sortear las desigualdades. Llegó a una especie de portalón o vestíbulo empedrado de viejo, pues no se había tocado en él una piedra desde el siglo anterior; todo era hoyos y guijarros duros; obstruían el paso diversos objetos, sacos llenos y vacíos, aperos inservibles, manojos de varas, yugos abandonados por inútiles y una tinaja rota, boca abajo. Todo estaba en aquel sitio *provisionalmente* hacía ochenta años, y con la pátina de mugre y polvo tenía ya ese carácter especial de la petrificación doméstica, allí donde nada se remueve ni se cambian las cosas de sitio. Salió Doña Leandra al corralón, tan grande como una mediana plaza, y al punto se le pegó a las faldas un perro corpulento, *León*, moviendo la enroscada cola, y enseñándole los colmillos que no habían de hacerle daño. Más allá, otro can que sentado roía un hueso teniéndolo entre las patas delanteras, la miró pasar y siguió royendo... un pavo hacía la rueda entre cuatro gallinas que ni siquiera le miraban, y un burro atado a una argolla junto a la puerta de la cuadra, soltó un rebuzno majestuoso. Entró la señora en el cuarto del pan, donde había un hombre calvo, que preparaba el horno, y ya tenía las hogazas amasadas, cubiertas con un paño. «Mira, Blas: en cuanto saques la hornada, coges la *Capitana* (esta capitana era una burra) y los dos machos que llegarán luego de Torralba; comes, y te vas a Piedrabuena, y me compras cuarenta o más arrobas de patata para simiente. Dicen que Lino Pascual la tiene superior. Si le queda una partida de sesenta o setenta arrobas y no quiere descabalarla, te la traes toda. Llevarás trescientos reales, y si te faltase dinero, ya sabes que el boticario don Enrique te dará por mi cuenta lo que necesites... Estarás aquí mañana temprano, que mañana hemos de sembrar la patata en la huerta del Fraile...» Poco después de esto, la señora estaba junto al pozo y pilón de abrevar: al mozo que sacaba el agua para dar de beber a los cerdos de recría, le dijo: «Navarro, enciérrame este ganado en cuanto beba, y no me lo tengas aquí, que es muy dañino, y ya ves que me azuza los pollos: tres me mataron ayer a pisotones.» Apaleada por el mozo se arremolinó la piara, compuesta de un gran contingente de cochinitos negros, todos iguales, y pegados unos con otros se fueron hacia su cobertizo, cantando una deliciosa música... Doña Leandra se encaró con un viejo petiseco, cuya cara parecía la piel de encuadernación de un libro de coro. Vestía de paño pardo, con calzón corto, cinturón de cuero, y usaba sucias gafas de cristales muy convexos montados en cuerno. Era Perantón, el hombre de confianza, la personificación de la honradez y la lealtad, que llevaba de servicio en la casa tres cuartos de siglo, y andaba próximo a los noventa, conservado como un corcho viejo de colmena. Sus abejas eran la vida que aún zumbaba dentro de aquel madero lleno de arrugas. Había sido mozo de mulas, después de labranza, criado luego al inmediato servicio de los señores, y por último, mayordomo con honores de intendente, pues sabía garabatear en un cuaderno de *marquilla* las cifras de compra y venta, el consumo de paja y leña, el comestible de animales y personas, y usaba un tintero de asta con petrificaciones de tinta contemporánea de Carlos III. «Antón —le dijo la señora—, me parece que la *pinta castellana* ha puesto hoy también entre el montón de leña. Que Tomasilla se meta y busque allí los huevos. Tenemos lluecas a la parda y a la moñuda... Mándale a tu nieto Roque que del palomar de arriba me traiga tres pares de palominos para mañana...» En la servidumbre y personal labriego de Peralvillo había dos hijas de Antón, una de ellas cocinera, que ya no hacía más que dirigir, y era plaza casi jubilada como su padre, y catorce nietos, ocupados en distintas labores. Los que allí nacían, al amparo de la casa y noble familia quedábanse toda la vida. «Oye, Antón, dile a tu nieto Felipe *el gordo* que no me dé bromicas a la Pepilla, que apalabrada está por sus padres con Robustiano el del *Tuerto*, y no quiero en casa cuestiones...»

En esto, traída bruscamente por el *Clavileño* a su sillón, Doña Leandra, suspirando fuerte, dijo a Lea y Vicentico: «¡Eh de casa!... ¿Hace mucho que estáis aquí, hijos? Sacadme de esta gran confusión: ¿cuánto tiempo hace que dejé de veros?»

Los chicos, acostumbrados ya a las ausencias de la triste señora, le contestaron que hacía un ratito, tan largo como ella quisiese.

«No me entendéis. Cuando os ponéis a ser brutos, no hay quien os gane... Os pregunto si estamos en hoy o en ayer, si ayer os vi y hoy vuelvo a veros. Porque a mí me parece que he estado *fuera* de un día para otro; quiero deciros, el tiempo que va de un *hoy* a un *mañana* con noche de por medio... ¿No me contestáis? Pues quedaos aquí, que yo me vuelvo. Adiós, hijos míos.»

XXVIII

Salió Doña Leandra del corral al campo por una puerta grande y torcida, como ruina que jamás acaba de desplomarse, y se encontró frente a las eras. Llegaba el ganado de pastar en el soto del Maestre, y el pastor y zagales, que eran como unas apariencias de persona con sus caras ennegrecidas, las piernazas entre zahones, las espaldas con la joroba del zurrón, daban voces a las ovejas para que no se desviasen, llamando a cada una por su nombre entre ajos, silbidos y pedradas. Respiró Doña Leandra la polvareda que las reses levantaban, y las miró con maternal regocijo, recreándose en el olor montuno que despedían... Vio venir luego a Carrasco hecho un cafre, con barba de seis días, el morral a cuestas, la escopeta terciada, precedido de tres ágiles perros, que en cuanto vieron a la señora, a ella se fueron, y echáronle con el rabo salutaciones cariñosas, filiales. Venía don Bruno de mal temple, porque en el barranco de Giles se había encontrado a Rufo Corchuelo y habíale dicho que todo el vino de Torralba se estaba volviendo vinagre, y que era menester quemarlo... Doña Leandra dirigiose con su marido a la casa; sentáronse los esposos con Perantón en un poyo a tomar la fresca, y llegaron los mozos de mulas que labrando las tierras habían estado de Sol a Sol, y mientras unos abrevaban a los animales, reuníanse los otros en torno a los amos a contar las faenas del día. Doña Leandra no cesaba de rascarse la cabeza, lo mismo que don Bruno, pues a entrambos les picaba bastante. De la cocina de la casa venía un olor fortísimo de fritanga y el vaho de sopas caldudas y bien impregnadas de ajo. Eufrasia y Lea estaban en la ventana de su cuarto, con la Tomasa y la Pepa, tarareando canciones nuevas que en aquellos días habían traído de Daimiel unos chicos como gran novedad, y luego descendieron al corral arrastrando chinelas, e improvisaron un baile...

Avanzada la noche, Doña Leandra se acostaba en la cama donde habían nacido sus tatarabuelos, tan alta, que a los colchones se subía por escalera, y desde arriba fácilmente se cogía con la mano el ahumado techo, con las vigas en panza. Entre los pliegues de las blancas cortinas, y en el cristal de unas laminotas de la Virgen de Calatrava, muy hueca de vestido y con tiara en la cabeza, lucían unos puntos negros, obra de las moscas al parecer; pero en realidad eran las miradas de los tatarabuelos, que allí permanecían contemplando la rotación majestuosa de la casa al través de los siglos. Doña Leandra dormía profundamente, y a su lado don Bruno, sin que ninguno oyera los sinfónicos ronquidos del otro ni los cánticos de gallos que cuidaban de cantar de dos en dos las nocturnas horas. La del alba no era todavía cuando saltaba de los ociosos colchones la señora diligente, y lavándose la cara con dos o tres puñados de agua fresca que de una jofaina cogía, comenzaba sus quehaceres. Aún estaba oscuro, y las luminarias de la noche no se habían apagado en el cielo. Apenas descorría la aurora las cortinas del manchego horizonte, abría Doña Leandra la ventana para respirar el aire puro y dar gracias a Dios, lo que hacía rascándose los sobacos y también la cabeza, que le picaba. Ya día claro, desde un tejadillo frontero a la ventana, la saludaba la gentil avutarda. Era un pájaro petulante, vestido a hora tan matutina con su casaca de color de canela, galonada de terciopelo negro con botones de plata, y en la cabeza el gran sombrero de tres picos con plumas blancas y negras. Mirando a la señora, el ave hacía tres reverencias, acompañadas de tres sonidos graves, que eran su fórmula usual de ofrecer sus respetos. Tras él levantaban el vuelo las palomas, dando los buenos días con sus arrullos, y muchedumbre de gorriones salían por aquellos aires a robar lo que podían...

En la cocina estaba el ama desplumando palominos, y a su lado Eufrasia dobladillando un pañuelo. La cocinera, majando cominos en el almirez, hacía un ruido tal que apenas se entendían las voces de la hija y la madre... Entraba Perantón renegando del precio de la partida de aceite que acababa de llegar, como si fuera él quien perdía en ello. Deciale Doña Leandra que tuviera paciencia y no fuese tan regañón, que a su edad no le haría provecho que se le encendiera la sangre... Al anochecer, no de aquel día, sino de otro, que debía de ser el siguiente, aunque de ello no hay seguridad, hallándose en el poyo del corral la señora y Lea, que por mas señas estrenaba un cuerpo nuevo del vestido muy majo hecho por ella misma, llegose allí Ramón, que era el mozo encargado de la persecución de topos, con diez de estos dañinos animales. Al olor del rico botín acudieron los gatos, y las señoritas Eufrasia y Lea se encargaron de hacer el reparto equitativamente. No bajaban de ocho los pretendientes: los dos de casa, el de la panadería, el de la mayordomía y tres o más de las cuadras y gallineros. Después de distribuir a topo por cabeza, Lea consintió que *Morita*, la gata de casa, como parida, se llevase tres para su prole, y así lo hizo... En esto llegaba don Bruno; pero no debió de ser aquella misma noche, sino la siguiente, o quizás otra noche cualquiera de las muchas que trae el tiempo. Se le vio apearse del caballo, y oyeron el tin-tin de sus espuelas acercándose. Había ido a Daimiel a reñir con los de la Junta de Pósitos, porque no le pagaban su anticipo, y a comprar correas para el arreglo de los tiros de mulas, tabaco y un poco de aguardiente. Traía el buen señor una noticia estupenda. La reina Isabel II se había casado, y ya teníamos a nuestra reina hecha una señora de su casa. ¿Y quién era el marido? Pues un don Francisco, a la cuenta como su primo carnal, primogénito de unos señores infantes, mozo muy galán, de bello rostro sonrosado, muy metido en religión, cualidad primera de todo gran Rey... Pero no había sido floja tracamundana la ocurrida en Madrid antes de la boda. La Inglaterra y la Francia asaltaron con tropas el Palacio, llevando cada una un príncipe para casarle a la fuerza con nuestra Soberana. Y por otras partes de la casa grande embistieron el Papado y el Austria con la misma pretensión de meternos consorte Real. Apurada estuvo la cosa con esta canallada de las potencias, y si no se salieron con la suya fue porque el don Francisco, al frente de un batallón de tropa española, blandiendo en la mano derecha su espada y enarbolando con la izquierda un crucifijo, cerró contra la extranjera turba, y a este quiero, a este no quiero, hiriendo y matando, deshizo en la escalera y en el Real patio a toda la caterva, quedando triunfante el derecho de darnos el Rey consorte que más neto acomode, siempre que sea español neto. «Celebrose el casorio —añadía don Bruno—, con pompa grandísima, en una iglesia que llaman de Atocha, y ya podéis figuraos vosotros, grandes mostrencas y mostrencos, el lujo y aparato que en las ceremonias *habería*... Ello fue cosa sorprendente. Lucían allí los próceres del Reino sus magníficos túnicos de gala bordados de oro, y las reinas, la Infanta y sus damas unos trajes tan opulentos, que cada uno representaba el valor de una provincia, si las provincias se vendieran. Dícenme que una de las *próceras* más guapas y mejor emperifolladas era la esposa de don Emilio Terry, nuestra querida hija Eufrasia Carrasco y Quijada de Terry, que ahora así se llama, la cual lucía collar de perlas como garbanzos, y unos brillantes en el pescuezo y en la cabeza que eran como soles, y en las orejas esmeraldas tan grandes como huevos de paloma... No tanto, como huevos de avutarda...»

Amaneció, y salieron para el campo los mozos con los pares de mulas, y para el soto las ovejas con sus pastores... Sucediéronse plácidamente tardes y mañanas. A Doña Leandra le hacían sus hijas un vestido nuevo, cortado por patrones de última moda que facilitó una amiga de Ciudad Real. Ponían en ello las chicas gran esmero, para que su madre apareciese en misa con toda la elegancia que a su holgada posición correspondía donde quiera que se presentase... Más interés que en el corte y costura del nuevo traje ponía la señora en la siembra de patatas, que fue a vigilar con don Bruno rodeando la casa y las eras, y saliendo por un sendero angosto hasta la tierra llamada de Claveros, tras de las primeras casas de Peralvillo. Pasaron junto a una noria desmantelada, después cerca de otra movida por un macho con los ojos vendados. Lloraban los cangilones chorritos de agua con que se regaba un plantío de hortalizas para el gasto de casa... Acompañando a los amos iban *León*, *Turco*, la *Majita* y otros seres caninos, cachazudos, holgazanes, hartos de una felicidad bobalicona. El mayor gusto de Doña Leandra era soltar la mirada, como se suelta un ave, para que corriese por toda la horizontalidad majestuosa del suelo sin parar hasta la línea en que tierra y cielo se juntaban. Tras aquella línea había más Mancha, más, hasta llegar a los montes de Toledo, donde todo era cuestas, subidas y bajadas. No estorbaban al libre vuelo de la mirada de la señora árboles ni sombrajo alguno, fuera del bulto que hacían las casas del pueblo y la torre gallarda de su iglesia. El Sol lo bendecía todo con su luz esplendente; la tierra se tendía boca arriba cuan larga era, los miembros estirados con indolencia voluptuosa, y no hacía más que mirar al cielo, que sobre ella planeaba con las alas abiertas en toda su magnitud...

«Madre —le dijo Lea—, dos veces le hemos preguntado si quiere ya la medicina, y no nos responde...»

—¿Medicina yo?... Lo menos hace una semana que no la tomo, y ya ves qué buena estoy... He andado legua y media con Bruno, y no me he cansado. Hola, Vicente: ¿cómo estás? ¿Cuántos días hace que no te veo? Lo menos diez, por mi cuenta.

—Me vio usted ayer, y me vio esta tarde a primera hora.

—No estás tú en lo cierto, Vicente. Decidme, ¿no ha parecido Cristeta? ¿Qué demonios la entretiene tantos días en Palacio? Será que la reina Cristina no sabe gobernarse sin ella... Bueno: dadme la medicina, y sepamos pronto si os dan o no la botica de Almodóvar del Campo.

Por la noche, en cuanto la ponían en su cama, emprendía despierta la paralítica sus viajes, y despierta se le iban los días, las semanas y hasta los meses, sin sentirlo. Solía volver de sus correrías con un humor endiablado, que desahogaba en sus hijas y en su marido, diciéndoles que no eran ellos ya como les había hecho Dios, sino como les transformaba el Demonio en este maldito Madrid. Mirándolo bien, sus hijas no eran honradas, pues no había honradez con tanto manoseo de novios y tanto andar al zancajo en teatros y paseos. En los teatros se aprendían cosas malas, y los paseos y tertulias no eran más que escuelas de deshonestidad. Y en cuanto a Bruno, también estaba *horriblemente echado a perder*. ¿Qué se había hecho de la sencillez de sus costumbres, de su amor al trabajo, de su modestia y probidad? Un muestrario de vicios era ya, y él solo gastaba en un mes más que había gastado toda la familia en seis años cuando en la Mancha vivían. Lo menos media hora empleaba todas las mañanas en lavarse, y para él solo y sus malditos lavatorios tenía que subir el aguador una cuba más. ¿A qué tanta presunción de lavados, planchados y afeitados? Hasta usaba perfumes iqué asco!, como las mujeres de mal vivir, y a todas horas guantes, como si tuviera que visitar al Rey. No, no; no era aquella su familia. ¡Mentira, engaño! Las personas que veía no eran sino una infernal *adulteración* de sus queridos hijos y esposo. La verdad radicaba en otra parte, allá donde vivía despierta, que en Madrid no era la vida más que una soñación. Y esto se probaba observando que en Madrid estaba baldadita y sin movimiento, mientras que en su pueblo iba de un lado para otro con los remos muy despabilados sin cansarse...

Solía padecer la desdichada manchega estos trastornos de la mente por las mañanas, y su marido y sus hijos rodeábanla afligidos, respondiendo con frases cariñosas a las injurias que les dirigía, ya iracunda, ya burlona. A medida que tomaba alimento, íbase serenando, y no recordaba ni uno solo de los enormes disparates que había dicho a su cara familia. Y como algo recordase, pedía perdón del agravio en los términos más humildes. Una tarde, cuando Eufrasia, ya vestidita y bien dispuesta, aguardaba a la viuda de Navarro, que en su coche había de venir a buscarla, Doña Leandra le estrechó las manos diciéndole: «Habrás tomado a risa, hija del alma, los desatinos que escuchaste, y de los cuales solo uno se me quedó en la memoria. Yo también me río, porque ello es cosa muy disparatada... que tus cortejos, ¡ay!, te regalaban diamantes gordos y *esmeraldas verdes*, y que merecías que te arrancasen las orejas al arrancarte los pendientes, que eran el pregón de tu ignominia. Perdóname, y no me hagas caso cuando me pongo así, que verdaderamente no estoy en mi sentido... A Dios gracias, con la medicina que ahora me da Vicente, se me van quitando los grandes enojos que me entran por las mañanas... Vete con tu amiga, y no olvides lo que te recomiendo: darle mucha prisa al señor de Terry, hija, lo cual que no es un decir, sino la realidad, pues esa cara paliducha y ahilada que se te está poniendo declara las ganas que tienes de tomar estado, para satisfacción tuya y de tus padres...»

XXIX

Ni aun delirando mentía Doña Leandra en lo de la transformación de don Bruno, pues desde la frustrada conjura, en que había hecho papel real o figurado de indudable relieve, tomó el hombre actitudes de seriedad, que sobre él atraían la pública atención. O por habilidad instintiva o por estudio de gramática parda, adoptó el sistema de hablar muy poco, casi nada, y de decir todo en forma oscura, enigmática, dejando entrever o adivinar un hondo pensamiento. En las conversaciones políticas, nadie oía de sus labios más que reticencias discretísimas, y sus juicios eran velados, más que juicios, protestas de que no convenía formularlos de ninguna manera. Sus frases usuales eran: «Ya se verá eso...» «Se hará lo que convenga...» «Esto no puede seguir así...» «Vamos al abismo...» «Estamos preparados...» «Los hombres de arraigo siempre están en sus puestos...» «Mi opinión es que vendrá lo que debe venir.» Con esta manera de hablar no tardó en adquirir reputación de *entendido*, y como al propio tiempo adoptaba modos de tolerancia, respetando las ideas ajenas y aprendiendo a ser fino y bien educado, extremando los saludos a cuantos personajes encontraba, fueran del suyo o del opuesto bando, pronto le dieron la nota de *sensato*. Su importancia crecía rápidamente, y cuantos le trataban veían en él una autoridad innegable, merecedora del mayor respeto. Grandes ventajas llevaba a Milagro en el público concepto, todo ello sin trabajo alguno, pues el manchego, callando siempre o diciendo a medias inepcias vacías, que el auditorio interpretaba como sublimes pensamientos inéditos, era tenido en más que Milagro, que decía todo lo que pensaba, y a veces cosas atinadísimas. Pero no habría llegado don Bruno a esta preponderancia si a los artificios de la palabra y del silencio no agregara otro muy eficaz para el realce de su persona. Dio en gastar unos sombreros de extraordinaria magnitud, con el ala más larga que los de la moda corriente, y un poquito encorvada formando teja. Era el modelo que usaban don Alejandro Mon, Buschental, un francés que había venido de París a lo del Gas, y otras personas de viso, muy contadas. Encajaba muy bien la colmena de fieltro, tan imponente y elevada, en la ventajosa estatura de don Bruno, y con esto y la larga levita negra, hacía una figura de tanta respetabilidad, que la gente se paraba para mirarle cuando iba por la calle entre dos amigos, oyéndoles atentamente y contestándoles con la cabeza. El sombrero contribuía no poco a que los transeúntes que le conocían dijesen a los ignorantes: «Es Carrasco, persona *entendida*... Es don Bruno, uno de los hombres más *sensatos* que hay en este país.»

Milagro no comprendía que iba más rápidamente a su negocio don Bruno, calladito debajo de un tubo de chimenea, que él hablando por los codos, vestido de cualquier modo, y con un sombrero viejo mal planchado y de corta elevación. Ved aquí por qué la gente veía en Milagro a un hombre de gran talento, que no servía para nada por falta de *sensatez*, a un hombre ligero, simpático, cuya gracia y amenidad solo se apreciaban como méritos secundarios. De don Bruno, viéndole entrar un día en el café con un célebre banquero y un no menos famoso general, hubo alguien que dijo: «Parece que este Carrasco es *un gran hacendista*.» De Milagro hacían los más afectos a su persona elogios de otra clase, por ejemplo: «Si como tiene chispa este don José, tuviera *seriedad*, ya habría sido ministro.»

No dejaba de reconocer la pobre Leandra, en sus momentos lúcidos, que a su marido le sentaba muy bien el sombrerote y la levita luenga. Si en Peralvillo le vieran con aquella facha, caerían todos de rodillas, teniéndole por el representante de la justicia humana, o por ministro universal. Un día, antes de salir para sus diligencias de la tarde, sentose Carrasco un momento al lado de su *oíslo* y le dijo: «Tengo que comunicarte lo que pienso acerca del niño mayor, que pronto está en disposición de empezar una carrera. Este año se creará una nueva de gran porvenir, que llaman *Ingenieros de montes*, y ello tiene por objeto estudiar y dirigir la replantación de arbolado, para que llueva más y no tengamos tanta sequía. Nuestro hijo será de los primeros que entren en esa brillante carrera, para lo cual le pondremos en una escuela donde nos le preparen de toda la matemática y toda la botánica que sea menester.»

—Sea lo que tú quieras —dijo Doña Leandra—: miremos a que sea hombre de provecho. Pero yo creí que la botánica no era más que para los boticarios.

—No, mujer: que en la botánica entiendo yo que entra también la vegetación grande, pongo por caso, alcomoques y fresnos. En España tenemos pocos árboles, y el Gobierno que nos plante algunos miles de millones será un Gobierno *sensato y entendido*... Con que... No dejes de tomar la medicina, que yo me voy a mis quehaceres.

Aunque nada más dijo, no se quedó muy conforme la señora con que su hijo aprendiera oficio de plantar árboles, a los cuales miraba la señora con prevención, porque solo servían para albergue de pájaros dañinos y para dar sombra a la tierra. En la Mancha pocos árboles había, y no hacían falta para nada; plantáranlos en Madrid, donde no había cosechas que defender de los malditos pájaros. En las ciudades, buena era la sombra; pero ¿para qué quería sombras el campo? La tierra quería mucho Sol, y agua cuando Dios la diese. Pensaba también, y así lo dijo por la tarde a Lea y a Vicentico, que si se moría en los infames Madriles, no la enterraran en nicho, sino en el suelo; pero en suelo sin árboles, que no gustaba ella de estar a la sombra ni viva ni muerta.

Atención escasa, más bien nula, prestaban los novios a estas desconcertadas razones de la manchega, por hallarse apenadísimos con cierta novedad lastimosa que en la familia ocurría. Mientras el *hombre público* explicaba a su señora las ventajas de la carrera de Montes, las dos hermanas, encerraditas en su alcoba, sofocaban las voces para poder hablar de un grave asunto, promovido por Eufrasia. Una vez partido don Bruno bajo su gran sombrero, hablaron las señoritas con más desahogo, cuidando de no alborotar, para que no se enterase la enferma, que conservaba un sutil oído. Pasó luego Eufrasia a ver a su madre después de lavarse los ojos, porque no advirtiese que había llorado; mas no logró engañarla, que la señora, hecha de antiguo a la observación y examen de los rostros de sus hijas, notó en el de Eufrasia un viso muy particular, y así se lo dijo, manifestando la señorita que la puntada que sentía sobre la ceja izquierda le estiraba los músculos de aquel lado, desfigurándole la fisonomía. No satisfizo a Doña Leandra esta explicación, y seguía mirándola con persistente seriedad, lo que turbó más a la señorita, que a punto estuvo de echarse a llorar... «¿No viene a buscarte Doña Jenara?» —preguntole la madre; y contestó la joven que hallándose en cama su amiga con un fuerte catarro al pecho, ella (Eufrasia) se constituiría en su enfermera, trasladándose allá en cuanto tuviera quien la llevara, su padre o alguno de los chicos. Con admirable sentido díjole Doña Leandra: «Estando tú también indispuesta, debes empezar por cuidarte a ti propia, en casita.» Por no chocar, hizo la señorita demostración de seguir tan sabio consejo, y se metió en su alcoba.

Dormitaba la enferma, cuando Lea y Eufrasia reanudaron su disputa. Sofocada salió de la alcoba la hermana mayor, y hallándose a Sancho en el pasillo atisbando la escena, le dijo: «Entra, Vicente, y háblale, a ver si tú la convences: yo no puedo. Mientras tú estás aquí, yo tendré cuidado con madre.» Halló Vicente a Eufrasia muy afanada en meter en un maletín diferentes objetos de su uso, ropa interior, pañuelos y alhajas, y apartándole las manos de aquel trajín, le dijo: «Mira bien lo que haces, Frasia, y no seas mala hija ni mala hermana; repara que en tu familia no hubo jamás afrenta, y con la que tú traes ahora matarías de vergüenza a tus señores padres.»

—Déjame, déjame, Vicente, por Dios te lo pido —replicó la joven consternada, delirante, a punto de estallar en ira o en dolor, que de todo había—. Tengas o no razón en lo que me dices... puede que la tengas, puede que no... tengas razón o no, ya no puedo volverme atrás, ni quiero, Vicente. Este deseo de irme puede más que yo... Me tiraré por el balcón si no me dejas salir... Ya sé que estoy loca; pero déjame con mi locura, hombre... ¿Qué sabes tú si de esta locura saldrá la razón?...

—No saldrá más que la deshonra, no saldrá más que la desdicha de tus padres, Frasia —dijo Vicente con firmeza, pues aunque parecía muy poquita cosa, dábanle presencia y alientos sus ideas elementales en puntos de moral—. Tú harás lo que quieras; pero si no te quedas en casa, yo me voy a ese don Emilio o don Demonio, y le desafío... ¡vaya si le desafío! Aunque me ves con tan pocas carnes, y aunque oyes esta voz que parece salir de un botijo, soy un hombre que sabe su obligación y que no se deja acoquinar.

—¿Qué has de desafiar tú —indicó Eufrasia con desprecio—, ni a cuenta de qué viene ese desafío...? Emilio es una persona decente; solo que... En fin, que me dejes salir.

—Que no te dejo: dirás tú que no soy quién para cortarte el paso; pero yo me considero de los tuyos porque me casaré con Lea. Tu madre enferma, tu padre fuera de casa: pues aquí estoy yo, Vicente Sancho, para mirar por la familia.

Entró en aquel instante la otra señorita muy alarmada, diciendo: «Vaya, que alborotáis más de la cuenta. Madre parece que duerme, pero yo creo que se hace la dormida. Vete allá, Vicente, y estate al cuidado de ella.»

Obedeció el bondadoso mancebo, no sin rezongar un poquito, pues aunque de traza quebradiza, de corto aliento y delgada voz, en el fondo de su mezquina naturaleza guardaba, como tesoro de avaro, un carácter entero, una voluntad irreductible en asuntos de honor y de conducta... Volvió a la carga Lea, tratando de vencer a su hermana con cariños y ternuras, ya que los razonamientos no habían sido eficaces, y media hora larga empleó en este sistema de expugnación, a ratos creyéndose victoriosa, después abatida y desalentada por los revuelos que hacía la otra, movida de una pasión irresistible.

«Convéncete —dijo Lea llorando—, de que ese hombre no se casará contigo.»

—No sé por qué lo dudas —replicó Eufrasia, no muy segura de lo que afirmaba—. Yo creo en sus promesas, porque le conozco; sé las razones que tiene para no casarse ahora: razones de familia...

—Todo eso de las razones de familia es embuste... Pero, ya se ve, estás ciega, y vas a la perdición sabiendo que te pierdes. No serás esposa de Terry: si él tuviera intenciones de casarse, ya lo habría hecho...

—Bueno —dijo Eufrasia en un rapto de orgullo, proclamando el imperio de la pasión sobre toda moral y toda conveniencia—: pues aunque no se case... Los casamientos los hace la sociedad, y el amor ¿quién lo da, sino Dios?...

Callaron una y otra hermana después que la pecadora y enloquecida Eufrasia sentó aquel rebelde principio, y antes de que reanudaran su disputa, llegose a la alcoba el mancebo, muy despacito, diciendo a Lea: «Chica, tu madre, que en este mismo momento acaba de llegar de la Mancha, extraña mucho no verte, y pregunta dónde te has metido.»

Corrió allá la señorita, y con gozosa voz y alargando el brazo útil, preguntole su madre si le había ido bien en Torralba. Como respondiera Lea que sí, siguiéndole la manía, dijo la señora: «Y la sobrina del señor cura Don Andrés, a quien has hecho compañía, ¿está ya consolada de las calabazas que le ha dado Gaspar Bono, el de Valdepeñas?... Y dime otra cosa: ¿tu padre se ha quedado por allá para cazar con el cura?... Luego tú has venido con Perantón... ¿Qué tal paso tiene la burra de Tomasa?... ¿Dices que bueno?... Y ahora me sacarás de una duda que hace rato me está mortificando. ¿Cómo es que siendo tan baja la puerta de la rectoral pudo entrar tu padre con aquel sombrero tan grandísimo?... No ceso de pensar en ello: o Carrasco se quitó la colmena, o el don Andrés, para dar a la entrada de tu señor padre la solemnidad correspondiente, pues... Mandó que agrandaran la puerta...»

Respondió Lea que así se había hecho, que los albañiles trabajaron todo el día anterior para darle media vara más al hueco de la puerta, y con esto se tranquilizó la señora.

Temía Lea que su madre le preguntase por Eufrasia; pero Doña Leandra no la nombró, y sacando su rosario, se puso a rezar. A cada rato, pretextando ocupaciones, salía Lea y cuchicheaba con su hermana, la cual no cedía... Si no lograba escabullirse por la tarde, haríalo por la noche, pues dada su palabra de acudir a una entrevista, no podía faltar. Hizo propósito la hija mayor de afrontar el difícil trance de informar a su padre en cuanto viniese, para que con su grande autoridad sujetase a la demente; pero permitió Dios o tramó el Diablo que a la hora en que solía venir el *hombre público*, llegase un mozo del casino con el recado de que no esperaran al señor, convidado a cenar por unos amigos. En conferencia rápida que tuvieron en el pasillo, acordaron Lea y Vicente que este saldría en busca de don Bruno, para enterarle del riesgo que su honra amenazaba... Al cuarto de hora de salir el mancebo, hallándose Lea en la santa ocupación de dar a su madre unas sopitas claras y un huevo casi crudo, que eran su habitual cena en aquellos días, sintió el gemido lejano de los goznes de la puerta de la escalera. A este gemido seguía infaliblemente el golpe del resbalón. Pero aquella vez falló el tiro, como quien dice. Se había sentido amartillar el arma, y nada más. «Parece —dijo Doña Leandra con sutil atención—, que alguien sale y deja la puerta abierta. ¿No había salido la muchacha?»

—No, señora —replicó Lea dominando su azoramiento—. La muchacha debe de estar hablando en la puerta con el que trae el periódico, que es su novio.

—Anda con Dios... El repartidor de *El Clamor*...

—Que trae ahora también *El Correo de las damas*.

—Ya te dije que ese papel no me gusta. ¿Correo... y de las damas? Me huele a tercería...

Sospechó Lea que la pájara había volado, y así era en efecto.

XXX

No iba descaminada Doña Leandra en abominar de *El Correo de las damas*, porque el repartidor de este semanario, que también lo era de *El Clamor*, porteaba las cartitas que acabaron de soliviantar a la desdichada Eufrasia. En cuanto cenó la enferma, pudo Lea confirmar el vuelo fugaz de su hermana, a quien ayudó en su evasión la bestial Maritornes. Llegó Vicente un poco tarde con la triste noticia de haber revuelto medio Madrid sin encontrar al sensato don Bruno. «Mi opinión —dijo el mancebo a su amada—, es que nos lavemos las manos. Hemos hecho cuanto podíamos por contenerla. Sus ganas de perderse han podido más que nuestros esfuerzos porque se salvara.»

Cuidose Lea de acostar a su madre, y esta le dijo: «Mira si estaré trastornada: he creído hace un rato que oía la voz de Vicente. Bien sé que me engaño: es tan comedido el pobre chico, que no hará la tontería de comprometerte viniendo aquí de noche, en ocasión que yo no puedo valerme... tu hermana en casa de la viuda y los chicos en el teatro. De Vicente nada temo, porque es un santo, y aunque le tuvieras ahí escondidito, como si no...»

Cuando Doña Leandra, con los preludios de su roncar tempestuoso, anunciaba el primer sueño, fue Lea al gabinete de las hermanas, deseando mirar de nuevo las huellas de la fugitiva y ver si había dejado algún indicio por donde se conociera el lugar de su paradero. Tras ella entró Vicente, y a su lado se sentó. La luz estaba a punto de extinguirse. De Eufrasia había quedado un perfume intenso, de los más delicados, como si en la precipitación de recoger y empaquetar sus cosas se le rompiese y vaciara un frasquito de esencias. Trastornada por la fragancia se sintió Lea, y además tan vencida del cansancio y de las emociones de aquel día, que apenas podía tenerse. Habríase echado de buena gana en el sofá, si no estuviera presente el honrado farmacéutico. Callaban ambos, cada cual sumergido en sus propias meditaciones. Lea llegó a imaginar que ya no había familia, que ya no había sociedad, que los padres no eran nadie, y que toda ley estaba rota y por el suelo. Pensó asimismo que quizás ella, en el caso de su hermana, habría hecho lo mismo que esta hizo... Gran cosa era, sin duda, la libertad... Estos pensamientos en su magín revolvían, cuando Vicente, no creyendo decorosa su presencia tan a deshora y en tal soledad, se levantó para despedirse... Mirole ella un rato, dudando si retenerle con alguna frase coquetil o echarle con una glacial expresión amistosa. Esto era lo correcto; pero si Vicente no hubiera sido lo que era, un santo, al decir de Doña Leandra, la señorita no le habría despedido con una protestación de moralidad, que sonaba ligeramente a menosprecio.

Una hora después, Lea se congratulaba de que Dios y Vicente hubieran estado de acuerdo para llevarla al fracaso de su mal pensamiento. Entraron los chicos, entró don Bruno, el cual, mientras la hija recibía de sus manos bastón y sombrero, le dijo: «Ya sé que Eufrasia se queda esta noche en casa de la viudita. Tu madre le dio licencia, según creo.» Afirmó la hija mayor con la cabeza, y el padre con la boca expresó parte de sus ideas. «No se la hubiera dado yo, ¡ajo! Ya son estas muchas libertades... ¡Ajo!, me ha contado esta noche Rafaela Milagro unas cosas, ¡ajo!... En fin, chica, vete a dormir... Tu madre ¿qué tal?... Eh, niños, a la cama, y que no oiga yo más ruidito de recitación de versos, ni de altercados y disputas... Si tuvierais seriedad, no pensaríais tanto en dramas y comedias... El hombre debe ser serio, y dejar a los poetas y cómicos que se entiendan para todo lo de risa o farsa... Vamos, a la cama todo el mundo...»

Acostada en la alcoba de su madre, para mejor cuidar de esta, Lea velaba, anticipando en su abrasada mente la espantosa escena del próximo día, cuando grandes y chicos se percataran de... ¡Jesús, Jesús! ¡Lo que diría su padre, que tan mirado fue siempre, ¡ay!, tan puntoso en todo lo tocante al decoro de la familia!... Daría ella cualquier cosa por no hallarse presente cuando padre y madre se enteraran de la ignominia de Eufrasia... ¿Llorarían, o se pondrían muy encolerizados? Las dos cosas. Puede que a su madre le costara la vida. ¿No sería generoso y humano ocultarle la verdad? ¿Qué adelantaba la pobre señora con saber lo que no había de remediar?... En fin, que el día próximo sería en la casa día sonado, de esos que hacen época por lo tristes... ¿A qué se devanaba ella los sesos figurándose lo que había de pasar? Sucedería lo que Dios quisiese y lo que venía preparado por la realidad... Bien claro revelaban las palabras de su padre que a este no había de causarle sorpresa el golpe, pues ya tenía la pulga en el oído, sin duda. Rafaela, con verdades maliciosas o mentiras muy bien compuestas, hábiale preparado para el conocimiento de su desgracia... En estas ideas y en sus lógicas derivaciones se le pasó la noche a la chica mayor de Carrasco, y el amanecer la sorprendió en cavilaciones tristes: «Ya estamos en el día de la catástrofe... Aguardémosla... Diré a Vicente que traiga mucha flor de tila y algunos azumbres de antiespasmódica, pues yo también, sabiendo lo que sé, pienso que he de necesitarla.»

No hay exacta noticia del conducto por donde llegó a don Bruno la certidumbre de su deshonra: algo hubieron de indicarle en el casino dos amigos, el uno leal, oficioso el otro; Rafaela, que fue a visitarle después de comer, le dio más amplios pormenores, y lo demás lo supo por su hija Lea y por el propio Vicente. Tan grande y dolorosa fue la herida que el hombre recibió en lo más delicado de su ser, que hubo de amilanarse en los primeros momentos, y los ayes de su pena no dieron espacio al furor hasta que pasaron horas lentas de la noche y el día. Felizmente, en medio de tal desgracia, recaída la enferma en una taciturnidad parecida al idiotismo, de nada pudo enterarse, y lo poco que habló fue para decir que estando Perantón malo de sarpullo y comezón en todo el cuerpo, había mandado por zaragatona para darle cocimientos refrescantes... Pasada la primera crisis de abatimiento y estupor dolorosísimo, don Bruno saltó a los tonos dramáticos de la ira paternal, y no pensó más que en *lavar su honra*, si no se le daba con prontitud la reparación debida. Un día empleó en conferencias con amigos que se ofrecieron a ser sus paladines en aquella empresa de honor, y preparando pistolas, tomó informes del paradero de Terry... Si al principio se dio por cierto que el gavilán había huido a Francia con su presa, luego corrió la voz de que los prófugos estaban en el *Soto del Señorito*, propiedad del amigo Safón, en término de San Fernando. Oír esto Carrasco y querer plantarse allí, fue todo uno. A la Cava Baja corrió en busca de un buen coche... ya se le hacían largas las horas que dilataran la reparación de su afrenta, o una cruel venganza si la reparación se le negaba. Ros de Olano y Fernando Córdoba, sus amigos, trataron de calmarle. El mismo Serrano intervino en el asunto con efectivas ganas de resolverlo pacíficamente. Amigo era de los Terrys... Entre todos convencieron a don Bruno de que no debía tomar resoluciones dramáticas, impropias de un hombre *sensato* y al mismo tiempo *entendido*. Convenía, pues, a la seriedad del lastimado padre evitar el escándalo, el cual sería mayor y de consecuencias más graves por tratarse de un *hombre público*. Los amigos tomarían a su cargo el arreglo *por la buena* del delicado negocio, y entre tanto que daban los pasos conducentes a tan noble fin, estuviérase don Bruno quieto y calladito en su casa, fiado en la gestión de los que verdaderamente le estimaban. A regañadientes accedió el manchego, pues le pedía el cuerpo pendencia y jarana; se sentía popular, español de sangre, y de la tradicional casta de padres inflexibles, celosos de su honra.

Las sutiles precauciones tomadas por el esposo y la hija para que ningún indiscreto llevase a Leandra el terrible cuento, fueron burladas por el locuaz ingenio de Cristeta, que hablando a su amiga de la monja de los milagros, del matrimonio de la reina y de otras cosillas privadas y públicas, halló manera de meter entre col y col la escandalosa liviandad de Eufrasia. No fue menester que la camarista diera razón detallada del caso, que media frase maligna y otra media consoladora bastaron para que su amiga lo entendiese todo. Creyérase que la Socobio no hacía más que confirmar una sospecha, o dar realidad a un drama imaginado en la turbación cerebral de la perlesía. Hallábanse una noche don Bruno y sus hijos en compañía del bonísimo Vicente comiendo silenciosos, sin exhalar una queja contra la detestable cena que la Maritornes les ponía, cuando vieron aparecer en la puerta del comedor a Doña Leandra en aterradora facha y actitudes de espectro. Renqueando con ayuda del bastón que usaba, y echándose por la cabeza la manta con que abrigar solía su cuerpo de rodillas abajo, presentose a la familia cuando esta la creía traspuesta y adormecida en manchegas visiones. Los ojos de la señora como ascuas relumbraban, y su rostro competía con las calaveras en escualidez y amarillo matiz de hueso recién exhumado. La voz nada tenía que envidiar a las voces más sepulcrales que en el teatro se oyen, simulacro de la oratoria de ultratumba, y toda la familia se estremeció espantada oyéndole decir: «Tomad Madrid... ¿No querías Madrid, y grandezas muchas y suposición? Pues tomad Madrid, tomad bambolla de corte, pedid más miel, que más se os dará. Carrasco, tú, animal, ahí tienes tu Madrid; yo perlática de tanto ir a mi tierra, dejándome las piernas aquí; tú sin cabeza para sombrero tan grande, todos arruinados, todos perdidos, y las hijas hechas unas...» Soltó la palabra picante y soez, y repitiola hasta tres veces: «las hijas... *tales*», riéndose luego de su bárbaro chiste con lúgubre carcajada. Don Bruno, transido de pena y avergonzado de que su esposa pronunciase vocablos tan feos delante de sus hijos, por más que lo hacía sin conciencia de ello, miraba al plato, y un color se le iba y otro se le venía. Levantose Lea para sosegar a su madre en aquel delirio y llevársela; pero Doña Leandra le rechazó cruel y brutalmente con el palo, diciendo: «Quítate tú también de aquí, *tal*... Eres peor que la otra... porque no has tenido la vergüenza de irte a pecar lejos de la casa. ¿Crees que no te he visto aquí de noche jugando a los casamientos con ese hipócrita, con ese cigarrón mortecino de Vicente?... La otra, la otra siquiera se ha ido a los infiernos cubierta de diamantes, esmeraldas y *tropacios*; pero vosotros, ¿qué lleváis más que alhajas de diaquilón, parches de belladona, y por perlas, píldoras de ruibarbo y de asta de ciervo molida?... Tú, gran bestia, marido mío, toma Madrid, toma bambolla: tus hijas *tales*, y yo... también lo sería para confundirte, que ahí está Perantón suspirando por mí. Pero ¿cómo quieres que yo le haga caso a Perantón, si él cumple los noventa el día de San Mateo, verbigracia pasado mañana, puesto que hoy estamos a 19?... Todo te lo mereces, que en Madrid, ya se sabe, no haces más que perder dinero en el Casino... Esto por el día... y por las noches derrochas la salud y la vergüenza en sitios peores. ¡Vaya un ejemplo que das a tus hijos! Las hembras, después de bien resobadas por tantísimo novio, aprenden todos tus vicios de *hombre público*... Y los niños, esos pobres niños, ¡ay!, más valdría que se murieran...»

Don Bruno sintió escalofrío, y difícilmente respiraba. Viendo a los chicos aterrados, fijando la vista en la pavorosa imagen de su madre con piedad y estupor supremos, puso la mano en la cabeza del que más cerca tenía, y dijo: «No hagáis caso... ¡Qué trastornada está la pobre!»

XXXI

Repetida esta desagradable función en la tarde y noche del siguiente día, malísimos ratos pasaron todos, y singularmente Lea, que a más de llevar sobre sí la carga del gobierno doméstico, tenía que atender al cuidado material de su madre. Pruebas daba en aquella ocasión de cristiana paciencia, y bien se vio que era una mujer preparada para las cuestas ásperas y los pasos angostos de la vida. No desmayaba en su labor dura: aprendió el sacrificio, los acerbos trabajos sin recompensa inmediata, que es la escuela de abnegación, y supo contentarse con el aplauso de su propia conciencia, de donde salía también el estímulo para mantenerse firme y animosa. Vicente, que un rato por la tarde y otro de noche le servía de Cirineo, se recreaba silencioso en las virtudes de su futura esposa, y satisfecho de poseerla se sentía. También el buen Carrasco, tocado en el corazón por la conducta de su hija, daba gracias a Dios de que en tales circunstancias se la conservara, pues si hubiera seguido Lea el ejemplo de su hermana, la familia y su jefe se habrían visto en el trance más angustioso. Afligidísimo estaba el hombre con la bochornosa huida de Eufrasia, y buena prueba de su pesadumbre era la marchitez de los colores de su rostro en aquellos días, y las flácidas arrugas que se le iban formando en la papada y mofletes. Más encorvado que de costumbre, iba por la calle mirando al suelo, y hasta se creería que el sombrero participaba de la turbación de su amo, achicándose ostensiblemente. Ya porque Don Bruno se lo calaba hasta tocar a las orejas, ya porque se descuidara en cepillarlo, ello es que la agigantada prenda parecía como si hubiera sufrido un tremendo apabullo. En el Casino y otros círculos a donde el *público señor* concurría, notábanle triste, taciturno, sin ganas de pronunciar las sentenciosas perogrulladas que eran su marca y estilo. En casa hablaba con los chicos, excitándoles a la sensatez de las acciones, así como a la seriedad de los estudios. El mayor, en la edad crítica de los efluvios imaginativos, no hacía gran caso de los sermones paternos, creyéndose con toda sinceridad incapaz de seguir por la juiciosa senda. Loco por el teatro, a solas y recatándolo de todo el mundo, pergeñaba dramas y comedias. Descubrió su padre una noche el bien guardado depósito de los infantiles ensayos, y pasando la vista por ellos, lo encontró todo detestable, si bien el buen señor reconocía que no era ni podía ser infalible el juicio de un mediano entendedor de cosas literarias. Pero aun cuando fueran excelentes los partos cerebrales de su primogénito, don Bruno tenía tal afición por vitanda, y haría los imposibles por quitársela de la cabeza. En efecto, la primera noche que le vio después del descubrimiento de la gusanera dramática y cómica, desplegó el señor de Carrasco toda su dialéctica sensata para llevar al ánimo del chico la convicción de que para ser hombre de provecho y ocupar, andando los días, una buena posición facultativa u oficial, tendría que limpiarse el caletre de todo aquel polvillo poético, a fin de que entraran con el conveniente desahogo las graves matemáticas y todas las demás ciencias y artes juiciosas. Sí, señor: dejárase el chico de borrajear obras escénicas, que esto era de la incumbencia de los llamados *autores dramáticos*, los cuales se morirían de hambre si no tuvieran el arrimo de la política para procurarse en ella un cocido y una hogaza.

El segundo hijo de Carrasco, Mateo, era menos imaginativo que su hermano, y aunque el teatro le tiraba como diversión, jamás pensó en disputar sus laureles a Zorrilla, Saavedra y Hartzenbusch. Tan desaplicado como Bruno estudioso, se desenvolvía mejor que este en los exámenes, por el garbo con honores de desvergüenza, que en sus respuestas empleaba. Aprendía de carretilla las lecciones, favorecido de una memoria feliz, y se asimilaba fácilmente las ideas pescadas al vuelo en los corros de amigos. Poseía el don de la palabra, una como elocuencia embrionaria, picaresca, revoltosa; imitaba las voces y estilos de los profesores, y repetía cláusulas y peroratas ajenas, añadiendo de su cosecha mil graciosos disparates. Descollaba por la acción, por el ruidoso disputar sobre todo aquello de que no entendía jota, por la organización de travesuras, por la facilidad con que imponía su voluntad en este y el otro cotarro. Atento a estas cualidades, en que el padre veía más bien defectos, aunque no de mala ley, pensaba don Bruno que aquel su segundo hijo estaba cortado para *hombre público*, y que en tal posición, ya que nombre de carrera u oficio no podía dársele, había de desarrollar el rapaz grandes aptitudes. Formó, pues, el señor Carrasco, el acertado plan de dedicar a Bruno a la carrera facultativa que por entonces se creaba, la Ingeniería de Montes, y meter a Mateíllo en los fáciles y parleros estudios de leyes o abogacía, donde se adiestrara en la controversia y aprendiera todo el teje-maneje de la política y de la oratoria.

Los chicos eran buenos, en verdad sea dicho, y la grave enfermedad de su madre demostró cuán vivo conservaban, en medio de su desenfado estudiantil, el sentimiento de la familia y el amor intenso a la desgraciada señora que les había dado el ser. Hallándose por aquellos días en vacaciones, robaban horas largas a su continuo vagar con los amigos, por hacer a la enferma compañía en los ratos lúcidos que le concedía su dolencia. ¡Cómo se pintaba en el demacrado rostro de Doña Leandra el gozo de verles, y con qué piedad cariñosa les cogía las manos y entre las suyas las estrechaba, como en son de dulce despedida! Más hablaba entonces con los ojos y con el gesto pausado y solemne que con las palabras, comúnmente breves y elementales. Aunque no pronunciaba el nombre de Eufrasia, la imagen de la descarriada moza no se apartaba de su mente, y a ratos su mirar fijo y lelo era como si la viese, invisible para los demás. No desconocía la pobre mujer que los chicos se violentaban permaneciendo a su lado más que de costumbre y privándose de corretear con sus vagabundos camaradas por calles y paseos, y les incitaba con materna solicitud a que saliesen, brincasen y esparciesen su preciosa juventud, aprovechando el tiempo antes de que se vieran agobiados por los afanes y amarguras de la vida. Íbanse los muchachos a echar una cana al aire, como decía Mateo con sorna, y a solas Lea y su madre, franqueaba esta serenamente los pensamientos que a ninguna otra persona de la familia quería manifestar. «Lo primero que tengo que pedirte, hija mía, es que no me traigáis acá para que me confiese sacerdote que no sea manchego. Desde ayer siento el afán de arreglar el negocio de mi alma para que no me coja desapercibida la muerte... Mas no quisiera que me encomendaseis a clérigos de Madrid, a quienes tengo por farsantes, parlanchines y de poca sustancia, como todo lo de este maldito pueblo. Me figuro que si con uno de estos me preparara, no tendría mi cabeza el asiento preciso para una buena confesión, ni se quedaría mi conciencia satisfecha y sosegada.»

Admitiendo la superioridad de los curas manchegos entre todos los de la cristiandad, quiso apartar Lea de la mente de su madre la convicción de un próximo fin, y en ello gastó no poca saliva. «Yo sé lo que me digo —

replicó Doña Leandra—, y tú habrás oído que al que madruga Dios le ayuda. Quiero madrugar por si el día primero que viene es el último de mi vida... Para procurarme el sacerdote de mi tierra que necesito, tendrás que verte primero con mi amiga la María Torrubia, que vende avellanas y yesca en la Fuentecilla o en la Puerta de Toledo, y así matamos dos pájaros de un tiro, porque al paso que nos hacemos con un buen cura, verá mi amiga que no me olvido de ella... Habrá creído que la desprecio por pobre o que en poco la tengo, y no es así, pues la estimo de veras... Antes que se me olvide, te recomiendo que, una vez yo difunta, le des a la Torrubia mi traje de merino negro y los dos refajos oscuros, el pañuelo nuevo de la cabeza y lo demás que a ti te parezca... Pues sigo: la María te dirá dónde encontrarás a don Ventura Gavilanes, que es un señor cura de grandísimo respeto, aunque a primera vista no lo represente así su estatura corta, la cual casi debiera llamarse enana. Pero todo lo que le falta de tamaño al buen señor, le sobra de entendimiento y de cristianismo. Es de Hinojosa de Calatrava, y por su madre está entroncado con los Garcinúñez de Corral de Almaguer. Desde que le oyes dos palabras a este don Ventura conoces que es de la tierra, y hasta parece que le sale el olor de ella de las manos y boca. De allí le mandan en cada San Martín, según me dijo, torrezno superior, magras y un codillo de cerdo que ya lo quisiera el Rey de España para los días de fiesta. A nosotras nos conoció cuando era mozuelo, pues en Peralvillo vivió con su tía, Casiana Conejo, apodada *la Fraila*, de quien te acordarás... Quedamos, hija, en que te verás con don Ventura, el cual dice su misa todas las mañanas en San Cayetano, y no vive lejos de allí, según creo, pues su hermana tiene un despacho de leche en la calle de los Abades, y su cuñado, natural del Toboso, es dueño de la tienda de ataúdes y mortajas de la calle de Juanelo...»

Queriendo Lea desviar la mente de su madre de aquellas ideas, le habló de las bodas de Su Majestad y Alteza, fijadas ya para el próximo 10 de octubre; mas no consiguió con esto sino que la enferma saltase brusca-mente de la calma serena y dulce con que hablaba, a la irritación y viveza de lenguaje, síntoma de mental trastorno. «No me hables a mí de casamientos de esas puercas —dijo accionando con el brazo útil—, que del tira y afloja del casorio y de los príncipes consortes entiendo que me vienen mis des-dichas. El Señor me lo perdone; pero no puedo menos de maldecir a quien acá nos trajo todo ese enredo. Por el condenado casamiento te dejó tu novio Tomasito, aunque ahora no me pesa, pues vale más que él, como en proporción de ciento por uno, Vicente Sancho; por el aquel del casamiento y del lío de los *enriqueños* contra los *paquistas*, se metió Bruno en aquella tramoya fea que nos privó de nuestro viaje a Peralvillo; y por el casamiento, ¡Dios me valga!, he perdido para siempre a mi hija Eufrasia... Sí... Me han robado la joya esos indecentes de la Inglaterra... Pues qué, ¿no es claro como la luz que el robo de Eufrasia, a quien no ya como perdida, sino como muerta lloramos todos, significa la venganza del Inglés contra la Francia por haber ganado esta el pleito del matrimonio...? Harto sabían los de Londres que nosotros éramos partidarios de Francia, y que no queríamos *Comburgo* ni a tiros. Y viendo que ellos perdían y nosotros ganábamos, desfogaron su rabia y despecho robándonos a nuestra hija, y de ello se encargó el bandido negro y feroz... Ese Terry, a quien veamos comido de lobos...»

XXXII

Ignorante de la desazón que a su esposa causaba el por tantos modos martirizado asunto de los casamientos, lanzose el señor de Carrasco a una picante conversación con la Socobio, comenzando por declararse galanamente vencido, toda vez que la opinión suya respecto a candidatos había quedado por los suelos. «Reconozco, amiga Cristeta, que fuimos unos bolonios los que levantamos la bandera del Don Enrique y por ella comprometimos la pelleja. Bien guisado lo tenían Francia y Cristina en favor del Francisco, y razón le sobraba a usted cuando por él ponía su mano en el fuego. De algo, ¡carambos!, le había de servir a la señora camarista el tener día y noche sus narices tan cerca de las ollas de Palacio, y el poder levantar las tapaderas de las susodichas ollas para saber lo que en ellas se guisa...»

—¡Para que me diga usted ahora, querido Bruno —replicó la Socobio relamiéndose—, como me dijo en otra ocasión, que a mí no me daban en Palacio más que las raspas de la comida!

—No, no, ¡por vida de...!, que las mejores tajadas le dan: ya lo hemos visto —dijo el *hombre público*—; y como me precio de imparcial y sensato, no soy ahora de los que se emperran en sostener una opinión vencida. Resuelto ya el problema por la Corona de acuerdo con las potencias, no seré yo quien me ponga enfrente de las potencias ni de la Corona. Una vez que nuestra Soberana se ha dignado elegir por esposo al dignísimo duque de Cádiz, ¿qué hemos de hacer los buenos ciudadanos más que acatar esa voluntad? ¿Es español el marido de la reina? Pues nos basta, que siendo español, de él se puede esperar todo lo bueno. Ni con un Coburgo, ni menos con un Trápani, habríamos transigido nunca. ¿Es don Francisco, a más de español, honrado, valiente, religioso, aplicado, cortés, amante de su patria? Pues si todas estas cualidades posee, no ha de tardar en tener la de liberal, que viene a ser, como dice Centurión, el resumen de todas ellas.

—Tenga usted por cierto, señor don Bruno —dijo Cristeta—, que Dios ha venido a ver a nuestra desgraciada Nación, y que en los días futuros España será el espejo que fielmente reproduzca la felicidad de nuestros Reyes, reproduciendo sus benditas imágenes.

—No tanto, amiga mía, no tanto —dijo gravemente el manchego extendiendo su mano como para poner un dique al torrente de felicidades anunciado por la camarista—. No es todo venturas, pues si nos congratulamos por lo que se refiere a la reina, no podemos decir lo mismo de la Infanta, ni aprobamos que nos la casen con un francés. Bien dicen que no hay dicha completa, y en este pastel nos han mezclado lo dulce con lo amargo, para que no nos veamos nunca libres de extranjeros... ¿A qué demonios nos traen acá ese Montpensier o *Montpetibú*? ¿Qué pito tiene que tocar entre nosotros ese caballerete? Siendo como es la Infanta la inmediata sucesora al Trono, ¿cómo no pensaron en la contingencia de que entre a reinar la segunda hija de Fernando VII? Cuando se me dijo que estaba acordado el casar a Luisa Fernanda con el hijo de Luis Felipe, se me ocurrió una idea magnífica para conciliar los deseos de la Francia con los intereses y la independencia de nuestra Nación. Pues yo le diría con muchísimo respeto a don Luis Felipe: «Sí, señor, nos avenimos a darte para tu hijo Antoñito la mano de nuestra Infanta; pero con la condición de que no ha de celebrarse el casamiento hasta que Su Majestad Doña Isabel II se digne asegurarnos con su primer parto feliz la sucesión a la Corona.» Y yo voy más lejos: yo llego hasta fijar que ha de ser sucesión masculina, para mayor garantía, y que han de mediar certificaciones facultativas muy serias acerca de la robustez de la criatura... ¿Qué le parece a usted, Cristeta?

A contestar iba la Socobio, cuando de la alcoba cercana salió una voz terrible y cavernosa, que a todos les puso los pelos de punta. Mas no por lo espeluznante dejaba la tal voz de interesar grandemente a cuantos allí estaban, pues era el propio acento de Doña Leandra lo que de la alcoba como de un sepulcro salía. «Tú, gaznápiro de siete capas, Bruno, mal marido de Leandra la de Calatrava, ¿qué sabes de reinas paridas, ni de príncipes masculinos, para que prosperen los reinos? Cállate, harto de ajos, cerrojo, hi de tal, que toda tu ciencia es el hueco del gran sombrero que gastas para espantar a la gente. ¿Ni qué sabes tú del francés que nos traen ni de la Infanta que nos llevan, si no has tenido alma para defender a tu hija de las garras del inglés que nos la robó? ¿A qué hablas tú de patriotismo, si el primer patriotismo es ser buen padre y tú no lo eres? ¿Y qué dices de extranjeros, si el primer extranjero eres tú, porque extranjero es el que no quiere a su familia, y no la defiende, y no procura su felicidad?»

Acudieron Cristeta y don Bruno a contenerla y acallarla, para lo cual pocos pasos tuvieron que dar, pues ambos conversaban sentados a un lado y otro de la puerta que abría paso desde el gabinete a la alcoba. Y antes de que llegaran a poner sus manos en la cama, ya Lea andaba en la operación de sujetar a su madre, la cual, bruscamente sacudida y disparada por el efecto de lo que oía, trató de ponerse en pie sobre el lecho, no pudiendo llegar a postura más elevada que la de hinojos, y ello fue con presteza semejante a la de los muñecos que por la tensión de resortes de acero salen de una caja. De rodillas, medio destapada de una cadera y enteramente desnuda de un brazo, estirando los dos, empezó a soltar de su boca los terribles anatemas ya dichos, a que siguieron otros más violentos y desatinados.

«Su Merced ha olvidado —dijo Lea a su padre por lo bajo—, que eso de los casamientos la trastorna más que cosa ninguna, y que con media palabra que de ello se le hable se nos pone perdida.»

—Aquí tenemos —prosiguió Doña Leandra dejándose amansar por los abrazos y carantoñas de su hija—, al arreglador de todo el mundo y al que trae por los cabezones a la Europa universal... Antes no queríais nada con don Francisco, y ahora que os le han montado en las narices, ya le acatáis y le hacéis el *rendibú*, lamiéndole la mano para que os eche migajas... ¡Ah, perros lambiones, gorrones y servilones! Antes era el Serenísimo un chupacirios y un motilón, y ahora es Rey de veras, honrado, caballero, valiente, y liberal de añadidura. Pues sí: *regostose la vieja a los bledos*... El marido de Doña Isabel os dirá: «El liberalismo que yo traiga, que me lo claven en la frente...» ¡Ja, ja!... ¡Apañados están los catacaldos del Progreso! Ayer conspirabais como topos, y hoy como gallos cantáis en el montón de basura más alto del gallinero... Pero no os hacen caso, no... que allá saben del pie de que cojeáis.»

Decía esto, ya vencida de los cariños y de la superior fuerza muscular de su hija, que después de tenderla en el lecho y de acomodar su cabeza en el descanso de las almohadas, dábale palmaditas, pronunciando dulces términos filiales. Don Bruno y Cristeta no hacían más que suspirar, contemplando en silencio el lastimoso cuadro. Como ruido decreciente de una tempestad que corre, sonaron aún los anatemas de Doña Leandra: «¿A mí qué me va ni qué me viene en esto? Me vuelvo a mi casa, y arread ahora vosotros con la vida... No es mala felicidad la que os espera con vuestra reina casada... ¡Y mi hija, la muy tal, corriendo sola por las calles!... Os digo que huele a podrido en las Españas... Ya estoy viendo el pelo que echaréis en el reinado nuevo... Cantad, gallitos míos, en el muladar, que ya me lo diréis cuando os lleguen al cuello las basuras y no podáis echar la voz; cantadme la tonadilla de libertad y moderación, y abrid luego la boca para que os echen la miel que le echaron al asno... No es mala miel la que echarán en la boca de todo el Reino... ¡Pobre Reino! ¡Cómo le van a poner entre unos y otros, y qué lástima me da verle la cara con tanto cuajarón!... Tú, gran zopenco, cuando te hagan ministro, avisa... Échale otro piso al sombrero para que desde allí te veamos, hombre, y podamos decirte... *¡arre, vuecencia!*...»

Los últimos ecos de la tempestad, frases cortadas por sarcásticas risas, fueron apagándose hasta llegar al silencio. Retiráronse Cristeta y don Bruno a comentar a solas el atroz delirio de la enferma, lamentándose el segundo de que una mujer que era *la boca más limpia* de toda la Mancha y aun de la España entera, pues jamás se le oyó vocablo mal sonante, saliese ahora tan deslenguada, por causa del trastorno paralítico, y pronunciase injurias tan feas, nada menos que contra el Reino, o sea la Nación, y contra las mismas personas reales. ¿Quién demonios pudo haberle enseñado ideas y palabras tan opuestas al modo de ser de Leandra y a su natural decencia? Indudablemente, metido el mal en el caletre, y dañando y corrompiendo toda la parte sensible del *discurso*, era de los que no dan tiempo al remedio, y el hombre, ¡ay!, se iba convenciendo de que tendría mujer para muy pocos días. Por más que el ingenio fecundo de Cristeta intentó consolarle, no cejaba en su pesimismo el buen Carrasco, y con los suspiros que echaba podía mover sus aspas un molino de viento. El caso vergonzoso de su hija, primero, después el desastrado acabamiento de su esposa con aquel grosero delirar, más propio del populacho que de enfermos decentes, tenían al respetable señor muy alicaído: su rostro, antes plácido, se le había vuelto tenebroso; diez años lo menos se habían aumentado al natural peso de su edad; ni las más picantes discusiones o chismografías políticas le apartaban de su tristeza y amargura. «En fin, Cristeta —dijo tomando el sombrero—, si usted se queda un ratito más para acompañar a la pobre Lea, a ese ángel, Dios le pague su caridad. Yo me encuentro de tal modo atontado con estos disgustos, y me impresiona tan terriblemente el ver y oír en ese estado a la pobre Leandra, que no extrañaré caer también enfermo y dar el barquinazo gordo... Parece que me falta la respiración, que me ahogo y que las piernas me flaquean. Déjeme usted que salga a tomar un poco el aire y a dar una vuelta por el Casino.»

XXXIII

Vieron los chicos, no muchos días después, que entraba en la casa el clérigo de más exigua talla que sin duda existía en toda la cristiandad, don Ventura Gavilanes, y al punto comprendieron que era el confesor manchego solicitado por su buena madre con tanta piedad como patriotismo. Mantuviéronse los muchachos silenciosos en su habitación, mientras Doña Leandra, que ya no salía del lecho, confesaba con el cura minúsculo; y cuando su hermana Lea les dijo que muy pronto se traería el Viático, hicieron sus cálculos para la distribución del tiempo en aquella tarde, pues no podían ni querían dejar de asistir a la piadosa ceremonia en su casa y al propio tiempo deseaban echar un vistazo a los príncipes franceses, Aumale y Montpensier, que harían su entrada solemne en la Corte; suceso extraordinario y aparatoso que despertaba curiosidad vivísima en el vecindario de los Madriles. Pensaba Mateo que si el Señor no se retrasaba en salir de la parroquia y permanecía en la casa el tiempo preciso, sin que sobreviniera contingencia dilatoria, podrían los dos hermanos *alcanzar* la entrada de los príncipes, apretando el paso desde Peligros a la Era del Mico y Mala de Francia. Menos callejero y menos vivo que su hermano, Bruno había hecho también propósito de no perder la fiesta del día; pero cuando llegó el momento de traer al Señor y se llenó la casa de aquel místico, solemne, imponentísimo aparato, fue tal su aflicción y de tal modo se vio sobrecogido y dominado por el acto religioso, que se le fueron de la mente las ideas del espectáculo que a Madrid prometía tanto regocijo. Mateo, que a más de travieso y juguetón era de una sensibilidad extrema, lloró a moco y baba cuando sonaron en la escalera los toques de campanilla, y su emoción fue más intensa cuando vio entrar al sacerdote arropando las Sagradas Formas, y oyó los graves rezos, y se le fue metiendo en el alma la hermosura del acto, así como la triste realidad de la ocasión en que se efectuaba. Pero en medio de esta grande emoción, y sin que disminuyese su pena ni amenguara el amor a su madre, iba tomando medida del tiempo hasta calcular si quedaría espacio útil entre el recogimiento de su familia y el festejo de las calles. Naturalmente, era un chiquillo: a sus años, sobre toda facultad y sentimiento domina el irresistible estímulo de ver y apreciar las cosas humanas, de cualquier orden que sean. Pareciole a Mateo que tardaba mucho el santo Viático en salir de la casa; en cambio, Bruno, más sereno y menos impaciente, apreció, sin oír ni ver relojes, que habría tiempo para todo, siempre que no les entretuviesen...

Concluido el acto, uno y otro hermanito vieron surgir una dificultad con la cual Mateo en su irreflexión no había contado. No parecía correcto ni decoroso que los hijos de la señora viaticada se marcharan pisando los talones al cura y monaguillo; ni era cosa de ir con estos hasta la parroquia y desfilar luego como unos pilluelos descastados y sin conducta. ¿Con qué pretexto saldrían de la casa en ocasión tan crítica, cuando su obligación filial allí les sujetaba y en torno a su madre les retenía? Nada, nada: locura era pensar en echarse fuera tan a destiempo, y en esta idea les confirmó la cara de don Bruno, la cual vieron tan afligida, ceñuda y patética, que se exponían al más terrible de los sofiones si se aventuraban a pedir permiso para una salidita. Felizmente, su madre, con suprema piedad y discreción, adivinó el conflicto en que las juveniles almas se encontraban, y llamándoles a su lado y besándoles cariñosamente, les dijo: «Chicos, yo me encuentro ahora muy bien, mejor que nunca... Pueden creerme que siento un alivio ¡ay!, grandísimo... ¡Y qué hacéis aquí aburridos y sin tener con quién hablar de vuestras cosas? ¿Por qué no os vais a dar una vueltecita por las calles, donde no faltará, según creo, algo que ver? Díjome el bendito Gavilanes que hoy entraban los príncipes franceses, y como dicho por boca tan santa, pareciome el caso digno de todo respeto. Idos a verlo, bobalicones, y luego contaréis a vuestro padre y a Cristeta lo que hayáis visto.»

Con cierta expresión de envidia no bien disimulada, dio Carrasco su asentimiento a esta suelta de presos, y los chicos salieron como exhalaciones, bajando Mateo la escalera de tres en tres peldaños. Aunque Bruno aseguraba que no les faltaría tiempo, el pequeño veía tan mermado el espacio entre su curiosidad y el objeto de ella, que no pudo contenerse; y una vez en la calle, sintiendo que en los pies le nacían alas, apretó a correr, dejando atrás a su hermano, que no creía decoroso salir del habitual paso vivo de una persona regular. Jadeante llegó Mateo a lo alto de la calle de Fuencarral, donde no le permitió correr el gentío que la ocupaba. Buscó a sus amigos, que era como buscar una aguja en un pajar, y no encontrando caras conocidas, se acomodó en el sitio que mejor le parecía para verlo todo sin que ningún detalle se le escapara. Media hora larga hubo de esperar todavía, y por fin vio venir una polvareda, entre ella chacós y lanzas relucientes... Un rumor vivo surgía delante, corriendo por toda la masa de espectadores: «Ya vienen, ya están aquí...» Y llegaron y pasaron... visión fugaz, tránsito de comparsería teatral, que desilusionó a Mateo. Los príncipes no tenían nada de particular ni por sus caras ni por sus uniformes, menos bonitos que los de acá: el llamado Aumale, airoso y elegante; el Montpensier, que iba a ser nuestro, delgadito y como asustado... La comitiva francesa y española, y el sin fin de coches, pasaron como un vértigo... Viéronse perfiles risueños o graves... bigotes blancos, narices de variadas formas, y bandas azules y blancas, rojas o de otros colorines... Pasó todo, y queriendo Mateíllo verlo segunda vez, corrió entre manadas de ligerísimos chicuelos, cortando por calles laterales para coger la vuelta a la procesión antes de que a Palacio llegara. Mas ni aun los más veloces, que se lanzaron desempedrando calles por la Corredera y Tudescos, llegaron a tiempo de gozar segunda vez del espectáculo. Metiéndose y sacándose entre el gentío que llenaba la Plaza de Oriente, Mateo Carrasco, con la cara como un cangrejo, chorreando sudor, dolorido de los pies, buscó caras de amigos sin resultado alguno. Halló, sí, una banda de muchachos conocidos, y agregose a ellos determinando emplear el resto de la tarde en la inspección de las soberbias obras que se hacían en Madrid para iluminaciones, decorado de plazas, triunfales arcos y demás festejos.

Revuelta estaba toda la Villa: aquí y allí palos clavados en el suelo, y hombres subidos en luengas escaleras poniendo lonas o percales, o dándoles manos sobre manos de pintura. Jamás se había visto en Madrid tal profusión de ornatos: el derroche de dinero para poblar de lamparillas los improvisados monumentos, y el río de aceite que para encenderlas se preparaba, no cabían en las presunciones y cálculos de la mente humana. Lo primero que visitaron los chicos, consagrándole su atención y cierto patriótico entusiasmo, fue la obra del Buen Suceso. ¡Vaya una obra, compadre! La raquítica y casi asquerosa fachada de la iglesia Patriarcal desaparecía bajo una construcción suntuosa: un basamento de piedra berroqueña, roto en el centro por la escalinata, sostenía seis columnas de mármol rojo con dóricos capiteles, las cuales cargaban el formidable peso de un ático inmenso de blanca piedra de Colmenar, decorado con bajo-relieves, esculturas y flameros. Todo ello no pasaba de una figuración arquitectónica y académica, pues la berroqueña, el mármol rojo y la caliza de Colmenar eran de tela pintada, al modo de teatro, y el adorno escultórico era yeso, cartón o pasta imitando mármol con admirable ilusión de verdad. Pues toda aquella máquina corpulenta, maravilla de la figuración, debía ser perfilada de luces en sus totales líneas y contornos, de modo que semejase fantástica creación de un cerebro delirante. Corriéronse de allí los mozuelos por la Carrera de San Jerónimo, donde inspeccionaron lo que preparaba en su palacio el marqués de Miraflores, y dado el *visto bueno*, bajó la cuadrilla hacia la calle de Alcalá para consagrar todo su examen y su admiración sin límites al incomparable ornato de la Inspección de Milicias, cuya ruin arquitectura había sido trocada, por la virtud de los pintados bastidores, en el más espléndido palacio gótico que podía soñar la fantasía. Esbeltas torres con elevados pináculos se alzaban en sus costados y en el centro. Lo más extraordinario de tal fábrica era que todo debía iluminarse al transparente, con lo que resultaría un efecto de ensueño, romántico poema arquitectónico, según la feliz expresión de un cronista de aquellas soberanas fiestas. Detrás, en la eminente altura, Buenavista preparaba también un adorno espléndido. Por la virtud de las combinadas luces, cubriría el edificio su ancha faz con inmensas ringleras de topacios, rubíes, esmeraldas, amatistas, diamantes y zafiros... Pero lo que dejó a los chicos con medio palmo de boca abierta fue lo que en el Salón del Prado estaban armando. Un mediano ejército de operarios, a las órdenes de aparejadores y arquitectos, habían levantado, y a la sazón remataban, un extenso paralelogramo de arcos muy lucidos entre Cibeles y Neptuno por la parte mayor, entre la verja del Retiro y San Fermín por la menor. Los bien dispuestos palitroques representaban soles, lunas, estrellas, constelaciones, como una parodia del sistema planetario transportado del cielo a la tierra. El adorno de follaje en las armaduras inferiores completaba la espléndida visualidad de aquel mágico aparato, que una vez encendido había de ser el mayor portento que a humanos ojos pudiera ofrecerse. Discutieron los chicos entre sí, con prolija erudición, a qué género de fantásticas concepciones el tal palacio de las luces pertenecía, y unos sostenían que era chinesco, otros del orden oriental; mas los distintos pareceres concordaban en admirar el superior talento de quien ideó tanta belleza. Puede anticiparse la idea de que encendido el paralelogramo en la noche de las Velaciones, resultó de un efecto que trastornaba el sentido. Los madrileños tuviéronlo por la mayor maravilla de la iluminación, y los extranjeros declararon que no habían visto nada semejante. ¿Qué menos podía hacer España, el país del aceite?

Ya de noche encontró Mateo a sus amigos y a su hermano; continuó la inspección, el cambio de impresiones y noticias, y bastante después de la hora marcada para la cena entraron los Carrasquillos en su casa, ganándose un buen réspice de don Bruno, que apremiado por la obligación de asistir a una junta de los *del partido*, no podía esperar a la cena de familia y estaba cenando solo. Doña Leandra dormía: Vicente y los muchachos hablaron de los festejos y de la riqueza y suntuosidad que desplegaba Madrid en aquella ocasión de grande alborozo para todo el Reino. Cuando los chicos cenaban (y en ello, por causa del enorme trajín de aquella tarde, hicieron gala de un apetito monumental) entró Lea en el comedor muy asustada, diciendo que su madre no se movía y apenas respiraba, que sus manos estaban yertas, los ojos fijos y cuajados con expresión más de muerte que de vida. Corrieron todos allá, Bruno y Mateo atragantándose por querer pasar pronto lo que tenían en la boca. Vicente, tras rápida inspección, declaró que la enferma sufría un síncope de mayor intensidad que el que le diera por la tarde, a poco de salir los chicos. Con friegas y con revulsivos brutalmente aplicados, lograron reanimar la suspensa y como amortiguada vida de Doña Leandra, y esta, recobrando el brillo de sus ojos, se sonrió y dijo con torpe lengua: «¡Vaya con lo que me cuenta este Gavilanes!... Que todos tenemos que gritar: "¡Vivan Isabel y Francisco!" ¡A mí con esas!... ¿Cómo he de gritar yo tal cosa, si lo que me sale de dentro... y lo que me manda el corazón es lo otro... que no vivan, sino que mueran y se les lleven los demonios... pues ellos y su casamiento son la causa de que yo esté como me veo?... Voy a deciros un secreto, hijos míos. Acercaos a mí... ¡Isabel y Francisco!... ¿eh?... Me dan de cara... No me les traigáis aquí... y si vienen, metedles debajo de la mesa...»

XXXIV

Ya desde aquella noche fue de mal en peor la inválida señora, y ni Lea con su dulce autoridad, ni Gavilanes con su grave discurso, pudieron contener el desorden de aquella moribunda inteligencia. «Mira lo que te encargo —dijo por la mañana a la Maritornes, tomándola por Lea—: en cuanto llegues a Peralvillo, lo primero que haces es enterrarme... pero ello ha de ser en el soto de Claveros, para que yo tenga sobre mi corazón todo el día las patadas de mis ovejitas... A Perantón que no deje de echar el mosto en el sombrero de Bruno, que bien tendrá cabimento de siete tinajas de las grandes... Tú te vas en la burra de la Tomasa, y yo, como alma que soy, iré... ya lo sabes, en el coche-estufa de Palacio, ese que dice Cristeta es todo de carey y *nácaras*; el cochero lleva en la mano la bandera de la Mancha, que es el pañal en que envolvimos a Isabel el día en que la tuve...» Una hora después, hablando con Gavilanes, en quien veía la persona de Eufrasia reducida de tamaño, le dijo: «¡Vaya unas horas de venir a casa, niña!... ¿Y dónde has dejado a Francisco?... Él y tú estáis un par de cañamones buenos. No levantáis media vara del suelo... ¿Le has dejado en Palacio, o le traes metidito en el ridículo, entre algodones?... Dios os bendiga y prospere vuestro casamiento... Pero a mí no me pidáis que os eche el grito de *¡viva, viva!*... Yo muero por vuestra causa, y os deseo un reinado tan chico como vuestras estaturas, y tan feo como la porquería que me has hecho, Eufrasia II, saliéndote a merendar con Terry, mientras yo descuidada platicaba de mis males con la señora monja, amiga de Cristeta... Vete de mi casa, y buen trono te dé Dios, blando como montón de cardos borriqueros... Adiós, hija; que reines y triunfes... De la boca me sale un flato... ¡ay!, en él te va la maldición de tu madre... que lo es... Leandra Quijada...»

Sobre las dos de la tarde se agravó considerablemente; por mandado de Gavilanes hubo de salir Brunito en busca de Vicente y Cristeta, y Mateíto corrió a la penosa encomienda de avisar a la parroquia para la Extremaunción... Volvía el chico muy afligido por la calle de Alcalá, cuando pasaron bandas militares tocando alegre música, y delante y detrás muchedumbre de paisanos con banderas, dando vivas a Isabel, a Francisco y aun al mismísimo Montpensier. Los ojos y los oídos se le fueron a Mateo tras de las músicas, y el corazón con ellos; mas no se atrevió a seguirlas, que toda desviación del camino conducente a su casa le parecía criminal. No obstante, cogido por dos de sus compinches, los más queridos para él, no pudo eximirse de seguir un buen trecho, calle abajo, entre la regocijada turba de ociosos; contra su voluntad, los pies le bailaban, y toda la sangre se le enardecía corriendo por las venas, como una sangre que ha perdido el juicio; le zumbaban los oídos, se le encandilaban los ojos... Pero ya cerca del Carmen Calzado, pudo más el sentimiento de su obligación filial que el estímulo de jarana. «Chicos —dijo a sus amigos—, me voy... Dejadme... Por Dios, dadme un estacazo para que me vaya... Mi madre se muere... Adiós...»

Bruno llegó diciendo que Cristeta no podía venir: aquella noche se casaban Su Majestad y Alteza, y aunque la camarista jubilada no tenía oficial puesto en la ceremonia, era su deber personarse en Palacio desde media tarde, atenta a cualquier incumbencia que a las señoras pudiera ocurrirles. Vicente llegó poco después que Bruno, y el cabeza de familia, que no había salido en todo el día, iba sin cesar de un lado a otro de la casa, en zapatillas, esparciendo su pena y colocando en cada pieza y en los pasillos suspiros sacados de lo más hondo. Llegó el médico, y en su breve visita recogió con frase lacónica todas las esperanzas que había en la casa, para llevárselas como un alquilador que retira los objetos de su pertenencia después que han prestado servicio por la estipulación y tiempo convenidos. No eran las tres y media cuando se administró a la moribunda la Extremaunción; a las cuatro se le demudó notoriamente el rostro, y su cuerpo quedó inerte y rígido, menos el brazo derecho, que movía con alguna dificultad, acariciando sucesivamente a Lea y a los chicos. Tal fue la aflicción de estos, que don Bruno les hizo salir de la triste alcoba. Metiéronse en su cuarto, que tenía ventana al patio, y llorando allí oyeron el restallido de cohetes en los aires como una carcajada de las nubes. En tanto Lea limpiaba el sudor frío de Doña Leandra, don Bruno, sentado junto al lecho, humillaba su frente de *hombre público* contra la colcha rameada y el mantón de su esposa, que como suplemento de abrigo hasta la altura del seno la cubría, y Gavilanes, casi imperceptible por el lado de la pared, rezaba las oraciones de encomendar el alma. Un momento no más de lucidez y palabra inteligible tuvo la señora, y ello no duró más que el tiempo no preciso para la expresión de estos conceptos vagos: «También os digo que os vayáis a Peralvillo por San

Martín, por San Rafael... Llevaos toda mi ropa, y en el patio grande de casa la colgáis para que le dé bien el aire y el Sol... y los zapatos y este pañuelo que tengo en la mano... y el dedal con que coso... y colgaréis también mis ligas y medias... y también mis anteojos, para que aquellos vidrios vean lo que aquí no ven... Toda mi ropa colgada en los aires de allá, menos la que dejo a María... Y que no se os olvide colgar también mi rosario... Mi rosario... que no se os olvide... todo al aire y al Sol...»

Ya no se entendió más. Minutos faltaban para las cinco, cuando creyeron que Doña Leandra no existía; pero por viva la dio Vicente. La moribunda movió los labios con mohín desdeñoso. Minutos después de las cinco, ya era cadáver... la desdeñosa expresión se hizo más notoria en la yerta boca y en el rostro amarillo. Pasado el primer espasmo de dolor, que estalló formidable en don Bruno y en Lea, hubieron estos de pensar en las últimas obligaciones que era forzoso cumplir... No hallándose Carrasco, por la desordenada intensidad de su pena, en disposición de tomar las medidas más apremiantes, Vicente mandó a la criada que avisase a un establecimiento próximo de servicios fúnebres, y obligó a su futuro suegro con reiteradas exhortaciones a que saliera de la estancia mortuoria. En su despacho se metió el pobre señor, y acompañado de los chicos dieron los tres rienda suelta a las manifestaciones de su angustia. Agradeciendo mucho las ofertas misericordiosas de algunas vecinas, Lea quiso ser sola en la sagrada obligación de disponer el cuerpo de su madre para ser conducida a la tierra. Hízolo con cariño y devoción, sin apartar el pensamiento de la desgraciada Eufrasia, que seguramente, de no haberse lanzado a la perdición, habría sabido cumplir aquellos últimos deberes lo mismo que su hermana los cumplía. «¡Oh —pensaba Lea, las manos en la mortaja—, dónde estará esa loca! Cuando sepa esto, ¡cómo lo ha de llorar, Dios mío! Lo llorará como hija y como pecadora, que son dos maneras de orfandad... ¡No sé qué daría yo por verla en el momento de saber que ha muerto madre, que no existe madre!...»

Poco después de anochecido llegó Milagro, que no se había enterado del suceso hasta que entró en su casa. Carrasco y él, al abrazarse silenciosos, estuvieron palmeteándose en los hombros largo espacio de tiempo. Más tarde apareció Centurión sumamente afligido, y luego otros amigos; retiráronse algunos a la hora de cenar, anunciando que volverían a dar com-

pañía y consuelos al viudo. Fuera de aquella casa y de otras que en circunstancias de tristeza se hallaban sin duda, la noche no convidaba ciertamente
a las sensaciones fúnebres. Madrid era un ascua de oro, el ámbito del júbilo,
del entusiasmo, de las cívicas esperanzas. Signo de este contento era el
esplendor de las luminarias, que convertía calles y plazas en encantados
paraísos de oro, fuego y piedras preciosas; signo también el chispear de los
artificios pirotécnicos y las vistosas perspectivas de llamaradas, destellos y
lluvias lumínicas de mil colores; signo el son alegre de las músicas y el reír de
la gente que en tropel corría bulliciosa soltando también chispas, como si las
almas fueran pólvora y las palabras lumbre. Todos los que llegaban a la triste
casa de Carrasco, en la calle de los Peligros, traían en sus caras algo del
general contento exterior, por más que quisieran poner en ellas la aflicción
de rúbrica; todos traían un reflejo de la espléndida y nunca vista iluminación;
algunos quizás el olor del aceite que en millones de lucecillas se quemaba,
o el tufo de la pólvora que restallaba en juguetona artillería. Cuidaban de no
aludir a los festejos, y con la mejor intención del mundo tenían que mencio-
narlos. «Hubiera venido antes, mi querido Carrasco —decía uno—; pero no
tiene usted idea de cómo está esa calle de Alcalá.» Y otro: «No hay menos
de veinte mil personas en el crucero entre la calle y el Prado y Recoletos...» Y
el estruendo de los cohetes y de las piezas pirotécnicas a la casa mortuoria
llegaba como el rumor cercano de una batalla... «Parece que nos están bom-
bardeando —decían en la fúnebre tertulia—. Pues por Palacio es tal el golpe
de gente, que ha tenido que cargar la caballería para dar paso a los coches
del Cuerpo Diplomático...»

De la fuerza de su pena, del no comer, del ruido quizás, se puso tan malo
don Bruno al filo de las diez de la noche, que Vicente, oficiando de médico,
temió un arrebato de sangre a la cabeza. Ordenó al viudo que se acostara;
lo mismo recomendaron los amigos, que ya tenían ganas de desfilar, y solo
quedó Milagro a la cabecera del afligido señor. Mandado por Sancho fue
Mateo a la botica de la Calle del príncipe por un par de sinapismos. ¡Pobre
chico!, al verse en la calle, no pudo menos de pedir licencia a su filial dolor
para echar unas miraditas hacia el punto más resplandeciente de la iluminación y de los fuegos. ¡Ay!, desde la esquina de Vallecas vio el gran tem-
plete que ardía, y ruedas y espirales, y una fuente mágica, y cataratas de

luz y disparos de bombas que surcando el espacio derramaban al estallar puñados de rubíes y esmeraldas; vio el humo enrojecido por las bengalas, y gozó de uno de los más espléndidos números de la función pirotécnica, que era la imitación de una aurora boreal. ¡Hasta los tejados de las casas se pusieron colorados, y el cielo todo y las personas!... Pero no podía entretenerse, y aunque una parte del alma se le iba con irresistible impulso a la contemplación de tantas maravillas, la mejor parte siguió fiel a sus deberes, y el hombre, cerrando los ojos y llenándose de dignidad, echó a correr en busca de los sinapismos.

No quiso Cristeta retirarse a su casa, concluida en Palacio la ceremonia, sin rendir a su amiga difunta el tributo de sus lágrimas. Franqueada la puerta por el sereno, entró y subió la camarista en traje de corte, arrastrando su cola por aquellas nada limpias escaleras. Dio a Lea un abrazo apretadísimo; en el llanto y en los suspiros acompañola, y luego rezó un rato junto al féretro, de rodillas, ajándose el vestido y descomponiéndose el escote, del cual se escapaban los mal aprisionados pellejos que un día fueron lucidas carnes. Anunció después a todos los presentes su propósito y gusto de velar el cadáver de su amiga en lo restante de la noche. Daría un saltito a su casa para cambiarse de ropa, y pronto estaría de vuelta. Así lo hizo, saliendo y regresando en menos de media hora, acompañada de Mateíllo, que no le agradeció poco la breve excursión desde los Peligros al Caballero de Gracia, y viceversa. A la vuelta de la Socobio, ya Lea tenía dispuesto el chocolate para la camarista, su sobrino don Serafín de Socobio y don José del Milagro. En el comedor, delante de los pocillos, a que daban guardia de honor bollos y ensaimadas, no pudo contener Cristeta su ardoroso afán de echar de sus labios un par de renglones de página histórica: «En el momento de dar el señor Patriarca la bendición nupcial a Su Majestad, marcaba el reloj de Palacio las once menos veintitrés minutos, y las once menos dieciocho minutos eran en el momento de quedar casada con Montpensier la señora Infanta... Son datos precisos, de una exactitud matemática, como deben ser en estos casos los datos históricos. Si alguno de los que han de escribir de tan gran suceso quiere esta noticia y otras, véngase a mí, y cosas le contaré que no me agradecerá poco la posteridad... Vamos, la reina más parecía divina que humana... Dijo el *sí quiero* con voz muy apagada, don

Francisco con voz entera... Aumale, muy gallardo; su hermano, siempre tan asustadico... En la comitiva de estos viene un mulato, con el pelo como un escobillón: le llaman Alejandro Dumas...»

XXXV

Tan aplicados estaban los dos oyentes al sabroso chocolate, que no prestaron la merecida atención al histórico informe. Hizo después Cristeta el elogio fúnebre de la pobre Doña Leandra, pintándola como el dechado de las cristianas virtudes, como el archivo de la discreción y de la paciencia. Para que en ella se juntaran y resumieran todas las perfecciones, había sido, desde que se inició la cuestión de los matrimonios, partidaria vehemente de Isabel y Francisco, adivinando en esta gloriosa pareja las mayores venturas para la Real familia y para la Nación... «¡Pobrecita de mi alma! ¡Cuánto nos queríamos, y qué bien congeniábamos siendo tan distintos nuestros temperamentos, ella paleta y campesina, yo cortesana hasta dejármelo de sobra!... Pues como decía, y esto se lo cuento al señor de Milagro para que lo haga correr por lo que llaman *círculos*, Francia está tan satisfecha de su triunfo y la Inglaterra tan corrida, que no acabará quizás el año sin que se tiren los trastos a la cabeza. Este simpatiquísimo conde de Bresson ha metido dentro de un zapato a su competidor, el *Míster* Bullwer de la Inglaterra. A cuantos quieren oírle les dice lo mismo que ha dicho a su Gobierno: que este triunfo diplomático y casamentero es *el desquite de Waterloo*. Razón tiene, porque bien a la vista está que el apabullo de la *pérfida* ha sido de los gordos, no solo por la gracia con que Luis Felipe nos ha colocado aquí a uno de sus hijos, sino por el casamiento de Isabel con un príncipe español que ha de colmarla de ventura, de lo que resultará nueva hornada de Reyes católicos, y una era, como dicen los periódicos, una era de prosperidades y grandezas que devolverán a este Reino su preponderancia entre los Reinos de la Europa. Ello es claro como la luz.»

Asintieron los otros lacónicamente, no queriendo Milagro meterse en discusiones con la camarista, y Doña Cristeta, infatigable y oficiosa, dijo a Lea: «Hija mía, me enfadaré contigo si ahora mismo no te acuestas. Muy fatigada estarás de tantos afanes y de las malas noches; yo velaré a tu madre... Con que te acuestas o reñimos, pero seriamente. Hablaré ahora con tu padre, si está despierto, para que me ayude a convencerte.» No se daba a partido la huérfana, ni la Socobio cedía un palmo del terreno de su obstinación. Don Serafín concedió a Milagro el honor de sostenerle una breve conversación de política.

«Opino —dijo enfáticamente don José—, que la vida pública entra en una nueva fase con el casamiento de la reina. Si es don Francisco un marido Rey que sabe su obligación, debe aconsejar a su *oíslo* que llame al *Progreso*. Si ha de venir, como dicen, esa era, ¡dale con la era!... De paz y bienandanza, comience por la reparación de los agravios que se nos han hecho, y venga el duque a coger las riendas, con la espada de Luchana en una mano y en otra la Constitución del 37.» Irónicamente dio su conformidad el lagarto de Socobio a tan audaces manifestaciones, y por no meterse en honduras, llevó la conversación a otro terreno. Así lo había dicho aquella mañana a Pascual Madoz y a Fermín Caballero, a quienes encontró en el Ministerio de Hacienda en ocasión que a gestionar iba el despacho de un asunto de Bienes Nacionales que le encomendara su amigo don Fernando Calpena. Como despertara este simpático nombre los recuerdos y cariños del buen Milagro, se apresuró don Serafín a contarle lo que sabía de aquel sujeto. Calpena y su amigo Ibero, con sus mujeres respectivas, se habían visto precisados a largarse a Francia, huyendo de los enojos que en Samaniego y en La Guardia hubieron de sufrir a la caída del Regente. En una quinta próxima a la gran Burdeos vivía don Fernando con su esposa, su madre y un niño que le había nacido a fines del 44; y no lejos de esta familia, en otra vivienda muy campestre y apacible, moraban Ibero y Gracia, la cual se iba portando mejor que su hermana, pues ya había echado al mundo dos chiquillas. Contentos estaban al parecer y sosegados de ambiciones, como quienes satisfechas veían todas las terrestres; solo deseaban que la política de nuestra tierra aprendiera y enseñara el respeto de las opiniones, para poder las dos familias volverse a las dulzuras patriarcales de La Guardia.»

Día grande fue el siguiente, 11 de octubre, en que el buen pueblo de Madrid admiró y gozó el espectáculo grandioso de la Corte y Real familia en pública exhibición desde Palacio a la iglesia de Atocha. Desde muy temprano el vecindario discurría por las calles anticipando con su alegría las emociones de tan soberana fiesta, y las tropas acudían con marcialidad y bullanga, como en son de simulacro de una batalla, al estratégico plan de cubrir la carrera, lo que no debía de ser cosa fácil, a juzgar por el ir y venir de generales con sus escoltas, y el presuroso correr de ayudantes de órdenes llevando las precisas para la movilización de los cuerpos y el señalamiento de posiciones. Las once serían cuando empezó a salir de Palacio la inmensa culebra de fastuosos coches, con cabeza de reyes de armas y cola de brillante caballería... El ambulante besamanos era la mayor dicha de los madrileños, orgullosos de que no hubiese en extranjeros países ninguna corte que tal boato y gusto desplegase. El tiempo ha envejecido estas demostraciones un tanto carnavalescas y pide mayor sencillez, y estilo y ornamentos conformes con la estética general. A esto dicen que no se ha descubierto el arte palatino que pueda sustituir a la decoración e indumentaria del género Luis XV o Gran Federico. Pues si no se ha descubierto ese arte, que se den prisa a descubrirlo, pues ya son insoportables las carrozas decoradas como tabaqueras y suspendidas de un armatoste feísimo; aquel cochero de muñecas mal sentado al borde del pescante, los rígidos lacayos que van haciendo equilibrios en la zaga, y la absurda superabundancia de ocho corceles para tirar de cada vehículo. La noble estampa del caballo resulta atrozmente desfigurada con aquellos moños de riquísimas plumas que les ponen en la cabeza, y su fiereza y gallardo juego de manos se pierden en el fúnebre recogimiento con que los llevan. No es bien que la Monarquía se eternice en este barroquismo, negándose a la feliz asimilación de las formas de la industria moderna, y persistiendo en las lentitudes, en la insufrible pesadez de aquel paso de procesión, llevando a las reales personas en urnas, como si fueran reliquias.

Pero en el feliz año del casamiento de nuestra Soberana, no se aburrían aún los madrileños viendo pasar con lúgubre parsimonia la interminable cáfila de carruajes, algunos llamados *de respeto*, y no por vacíos menos lujosos que los demás. Y había entonces personas que se sabían de memoria todo el material suntuario de Guadarnés y Caballerizas; designábanlo coche por coche, palafrén por palafrén, marcando el color de los tiros y la bien ordenada combinación de plumas, y de cada una de las partes del inmenso cuerpo palatino daban cuenta sin equivocarse. «El Infante Don Francisco de Paula —decían— llevaba el tiro de seis caballos bayos con penachos rojos... El duque de Aumale, tiro de seis caballos atigrados con plumeros encarnados y azules, imitando la bandera de Francia... la reina Cristina, caballos blancos con penacho azul... la Infanta Luisa Fernanda, seis caballos perla con blanco plumaje... Su Majestad la reina y su marido, ocho caballos de color castaño claro empenachados de blanco...» Y no se les despintaba el coche de carey, el de caoba, que iba *de respeto*; el de los dos mundos, el de nácar, el de Carlos III...

Fue a parar toda esta máquina de barroquismo elegante a la más ruin y destartalada iglesia que han visto los siglos cristianos, Atocha, inexplicable fealdad en el país de las nobles arquitecturas, borrón del Estado y de la Monarquía, pues uno y otra no supieron dar aposento menos miserable a las cenizas de los héroes y a los trofeos de tantas victorias. La Corte y su inmenso séquito de dignatarios, embajadores y palaciegos no cabía dentro de tan pobre recinto. Era un contraste penoso el que hacía tanto lujo, belleza y elegancia con la mezquindad del templo, con su traza de callejón y las polvorientas escayolas que lo decoraban. Apenas entrados Reyes, príncipes y magnates, ya estaban deseando salir, no encontrando allí ni lucimiento, ni visualidad, ni siquiera aire que respirar. Los que podían ver algo en medio del conjunto neblinoso que formaban en el presbiterio las figuras culminantes, veían tan solo caras pálidas y aburridas en medio de un centelleo mágico de piedras preciosas y entre el brillo de rasos y tisúes. A la salida, toda la admiración de los ojos era para la reina madre, que vestida de terciopelo carmesí, coronada de diadema resplandeciente, arrebataba por su incomparable belleza, gracia y Majestad. Pero todo el regocijo de los corazones, toda la efusión de las almas era para la reina Isabel, para su juventud risueña y llena de esperanzas, para su rostro sonrosado, en que la virginidad y la gracia picaresca fundían sus encantos; para su nariz respingona, que bien podía llamarse una nariz popular; para su boca, que no habría sido tan simpática si fuese más chica; para su desarrollo de garganta y busto, más avanzado de lo que ordenara la edad; para todo aquel conjunto lozano y sonriente, y aquella inocencia frescachona. Desfilando en la soberbia carroza, entre las apretadas masas de pueblo, iba Isabel en sus glorias; gustaba de las exhibiciones al aire libre, ante gentes que en nada se asemejaban a las empalagosas figuras palatinas. Entre el pueblo y ella había algo más que respeto de abajo y amor de arriba; había algo de fraternidad, un sentimiento ecualitario de que emanaba la recíproca confianza. Nunca hubo reina más amada, ni tampoco pueblo a quien su Soberano llevase más estampado en las telas del corazón. Por esto, el mayor goce de Isabel era ver las caras mil complacidas, satisfechas, que a su paso le sonreían; no se cansaba de saludar a todos, cara por cara si podía, y de buena gana habría puesto nombre a cada semblante para añadir la expresión de la palabra a la de la sonrisa. Corto se le hacía el trayecto de Atocha a Palacio.

En verdad que el pueblo ha querido de veras a la reina Isabel, así en sus tiempos felices como en los desgraciados. La quiso en la niñez, en la juventud, en sus desposorios, en todo su reinado, sin que los errores de ella amenguaran este afecto; la quiso cuando la vio tambaleándose al borde del abismo; la quiso también caída, y todo se lo perdonaba con una garbosa y campechana indulgencia, como entre iguales.

Hasta en el caminito del cementerio hubo de ser contrariada en sus direcciones y deseos la pobre Doña Leandra, pues ella quería ir hacia el Sur (que en San Nicolás se le designó sepultura), y aunque se previno que el fúnebre cortejo se pusiese en marcha antes de las tres para poder zafarse a tiempo de la gran aglomeración de gente, no halló paso franco en la calle de Alcalá, *por mor* de la formación, y tuvo el negro carro que tirar hacia el Norte con su comitiva de coches, los cuales no eran muchos, porque algunos amigos de la familia no encontraron alquilones ni para un remedio. Cortada también la Puerta del Sol, dieron larguísima vuelta por excéntricos barrios para coger las vías de la zona meridional; y tan grande fue la tardanza, que al fin llevaban el convoy funerario a paso de carga, cosa en verdad muy impropia de los viajes mortuorios. Milagro, que el duelo presidía, iba dado a los demonios, primero por el retraso, después por la precipitación irreverente; y como se vino la noche encima, no hubo más remedio que hacer deprisa y corriendo el sepelio de la manchega, metiéndola en el nicho, donde sus pobres cenizas debían labrarse, con ayuda del tiempo, la petrificación del olvido.

De vuelta del entierro, Milagro y su compañero Centurión hablaron de política y del duelo de los Carrascos, entremezclando ambos asuntos por exigencias ineludibles del discurso. Contó don José a su amigo que le habían dado verídicas noticias de Eufrasia, del lugar en que escondía su oprobio y del estado de ánimo del tal Terry, a quien personas de muchísimo respeto trataban de catequizar para la reparación que así la sociedad como su propio decoro le pedían. Mas era tan compleja la historia, y en ella tan inesperados y enredosos incidentes aparecían, que no juzgaba don José oportuno contársela al buen Carrasco en ocasión de tanta tristeza por la pérdida de su esposa, pues si sobre un dolor tan acerbo se le echaba la pesadumbre de las barrabasadas de la hija, fácil era que no pudiese el hombre resistirlo, y se largara también para el otro mundo. Acertadísimo era este consejo, y ambos amigos determinaron dejar pasar los nueve días de convencional pena para informar a don Bruno de negocio tan delicado.

Dígase también que fue inexorable el buen manchego con sus hijos, sometiéndoles a duelo riguroso con renuncia absoluta de todo festejo, ordenándoles que ni de lejos vieran iluminación ni fogata, que ni por el olor se enteraran de función de teatro ni de danzas populares, y que no asomaran las narices por la Plaza mayor, queriendo guluzmear la corrida de toros con caballeros rejoneadores, pues no era propio de muchachos serios participar del regocijo público cuando lloraba la familia, no solo la muerte de la incomparable, de la virtuosísima, de la santa señora y madre, sino otras desdichas altamente desconsoladoras, que no era preciso nombrar. Conformáronse los chicos con tan radical prohibición, que el padre, no seguro de la obediencia, garantizó con penoso encierro, y cuando Bruno y Mateíllo salieron a la calle, ya no había nada: todo estaba oscuro, solitario; solo vieron el triste desarme de los palitroques y aparejos de madera, lienzos desgarrados y sucios por el suelo, y las paredes de todos los edificios nacionales señaladas por feísimos y repugnantes manchurrones de aceite. Parecían manchas que no habían de quitarse nunca.

Fin de Bodas reales y de la Tercera serie de *Episodios Nacionales*
Santander (San Quintín), septiembre-octubre de 1900.

Libros a la carta

A la carta es un servicio especializado para

empresas,

librerías,

bibliotecas,

editoriales

y centros de enseñanza;

y permite confeccionar libros que, por su formato y concepción, sirven a los propósitos más específicos de estas instituciones.

Las empresas nos encargan ediciones personalizadas para marketing editorial o para regalos institucionales. Y los interesados solicitan, a título personal, ediciones antiguas, o no disponibles en el mercado; y las acompañan con notas y comentarios críticos.

Las ediciones tienen como apoyo un libro de estilo con todo tipo de referencias sobre los criterios de tratamiento tipográfico aplicados a nuestros libros que puede ser consultado en Linkgua-ediciones.com.

Linkgua edita por encargo diferentes versiones de una misma obra con distintos tratamientos ortotipográficos (actualizaciones de carácter divulgativo de un clásico, o versiones estrictamente fieles a la edición original de referencia).

Este servicio de ediciones a la carta le permitirá, si usted se dedica a la enseñanza, tener una forma de hacer pública su interpretación de un texto y, sobre una versión digitalizada «base», usted podrá introducir interpretaciones del texto fuente. Es un tópico que los profesores denuncien en clase los desmanes de una edición, o vayan comentando errores de interpretación de un texto y esta es una solución útil a esa necesidad del mundo académico.

Asimismo publicamos de manera sistemática, en un mismo catálogo, tesis doctorales y actas de congresos académicos, que son distribuidas a través de nuestra Web.

El servicio de «libros a la carta» funciona de dos formas.

1. Tenemos un fondo de libros digitalizados que usted puede personalizar en tiradas de al menos cinco ejemplares. Estas personalizaciones pueden ser de todo tipo: añadir notas de clase para uso de un grupo de estudiantes,

introducir logos corporativos para uso con fines de marketing empresarial, etc. etc.

2. Buscamos libros descatalogados de otras editoriales y los reeditamos en tiradas cortas a petición de un cliente.